Anni Deckner

Sylter Meeresrauschen

Die Autorin
Anni Deckner, geboren 1961 in Winnert bei Husum, lebt mit ihrer Familie in Hanerau-Hademarschen. Ihre Liebe zur »Grauen Stadt am Meer« kann man in ihren Werken spüren. Die kreative Luft des Nord-Ostsee-Kanals inspiriert die Autorin genau wie damals den berühmten Dichter Theodor Storm, der an diesem Ort seinen Schimmelreiter zu Papier brachte. Ihre Leidenschaft zum Schreiben entwickelte sich schon in früher Jugend, ihr erstes Buch »Heimathafen Husum« erschien jedoch erst im März 2014, gefolgt von »Knocking Out« 2015. In ihrer Freizeit geht die Autorin gern mit ihrem Mann auf Reisen. Ihr Beruf und gleichzeitig Berufung ist ihre Arbeit bei der Kirchengemeinde Hanerau-Hademarschen.

Das Buch
Zwei Frauen auf der Suche nach dem Glück

Zunächst ist Jenny ganz begeistert, als sie erfährt, dass ihre verstorbene Großtante ihr ein Haus auf Sylt vererbt hat. Als Urlaubsquartier bietet es sich geradezu an und für den Rest des Jahres kann sie es vermieten. Doch dann erfährt sie, dass sie ein Jahr im Haus wohnen muss, um ihr Erbe anzutreten. Schweren Herzens lässt Jenny ihren Freund in Stuttgart zurück und macht sich auf den Weg an die Nordsee. Doch als sie dort ankommt, wird sie von der Kripobeamtin Hannah Stein am Betreten ihres neuen Heims gehindert – denn in ihrem Haus am Meer wurde eine Leiche gefunden. Jenny ist erpicht darauf, Hannah bei den Ermittlungen zu helfen. Dabei verliert sie ihr Herz nicht nur an Sylt, sondern auch an den charmanten Arzt Tim Schönberg. Doch eigentlich ist es ja schon vergeben. Und dann ist da auch noch der Mord, den es aufzuklären gilt …

Von Anni Deckner sind bei Forever by Ullstein erschienen:
Barfuß am Strand
Leuchtturmtage
Die Sehnsucht der Inselärztin
Friesenglück
Sylter Meeresrauschen

Anni Deckner

Sylter Meeresrauschen

Ein Nordsee-Roman

FOREVER

MIX
Papier aus verantwortungsvollen Quellen
FSC® C083411
www.fsc.org

Originalausgabe bei Forever
Forever ist ein Digitalverlag
der Ullstein Buchverlage GmbH, Berlin Dezember 2017

Umschlaggestaltung: zero-media.net, München
Titelabbildung: © FinePic®
Autorenfoto: © privat
Satz: Pinkuin Satz und Datentechnik, Berlin
Druck- und Bindearbeiten: CPI books GmbH, Leck
ISBN 978-3-95818-939-3

Abschied

»Hast du alles, Jenny?«

»Ich glaube schon.« Ich ging im Geiste noch einmal unsere gemeinsame Wohnung durch.

»Alles, was du nicht dabeihast, bekommst du erst in drei Monaten, wenn ich dich besuchen komme!«

Ich stöhnte verzweifelt auf. Ich konnte mir eine so lange Trennung von Marcus immer noch nicht vorstellen. Geschickt hatte ich dieses Problem einfach verdrängt. Nun war er da, der Moment des Abschieds. Marcus schien es ganz gelassen zu nehmen.

»Wenn es nicht gerade die Kommode mit den Fotoalben ist, gibt es ja auch noch die Post. Mach dir keine Sorgen, die Welt geht nicht unter, falls etwas fehlen sollte«, tröstete Marcus mich einfühlsam.

»Du …« Ich schluckte einen dicken Kloß hinunter. »Du wirst mir fehlen, Marcus.« Meine Augen füllten sich mit Tränen, dabei sah ich ihn mit meinem Dackelblick an.

»Ach, Muckel, du wirst sehen, die Zeit geht wie im Flug vorbei. Wenn du es überhaupt nicht aushältst, kommst du einfach wieder. Dein Bett bleibt frei und wartet auf deine Rückkehr, Ehrenwort!« Er stand dicht vor mir, warmherzig lächelte er mich an. Trotzdem stieg augenblicklich die Wut in mir hoch.

»Du glaubst, ich schaffe es nicht? Ich komme zurück zu dir? Ist es das, was du denkst?« Empört trommelte ich mit den Fäusten auf seine Brust. Dann warf ich den Kopf in den Nacken und sagte trotzig: »Da irrst du dich, mein Lieber. Ich werde dieses Erbe antreten, ich kann meinen Beruf auch auf Sylt ausüben. Leider kannst du deine Spielhallen nicht einpacken, um sie in den Sand der Insel zu verpflanzen!«

Ich zitterte vor Wut. Wir hatten wochenlange Diskussionen hinter uns, ich wollte nicht noch einmal von vorne anfangen. Nicht hier, auf der Straße, mit vollgepackten Koffern und einem Teil meiner Möbel. Unmittelbar vor meiner Abreise.

»Schon gut, Muckel, nicht aufregen. Mal sehen, wie es dir in der Einöde gefällt.«

Marcus war offenbar sicher, dass ich bald aufgeben und zurückkommen würde. Schließlich war ich die Tanzmaus, die auf jeder Party im Mittelpunkt stand. Die Discokugeln zogen mich magisch an. Das war der Ausgleich zu meiner Tätigkeit als Übersetzerin. Ich würde es ihm schon beweisen, dass es auf Sylt und in der Sansibar genügend Partys gab.

»Wo bleibt eigentlich diese Kathi?« Marcus wechselte geschickt das Thema.

»Ich weiß auch nicht, sie wollte um acht Uhr hier sein.«

Ich sah mich um. Ich kannte Kathi nicht persönlich, sie hatte mich über eine Mitfahrzentrale kontaktiert, um günstig nach Hamburg zu gelangen. Ich hatte mich dort vor einer Weile angemeldet, in der Hoffnung, den langen Weg nicht alleine fahren zu müssen. Ein kleines Köfferchen würde auch noch Platz finden in meinem VW-Bus.

»Da drüben, das müsste sie sein.« Die Person, die auf uns zukam, schleppte einen ganzen Haushalt mit sich herum. Für einige Tage Hamburg mit Sicherheit zu viel Gepäck. Oje, nun steuerte sie direkt auf uns zu.

Freudig mit den wenigen Köperteilen winkend, die gerade frei waren, kam sie näher. Sie zog einen übergroßen Koffer hinter sich her und stolperte einige Male gefährlich, weil der Koffer unentwegt gegen ihre Pumps rollte. In der anderen Hand trug sie eine Reisetasche, in der die Trikots von hundert Fußballmannschaften Platz gefunden hätten. Zusätzlich steckte ein rosa Hase unter ihrem Arm. Eindeutig aus Kinderzeiten, denn er sah ziemlich mitgenommen aus.

Wir bestaunten die Szene mit offenem Mund. Unter ihr Kinn hatte sie ein Sofakissen geklemmt. Die Zigarette im Mundwinkel qualmte. Gehüllt in blaue Rauchwolken blieb sie vor uns stehen. »Ich hab doch gewunken, warum ist mir denn keiner von euch zu Hilfe geeilt?«, nuschelte sie beleidigt.

Ich fand als Erste meine Stimme wieder. Glucksend blickte ich Kathi an. »Wir konnten beim besten Willen nicht glauben, dass du meine Mitfahrerin bist. Willst du nach Hamburg umziehen oder nur ein paar Tage dort Urlaub machen?«

Fassungslos starrte Kathi mich an, als ob ich ihr ein unsittliches Angebot unterbreitet hätte. »Wenn ich umziehen wollte, bräuchte ich einen riesigen Lastwagen, da genügen mir die paar Kleinigkeiten nicht«, belehrte sie uns in beleidigtem Tonfall.

»Kleinigkeiten ...«, stieß Marcus trocken hervor. »Wo wollt ihr das alles noch unterbringen? Der Bus ist voll bis unters Dach.«

Selbst ich war in diesem Fall ratlos, obwohl ich sonst nie um Lösungen verlegen war.

»Das ist doch nicht viel«, protestierte Kathi. Ihre grünen Augen wurden groß und blickten unschuldig durch einen dichten Wimpernkranz abwechselnd von mir zu Markus.

»Nö, wenn man das so sieht, ist das wirklich nicht viel«, spottete ich. Ich ärgerte mich. Die Abfahrt würde sich um mindesten eine halbe Stunde verzögern, wenn wir das alles im Auto unterbringen wollten. So ein Mist, ich hatte vor dem schlimmsten Berufsverkehr auf die Autobahn gewollt.

»Statt hier lange Diskussionen zu führen, lasst uns endlich anfangen, die Sachen zu verstauen.« Marcus rieb sich die Hände und blickte auffordernd in die Runde.

Gleichzeitig sahen wir jetzt an Kathi vorbei.

»Was ist das?« Marcus zeigte mit dem Finger auf etwas braunes Sabberndes.

Ich schnappte hörbar nach Luft. »Gehört der zu dir?«, fragte ich ungläubig.

Kathi drehte sich mit einer Unschuldsmiene, die sie ohne Frage draufhatte, kurz um, dann lächelte sie verlegen. »Och … das ist Buddy, meine Deutsche Bulldogge. Man bemerkt ihn kaum, es sei denn, er hat Hunger«, flötete sie.

»Wo soll der denn noch hin?«, fragte ich entsetzt. Meine Einstellung zu großen, speicheltriefenden Hunden war ohnehin nicht die beste. Schon gar nicht, wenn ich daran dachte, dass er meinen geliebten Bus vollsabbern würde.

Kathi hatte bereits die Antwort parat. »Er sitzt wie 'ne Eins im Fußraum bei mir vorne. Das ist überhaupt kein Problem«, versicherte sie fröhlich.

Über meine Lippen kam ein merkwürdiges zischendes Geräusch.

Marcus deutete es scheinbar nicht als Jubelpfiff. Er grinste in sich hinein. Offenbar fand er die Situation komisch.

Kathis Aktivitäten beim Einräumen ihrer Habseligkeiten beschränkten sich darauf, uns Anweisungen zu geben. »Der Koffer muss noch einmal raus, die Tasche kann dorthin …« Und so weiter.

Wir schwitzten und fluchten. Obwohl wir es nicht für möglich gehalten hätten, war nach dreißig Minuten alles verstaut. Mühevoll schloss Marcus den Kofferraum, wobei sich die ganze Fracht im Innenraum verschob. Jetzt war alles noch einmal durchgeschüttet und lag gut verkeilt im Bus.

»Macht den Kofferraum bloß nicht auf, bevor ihr angekommen seid. Ich kann sonst für nichts garantieren.« Marcus blickte besorgt auf die Ladefläche.

»Ach du Scheiße, ich habe mein Handy noch in der Reisetasche!«, schrie Kathi auf.

Marcus und ich öffneten gleichzeitig unsere Münder, aber die Schreie erstickten in unseren Kehlen.

»Haha, war ein Scherz!« Amüsiert sah Kathi uns an.

»Sehr witzig. Du glaubst doch wohl nicht, dass wir noch mal ausgepackt hätten?«, brummte Marcus.

Kathi schmollte. »Ihr habt wohl gar keinen Humor, was?« Sie hockte sich zu Buddy und flüsterte ihm etwas ins Ohr.

Ich schnappte nach Luft. »Ich hätte einen Riesenspaß daran, deine Klamotten wieder auf die Straße zu stellen. Ich komme sehr gut allein nach Nordfriesland, dich brauche ich dafür nicht. Dann lernst du meinen Humor einmal kennen!« Ich schnaubte wütend wie ein wildgewordener Pfingstochse, hielt jedoch besorgt inne, als Kathis Augen sich mit Tränen füllten.

Ich konnte niemanden weinen sehen, auch wenn es sich um einen Menschen handelte, der überaus nervig war. Sanft lenkte ich ein: »Schon gut, Kathi, ich lass dich nicht hier in Stuttgart, wir werden schon klarkommen. Ich hoffe, dein Hund weiß das auch.« Mein prüfender Blick wanderte vorsichtig in Richtung Buddy, der von der ganzen Aufregung nichts mitbekommen hatte. Vermutlich war er noch nicht hungrig.

Wehmütig betrachtete ich noch einmal mein Zuhause. Ein gelbes Backsteinhaus, liebevoll mit Geranien geschmückt. Die stets saubere Auffahrt zum Hinterhof erschien mir trostlos und leer. Das war es nun. Von den Nachbarn im Haus hatte ich mich am Vortag verabschiedet.

Wer würde in meiner Abwesenheit den kleinen Vorgarten pflegen? Wer würde dem Postboten an heißen Tagen ein Getränk geben? Das Haus würde wie ein Geisterhaus wirken, weil keiner der Bewohner einen Heimarbeitsplatz hatte. Elvira musste sich etwas einfallen lassen, denn es war niemand mehr da, der in Zukunft ihre Pakete annehmen könnte, wenn sie nachts wieder einmal am Computer ihre Kauflust ausgelebt hatte und morgens unausgeschlafen zur Arbeit fuhr.

Mit hängenden Schultern verharrte ich vor dem Haus. Marcus würde mir unheimlich fehlen. Am liebsten wollte ich alles hinschmeißen und dableiben. Verzweifelt sah ich nun meinen Freund an, mit dem ich fünf Jahre zusammengelebt hatte.

»Muckel, nun lass dich nicht hängen. Schwing deinen süßen Po ins Auto und fahr glücklich deiner neuen Heimat entgegen. Ich liebe dich, Jenny.« Er stand dicht vor mir, sein warmer Körper strömte Kraft und Liebe aus. Er zog mich zu sich heran und gab mir einen innigen Kuss. Sofort bekam ich weiche Knie.

»Mensch, das ist ja nicht zum Aushalten«, krähte Kathi dazwischen. Mit langen Fingernägeln kratzte sie sich ihren roten Schopf. »Können wir nu los?«

Seufzend drehte ich mich zum Auto um, nicht ohne Marcus mit mir zu ziehen. Vor meinem Bully schnupperte ich noch einmal an seinem Hals. Ich hatte mir heimlich einige Milliliter von seinem Aftershave abgefüllt. So konnte ich in der Ferne zumindest seinen Duft inhalieren.

Eine letzte Umarmung, ein letzter Kuss. Schweren Herzens schwang ich mich in den Bus. Marcus zwinkerte mir noch einmal zu, bevor er die Tür schloss.

Mit beiden Händen umklammerte ich das Lenkrad. Ich schaute geradeaus und startete den Motor. Ein Blick in den Rückspiegel verhieß freie Fahrt. Ich setzte den Blinker und fuhr mit Vollgas davon.

»Ist das bei euch immer so spannend? *Vom Winde verweht* ist ja ein Scheißdreck dagegen.«

Zornig fuhr ich zu Kathi herum und schrie: »Halt einfach mal die Klappe.«

Kathi zuckte kurz zusammen, hielt sich aber an meine Anweisung. Während ich mich auf den Straßenverkehr konzentrierte, rollten Tränen aus meinen Augenwinkeln. Verstohlen wischte ich sie weg. Mein Herz klopfte bis zum Hals. Traurigkeit und Vorfreude verwirrten meine Gefühle. Ich hatte schließlich diese Entscheidung getroffen, da musste ich mich nun durchboxen. Ich freute mich auf Nordfriesland, die Heimat meiner Vorfahren. Ich war als Kind einige Male dort gewesen, besaß aber keine Erinnerungen mehr daran.

Vor einigen Wochen war ein Brief auf meinem Schreibtisch gelandet, der mein bisheriges Leben komplett auf den Kopf stellen sollte. Eine Erbschaft stand überraschend ins Haus. Meine Großtante, Omis Schwester, hatte mir ihr Haus auf Sylt vermacht. Ich hatte meine Großtante kaum gekannt und nicht die geringste Ahnung gehabt, dass ausgerechnet ich ihre einzige Erbin war. Ungläubig und fassungslos las ich immer wieder die Zeilen des Notars. Bis ich zu jubeln begann – ein Häuschen in Nordfriesland, noch dazu auf einer der begehrtesten Urlaubsinseln. Ich konnte mein Glück kaum fassen. Unweigerlich begann ich zu träumen. Ich würde es an Feriengäste vermieten können. Ich müsste einen Verwalter einstellen, der sich vor Ort um alles kümmerte. Schließlich war es nicht möglich, bei jedem Bettenwechsel von Stuttgart nach Sylt zu reisen. Aber meinen Urlaub dort zu verbringen, das würde durchaus realisierbar sein.

Wie von Sinnen war ich durch die Wohnung gehüpft. Ich versprach mir durch meine Geschäftsidee ein enormes Zubrot. Atemlos plumpste ich auf meinen Lieblingssessel. Mit leuchtenden Augen behielt ich den Brief in der Hand.

Als ich mich ein wenig beruhigt hatte, las ich weiter. Was stand da? Ich musste diese Hütte selbst bewohnen? Lächerlich! Ich rümpfte enttäuscht die Nase. Das war unmöglich, wie konnte Elsa mir *das* antun? Aus der Traum. Der Brief schwebte zu Boden. Wie in Trance sah ich ihm nach. Bis er unbekümmert und leicht provozierend vor meinen Füßen liegen blieb.

»Das wird nix, ich werde nicht schon wieder umziehen!« Ich beruhigte mich langsam. Allmählich fand ich mich damit ab, doch keine Erbschaft gemacht zu haben. Schwungvoll erhob ich mich, um den Brief wieder zurück auf den Schreibtisch zu befördern. Ich nahm mir vor, die Ablehnung noch an diesem Tag zu schreiben und abzuschicken. Beleidigt machte ich mich wieder an die Arbeit. Ich musste einen Krimi in einigen Tagen fertig übersetzt haben. Ein anderer Verlag winkte schon mit einem weiteren Auftrag.

Doch es fiel mir schwer, mich auf die Arbeit zu konzentrieren. Sehnsüchtig nahm ich den Brief noch einmal an mich. Meine braunen Augen wurden tellergroß. In der ersten Aufregung hatte ich den Brief nur flüchtig durchgesehen. Was stand da weiter?

Ha! Ich würde nur für ein Jahr im Haus meiner Großtante wohnen müssen. Plötzlich war ich mir sicher, es schaffen zu können. Arbeiten konnte ich schließlich an jedem Schreibtisch. Vergnügt hatte ich Marcus' Telefonnummer gewählt, um ihm von der Sensation zu berichten.

Also hatte ich mich aufgemacht in eine andere Welt. Von der Großstadt zum Inselleben. In den Sommermonaten war immer viel Betrieb auf der Nordseeinsel. Den Winter würde ich überstehen, indem ich mich mit Arbeit belud. Sylt war ein beliebtes Urlaubsziel, und das Jahr dort würde sicher spannend werden. Auf der Insel wehte immer eine frische Brise, und die salzige Luft versprach Erholung pur. Für ein Jahr würde ich zu den kauzigen Insulanern gehören.

Ich strich mit der Hand über das Armaturenbrett meines treuen Busses. Acht Jahre war er mein steter Begleiter gewesen. Einige Reparaturen hatte er schon hinter sich, aber er hatte mich nie in Stich gelassen.

Kathi machte mit einem Räuspern auf sich aufmerksam. Ich hatte sie ganz vergessen. Tatsächlich hatte sie den Mund gehalten. Ich verspürte nicht die geringste Lust, auf sie einzugehen, darum ignorierte ich die Geräusche auf dem Beifahrersitz.

Kathi hatte die Botschaft offensichtlich verstanden. Sie hatte es sich gemütlich gemacht, Buddy hechelte zwischen ihren Beinen und sah mich dabei prüfend an. Mit ihrem Kissen am Ohr lehnte sie am Fenster. Ihr Blick war auf mich gerichtet.

Ich überlegte, ob ich sie auch mal ans Steuer lassen konnte. Doch im Moment war mir das Risiko zu groß. Ich liebte mein Auto und hatte nicht vor, es in den frühzeitigen Ruhestand zu befördern, indem ich dieser ausgeflippten Rothaarigen das Steuer überließ. Ich musste mir jedoch eingestehen, dass ich ein wenig erschöpft war. Die Aufregung des Abschieds von Marcus hatte an meinen Kräften gezehrt. Ich nahm mir vor, mir später noch einmal Gedanken darüber zu machen, ob ein Fahrerwechsel in Frage kam. Ich kannte Kathi zu wenig, um mir ein Urteil über ihre Fähigkeiten zu bilden.

Inzwischen hatten wir die Autobahn erreicht, ich fuhr auf der freien Fahrbahn. Mit einer Hand am Lenker, die andere auf meinem Bein ruhend, genoss ich die Fahrt. Kathi sah offenbar ihre Zeit gekommen, um mich in ein Gespräch zu verwickeln.

»Hast du Hunger, Jenny?«, fragte sie. Abwartend blickte sie zu mir hinüber.

Das Wort Hunger kannte Buddy offenbar auch sehr gut. Der Kopf des sonst eher lahmen Hundes schoss aus seiner Höhle und begann wie auf Kommando zu sabbern.

»Du bist nicht gemeint«, sagte Kathi scharf. Buddy verschwand genauso schnell, wie er aufgetaucht war.

Ich war angenehm überrascht, wie gut Buddy trotz seiner Trägheit gehorchte. Ich musste grinsen, armer Buddy.

»Ein bisschen, aber ich halte noch nicht an. Ich möchte noch weiterfahren.«

»Das habe ich auch nicht gemeint. Ich bin reichlich mit Kaffee und Brötchen ausgestattet. Wenn du magst!« Kathi hielt ihre Köstlichkeiten hoch.

»Mensch, Kathi, sieht das lecker aus. Gut, dass du dafür noch Platz hattest.« Belustigt dachte ich an die Aktion mit ihrem Gepäck und hielt ihr versöhnlich die Hand hin, um das Frühstück in Empfang zu nehmen. Ein Brötchen mit Salat und Käse. Herzhaft biss ich hinein. Die würzige Remoulade tropfte auf meine Hose. Ich störte mich nicht daran. Mein Blick blieb der Autobahn treu.

Kathi war sichtlich froh darüber, dass ich ihr nicht mehr böse war. Vielleicht konnte es ja doch noch eine lustige Fahrt in den Norden werden. Sie goss Kaffee in einen Becher und stellte ihn für mich in den Getränkehalter.

»Schmeckt wirklich ausgezeichnet«, nuschelte ich mit vollem Mund und warf Kathi einen kurzen Blick zu.

»Das freut mich. Ich habe im Auto immer Hunger und dachte mir, dir würde es vielleicht genauso gehen.« Zufrieden vertilgte sie ebenfalls ihr Brötchen. Kauend sah sie sich die Landschaft an und zählte die roten Autos. Eine Angewohnheit aus ihren Kindertagen, wie sie mir ausführlich berichtete.

Dankbar schlürfte ich den heißen Kaffee. Ich war überrascht, dass er schmeckte.

»Ups, der weckt ja Tote auf«, bemerkte ich anerkennend. »Schmeckt sehr gut, Kathi.«

Kathi lehnte sich sichtlich zufrieden in ihren Sitz zurück. »Das hat mir meine Großmutter beigebracht. Sie hat immer gesagt, dass ein Mädchen Kaffeekochen lernen muss.«

Ich fand diese Weisheit etwas merkwürdig, verkniff mir jedoch einen Kommentar, der mit Sicherheit spöttisch geklungen hätte. Ich wollte Kathi nicht schon wieder verletzen. Zum Nachtisch bot sie mir Schokolade an. Wehmütig lehnte ich ab. Ich musste streng darauf achten, nicht zu viele Süßigkeiten zu essen, wenn ich meine schlanke Figur halten wollte. Schon beim Ansehen dieser Verführer schlichen sie sich auf meine Hüften und verweilten dort hartnäckig. Bei meiner geringen Körpergröße würde ich alsbald zur Kugel mutieren.

»Was meinst du, Jenny, wie lange brauchen wir bis Hamburg?«, erkundigte Kathi sich.

»Hm, schwer zu sagen. Kommt auf den Verkehr an. Sechs bis acht Stunden werden es sicher. Wir müssen zwischendurch einige Pausen einlegen. Bei deinem Kaffee meldet sich bestimmt bald meine Blase.«

»Meine sicherlich auch.«

Wir einigten uns darauf, alle zwei Stunden Pausen zu machen, um uns die Beine zu vertreten und die Toilette aufzusuchen. Kathi fragte vorsichtig, was mich denn in den Norden zog. Ihr war nach dem Abschied heute Morgen anscheinend bewusst, dass es ein heikles Thema für mich war.

Bereitwillig gab ich die Antwort. »Ich habe von meiner Großtante ein Haus geerbt, mit der Bedingung, dass ich dort ein Jahr leben muss. Da ich überall arbeiten kann, habe ich mich auf dieses Abenteuer eingelassen.«

Kathi staunte und war sichtlich beeindruckt. »Manno, hast du ein Glück. Gratuliere. Dann hast du ja keine Sorgen mehr.«

»Geht so. Marcus kann mich nicht begleiten, und leider lässt die Entfernung es nicht zu, an jedem Wochenende zu pendeln. Ich werde ihn sehr vermissen.«

»Das habe ich heute Morgen miterleben dürfen!«, sagte Kathi trocken.

Kathi erzählte mir, dass sie übers Internet einen Mann kennengelernt hätte und ihn besuchen wollte. Sie wäre bis über beide Ohren verliebt. Die Schmetterlinge tanzten unaufhörlich in ihrem Bauch. Kathi war überzeugt, ein romantisches Wochenende vor sich zu haben.

Ich schluckte irritiert. »Du fährst zu einem wildfremden Mann in die Wohnung? Bist du irre? Weißt du nicht, was da alles passieren kann?« Ich war fassungslos. Ich sah von der Autobahn zu meiner Beifahrerin und wieder zurück.

»Na klar, was denn sonst? Wir haben schon monatelang Kontakt, dadurch kenne ich ihn genauso gut wie meinen Hund. Was soll da denn schiefgehen?«

Ich war erschüttert. »Sag mal, wie naiv bist du eigentlich?«

»Ich kann sehr gut auf mich aufpassen. Wir lieben uns, das spüre ich.« Kathi schmollte verdrossen.

Unauffällig rollte ich mit meinen Augen und schüttelte den Kopf. Ich wusste nicht recht, was ich davon halten sollte. Durfte ich Kathi wirklich in Hamburg absetzen? Wie alt mochte sie sein? Höchstens achtzehn. Ich hoffte es zumindest, sonst verhalf ich einer Minderjährigen zu einer riesigen Dummheit. Kathi gab ihr Schmollen nicht auf. Sie nippte an ihrem Kaffee und glotzte dabei aus dem Seitenfenster.

»Hast du noch eins von den leckeren Brötchen in deiner Tasche?«, fragte ich.

Kathi sah immer noch aus dem Fenster. Auch mein gutgemeintes Lob konnte sie nicht aus ihrer Schmollecke hervorlocken. Verzweifelt stöhnte ich auf. Das würde eine anstrengende Fahrt werden.

»Ich habe noch eins mit Ei, aber das kleckert beim Autofahren«, brummte Kathi durch ihr Kissen.

Erleichtert jubelte ich innerlich. Nicht wegen der Aussicht auf eine weitere Leckerei, sondern weil Kathi mein Friedensangebot angenommen hatte.

»Ist nicht so schlimm, einmal hab ich schon getropft.« Ich streckte die Hand aus, ohne die Fahrbahn aus den Augen zu lassen. Herzhaft biss ich zu und kaute genüsslich. »Also gut, du bist verliebt! Ich habe verstanden! Darf ich fragen, wie du wieder nach Stuttgart kommst, wenn das Wochenende vorbei ist?«

Ich machte mir ernsthafte Sorgen um diese junge Frau mit den lustigen Sommersprossen. Sie trug übermäßig viel Schmuck, nichts Wertvolles, aber sicher lasteten die Glitzerdinger schwer auf ihrem Körper. Wenn ich mir vorstellte, derart geschmückt herumzulaufen, käme ich mir wie ein Christbaum zu Weihnachten vor. Aber zu Kathi passte es irgendwie. Mit dem Schmuck und ihrer Kleidung glich sie einer Hippiebraut. Obwohl sie mir gewaltig auf den Keks gegangen war, mochte ich sie. Sie wirkte ehrlich, und das gefiel mir. Selbst Buddy, der brav im Fußraum schlummerte, störte mich nicht mehr. Manchmal, wenn er schnarchte, entlockte er mir sogar ein Lachen.

»Weiß ich noch nicht, vielleicht bleibe ich in Hamburg. Ich entscheide das erst, wenn ich dort angekommen bin.«

Skeptisch warf ich ihr einen Blick zu. »Du meinst, er entscheidet, ob du bleibst?«

Kathis Kopf schnellte in meine Richtung, ihre Augen funkelten. »Du musst nicht glauben, dass ich blöd bin!«

Erneut lag Streit in der Luft.

Ich atmete ruhig ein und aus. »Sei nicht albern, ich halte dich nicht für blöd.«

Ich widmete meine Aufmerksamkeit der Autobahn. Sicherheitshalber beschloss ich, meine Zunge im Zaum zu halten. Warum mischte ich mich eigentlich ein? Kathi Klinghammer würde in Hamburg aussteigen, voraussichtlich sah ich sie nie wieder. Es sei denn, ich erfuhr aus der Zeitung von einem ungeklärten Mordfall. Opfer: lange rote Haare. Meine selbstauferlegte Gleichgültigkeit löste sich auf wie Zucker im Tee.

Ich knabberte lustlos an dem Brötchen, das ich nur in mich hineinstopfte, weil ich meiner Beifahrerin schmeicheln wollte. Irgendwie stellte ich mich ungeschickt an. Ich nahm mir vor, es nach einer erneuten Schweigestunde weiter zu versuchen. Ich betätigte den Blinker, um einen Wohnwagen zu überholen, der nur langsam vorankam. Mit einem Finger drehte ich das Radio lauter.

Kathi drehte den Lautstärkeregler sofort zurück und blickte mich hektisch an. »Hörst du es nicht? Der Motor macht komische Geräusche! Fahr rechts ran, schnell!«

Mir blieb fast der letzte Bissen im Hals stecken. Kathi hatte recht. Schnell prüfte ich, wie hoch die Wahrscheinlichkeit war, an dem Wohnwagen vorbeizukommen. Ich trat energisch auf das Gaspedal. Nichts! Mein Bully hustete kläglich. In einem heiklen Spurwechsel klemmte ich mich zunächst hinter das langsame Gefährt. Kathi schaltete inzwischen umsichtig den Warnblinker an.

Mein sonst eher brummiges Fahrzeug glitt wie ein Elektroauto auf die Standspur. Ich ließ meinen treuen Freund ausrollen, bis ich das blaue Kilometerschild erkennen konnte, dann erst trat ich auf die Bremse. Da die Bremshydraulik nicht mehr funktionierte, musste ich dafür enorme Kraft aufwenden. Sobald wir standen, gab mein Auto keinen Laut mehr von sich.

Die anderen Autos rauschten an unserem unfreiwillig gewählten Parkplatz vorbei. Meine Hände umklammerten das Lenkrad. Dabei starrte ich Kathi an.

Diese lehnte relaxt im Sitz. »Es könnte durchaus ein lustiger Tag werden!«, murmelte sie gelassen.

Mir platzte der Kragen. »Lustig? Ich finde hier gar nichts lustig!«, schimpfte ich.

Kathi zückte ihr Handy. »Bist du Mitglied im ADAC?«

Wie betäubt sah ich mich in meinem vollbeladenen Bus um. Ich stöhnte auf. Eine leichte Übelkeit überkam mich. Das passierte immer, wenn ich in Stress geriet. Der Motor befand sich bei diesem alten Modell im Heck! Ich sah mich bereits mit dem Inhalt des Kofferraums auf der Autobahn campen. Kathi stupste mich ungeduldig an.

»Was ist denn nun?« Ihre Finger schwebten über den Bildschirm ihres Smartphones. »Egal, Hilfe brauchen wir sowieso!«

Entschlossen wählte sie die Nummer. Sie benutzte dazu ihre Fingernägel, die Fingerkuppen berührten den Ziffernblock gar nicht. Bewundernd sah ich ihr dabei zu. Ich würde mir vermutlich alle Nägel abbrechen, aber Kathi hämmerte eifrig die Nummer ein. Nach endlosen Freizeichen ging jemand dran. Kathi richtete sich auf. Um besser hören zu können?

»Guten Tag, Klinghammer hier. Wir sind auf der A7 liegengeblieben. Ja, ja, Richtung Norden. Kilometer?« Sie linste an mir vorbei auf den Tachostand.

Ich deutete wild auf das kleine, blaue Schild, vor dem wir parkten. »Er meint das da!«

»Es ist 'ne sie!«, entgegnete Kathi.

Ich grinste, typisch Kathi, Frau Naivchen lässt grüßen. Ich erhob meine Stimme und rief in den Hörer: »Dreihundertdrei!«

Grimmig blickte Kathi mich an. »So wenig kann es gar nicht sein, bist du sicher?«

Kathi schaffte es, mich zum Lachen zu bringen. Lachtränen rollten über mein Gesicht. Ich schniefte und hielt ihr die Hand hin. »Gib mal her!«, forderte ich sie auf.

»Jenny Dreyfuss. Wir …« Verblüfft sah ich auf das Display. Aufgelegt! »Ich schätze mal, die haben uns nicht richtig verstanden!« Ich versuchte es noch mal. Eine Viertelstunde lang erklang Musik an meinem Ohr. Perfekt! Warteschleife lässt herzlich grüßen.

»Soll ich den Laderaum inzwischen leerräumen?«, flüsterte Kathi mir unternehmungslustig zu.

»Bist du wahnsinnig? Wir wissen doch gar nicht, wie lange es dauert, bis jemand kommt. Wenn es zu regnen beginnt, wird alles nass!«

Provozierend wandte Kathi ihren Blick gen Himmel. »Hm, die Sonne gibt alles. Es wird eher zu heiß!«

»Egal, ich will abwarten.« Endlich meldete sich eine Frauenstimme. Ich erklärte ihr, wo wir liegengeblieben waren und was passiert war, wobei ich Letzteres eigentlich selbst nicht wusste.

»Verstehe, bitte gedulden Sie sich noch. Ein Straßenwachtfahrer wird in Kürze bei Ihnen ankommen!«

Ich bedankte mich und legte auf.

»Los«, trieb ich Kathi danach an, »wir müssen hier raus und hinter der Leitplanke warten, hier ist es ohnehin zu heiß!«

Ich ärgerte mich, dass ich die Warnwesten nicht mit nach vorn genommen hatte. Wir würden sie nie und nimmer finden. Buddy schien erfreut zu sein, endlich aus dem engen Fußraum herauszukommen. Kathi führte ihn unter der Leitplanke hindurch, und wir folgten ihm, indem wir hinüberkletterten. Der dicke Hund erschnupperte die Umgebung und fand schnell eine günstige Stelle, um sein Bein zu heben.

»Ist es nicht besser, ihn an die Leine zu nehmen?«

»Buddy ist gut erzogen, er haut nicht ab!«, prahlte Kathi entspannt.

Skeptisch beobachtete ich ihn. Nicht auszudenken, was passiert wäre, wenn er auf die Fahrbahn gerannt wäre. Obwohl, rennen? Buddy? Eher nicht.

Nach einer halben Stunde sonnenbaden wurde mir die Warterei zu langweilig. Ich entschied, doch den Kofferraum leerzuräumen. Kathi, die im Gras lag und in den Himmel schaute, kam mir widerwillig zu Hilfe. Ihren Hund wies sie an, liegenzubleiben.

Genau wie Markus prophezeit hatte, purzelte nun die Fracht auf die Straße. Ich hatte keine Ahnung, wie wir alles wieder hineinbekommen sollten. Mit voller Wucht rauschte Kathis Sporttasche auf meine Füße.

»Sieh mal, da. Ein Auto vom ADAC fährt drüben auf der anderen Seite!«

»Wäre zu schön, wenn er zu uns will«, brummte ich.

»Sicher, schau, er fährt an der Ausfahrt ab, gleich ist er da«, frohlockte Kathi zuversichtlich. Eine halbe Stunde verging, und unsere Erwartungshaltung schlug in Enttäuschung um. Wir öffneten die Motorabdeckung und kletterten anschließend frustriert auf die sichere Seite der Leitplanke. Nun saßen wir im Gras und versuchten, uns über den Autobahnlärm hinweg zu unterhalten.

»Hoffentlich ist er noch da, wenn wir in Hamburg ankommen«, sinnierte Kathi.

»Warum rufst du ihn nicht an und erzählst ihm, dass wir eine Panne haben und nicht genau wissen, wann wir in Hamburg sind?«

»Ich warte noch eine Weile«, beschloss Kathi nachdenklich.

Ich betrachtete sie unauffällig. Sie wirkte taff und selbstsicher. Ihr zartes Gesicht und die schmalen Hände verrieten jedoch Verletzlichkeit. Sie war fast noch ein Kind.

»Wie alt bist du, Kathi?«

»Zwanzig, bald einundzwanzig. Warum?«

»Nur so.«

»Du fürchtest, einer Minderjährigen zur Flucht zu verhelfen, oder?« Kathi lachte belustigt. Sie sah mich an, und ihre grünen Augen leuchteten wie Sterne. »Es gibt niemanden, der mich in Stuttgart vermisst. Meine Eltern leben auf Mallorca, sie interessieren sich nicht dafür, was ich so treibe. Und Oma ist vor drei Monaten gestorben.«

Betroffen sah ich zu Boden. »Tut mir leid, das mit deiner Oma.«

»Schon gut.« Kathi wollte offenbar nicht darüber sprechen, sie zupfte schweigend Grashalme aus dem Boden.

Endlich! Der Gelbe Engel fuhr an meinem Bus vorbei und kam direkt davor zum Stehen. Er brachte gekühltes Wasser für uns mit, offenbar befürchtete er, dass wir in der Sonne verdursteten. Womit er recht hätte haben können. Unsere Getränke waren in der Hitze des Busses auf Teetemperatur erwärmt worden. Er grüßte freundlich und riskierte einen Blick auf unser Gepäck.

»Da haben Sie ganze Arbeit geleistet, was? Hoffentlich passt es später alles wieder hinein!«

»Die Sorge haben wir auch«, kommentierte ich kleinlaut. »Meinen Sie, Sie bekommen ihn wieder hin?«

Er wollte wissen, was vor dem Streik des Motors geschehen war. Fachmännisch untersuchte er die Maschine.

»Das haben wir gleich, Sie dürfen Ihr Gepäck in wenigen Minuten wieder einräumen«, versprach er gütig.

Ich rappelte mich aus meiner inzwischen unbequem gewordenen Sitzhaltung hoch. »Nicht Ihr Ernst! Er war gar nicht kaputt?«

Ich erntete einen freundlichen Engelblick. »Doch, aber es ist nicht der Rede wert!«

»Phantastisch!«, jubelte Kathi und folgte mir auf die Standspur. Gebannt starrten wir auf den Motor.

»Starten Sie bitte mal!«

Kathi eilte auf die Fahrerseite und drehte sofort den Schlüssel um. »Schurrt wie 'ne Biene«, rief sie nach hinten.

»Schauen Sie, Frau Dreyfuss.« Er hatte meine Fahrzeugpapiere gesichtet und kannte nun meinen Namen. »Dieses Kabel zum Abschaltventil war abgerutscht. Ich habe es festmontiert, nun können Sie beruhigt weiterfahren!«

»Heiliger Gesangsverein, dafür mussten wir die Kiste leerräumen?« Kathi fand die Situation lustig, ich weniger. Trotzdem war ich froh darüber, keine teuren Werkstattkosten aufgebrummt zu bekommen.

Unser Retter füllte zuerst einen Pannenbeleg aus, bevor er uns half, das Gepäck zu verstauen. Wofür ich sehr dankbar war, denn Kathi rauchte währenddessen eine Zigarette. Dabei warf sie wertvolle Tipps ein, damit auch alles an den richtigen Platz kam. Ich musste mich sehr zusammennehmen, um sie nicht anzuschnauzen. Der Gelbe Engel mit dem klangvollen Namen Anton Schnell verabschiedete sich winkend und brauste davon.

Kathi sah ihm grübelnd nach und zog ein letztes Mal an ihrer Kippe, als ob es nun für immer keine mehr geben würde. »Herr Schnell, interessant! Bezieht sich der Name aufs schnelle Ankommen oder auf den schnellen Abzug?«, spottete sie.

Ich stellte mich neben sie und sah ihm ebenfalls nach. »Keine Ahnung!«, grummelte ich, es schien mir auch unwichtig. Ich wollte endlich weiter.

»Ich verschwinde schnell im Gebüsch, sonst müssen wir bald wieder stoppen«, rief Kathi.

Ich sah ihr nach und beschloss, es ihr gleichzutun.

Meine Beifahrerin setzte mit Schwung über die Leitplanke und rieb sich die Hände. »Meinetwegen können wir!«

»Gleich, erstmal Schichtwechsel!« Ich suchte mir einen anderen Busch aus. Es gestaltete sich etwas schwierig, denn ich hatte nicht das Verlangen, von der Autobahn aus gesehen zu werden. Schließlich fand ich den richtigen für meine Bedürfnisse. In jeder Hinsicht erleichtert stolperte ich durch das hohe Gras zurück.

Kathi saß keck auf dem Fahrersitz. Fragend blinzelte sie mir zu. Ich schenkte ihr ein aufmunterndes Nicken und schwang mich auf die Beifahrerseite. Kathi strahlte wie ein Kind vorm Eisgeschäft. Offensichtlich war es ihr großer Wunsch, meinen Bus zu fahren.

Mit geröteten Wangen startete sie den Motor. Triumphierend grinsten wir uns an. Die Maschine brummte. Nun musste ich mich mit Buddy anfreunden, ob ich wollte oder nicht. Ich spürte seinen schweren Körper an meinen Waden. Im Winter, bei Kälte, war er unter Umständen eine praktische Wärmequelle, aber bei dieser Hitze etwas überflüssig. Ich streichelte sein kurzes, borstiges Fell. Buddy belohnte mich mit einem wohligen Knurren.

Konzentriert fädelte Kathi sich in den rollenden Verkehr ein, ein schwieriges Unterfangen von der Standspur aus. Sie meisterte alles zu meiner Zufriedenheit, so dass ich mich entspannt zurücklehnen konnte. Entschlossen drehte Kathi das Radio lauter.

»Tausendmal belogen …«, trällerte Andrea Berg.

Es überraschte mich, dass Kathi aus vollem Halse mitsang. Sie mochte tatsächlich Schlager.

Blind Date

Hannah

Konnte eine Vierzigjährige in alte Muster verfallen? Tatsächlich kaute ich an den Fingernägeln. Dabei war da gar nichts zu knabbern, schon aus beruflichen Gründen waren meine Nägel sorgfältig kurz geschnitten. Dank der Unterstützung meiner Kolleginnen in Schale geworfen, hockte ich nervös im Kultlokal Hemingway in Kiel wie eine Henne auf der Flucht. Der Gedanke an einen Fluchtweg gefiel mir. Aber wie sollte ich entkommen? Ich trug schließlich Stilettos! Es war mir eigentlich gar nicht möglich, auf diesen Dingern die Balance zu halten, geschweige denn am Hafen zu flanieren. Meine Handinnenflächen fühlten sich feucht an. Daran hatte ich überhaupt nicht mehr gedacht! Mein Date wollte unbedingt mit mir spazieren gehen.

Spazieren gehen! Dass ich nicht lachte. Ich musste meinen Körper mehrmals pro Woche bis zum Limit trainieren. Eine Überlebensnotwendigkeit in meinem Job.

Warum hatte ich mich nur darauf eingelassen, in Schuhen, die mir den Krieg erklärten, einen Bummel am Hafen zu unternehmen? Noch dazu in diesen Klamotten, die für Victoria Beckham angemessen gewesen wären, in denen ich mir jedoch völlig overdressed vorkam. Ich fühlte mich wohler in Turnschuhen, es durften auch gerne Markenfabrikate sein, einer Jeans und meiner beigen Schlabberjacke. Letztere bot ausreichend Stauraum für Handy, Geld, Ausweispapiere und Kaugummi.

Autoschlüssel fanden darin auch Platz. Allerdings geriet ich regelmäßig in Panik, wenn ich in die falsche Jackenöffnung griff und sie nicht gleich fand. Ich musste mir unbedingt angewöhnen, den Schlüsselbund stets in dieselbe Tasche zu schieben.

Meine Freundinnen, die gleichzeitig Kolleginnen waren, hatten mir ein Date organisiert. Damit ich nicht zur alten Jungfer mutierte. Wie sollte das gehen? Ich war Mutter eines zwanzigjährigen Sohnes, der noch dazu sehr gut geraten war. Zweifellos sprach da der Mutterstolz aus mir und nicht der einer Jungfer.

Wir hatten nächtelang diskutiert, ob dieses Treffen stattfinden sollte. Ich wollte es lieber dem Zufall überlassen, einem Traummann zu begegnen. Wir waren uns darüber einig geworden, dass ich meinen Beruf beim Landeskriminalamt verschweigen müsste. Pat und Lea befürchteten, dass das Objekt der Begierde fluchtartig das Lokal verlassen könnte, wenn ich mich als Kripobeamtin zu erkennen gab. Was wiederum ein schlechtes Licht auf einen Finanzberater werfen würde, der er laut ihren Angaben war.

Nun, mit Flüchtigen hatte ich durchaus meine Erfahrungen. Ich sah in ihnen eine Herausforderung, im Umgang mit ihnen war ich Profi. Mit einem Flüchtigen klarzukommen würde mir sicher besser gelingen, als Smalltalk mit einem Mann auf Balztour zu führen.

Ich seufzte laut. Meine Tischnachbarn schauten belustigt zu mir herüber. Sahen sie mir an, dass ich seit einer halben Stunde wartete? Wie bestellt und nicht abgeholt? Ich schüttete den letzten Schluck Mineralwasser in mich hinein, dann deutete ich dem Kellner meine Zahlungsabsichten an, indem ich die Hand hob.

»Komme sofort!«, rief er mir freundlich zu. Ich bereitete mich auf eine längere Wartezeit vor. ›Sofort‹ bedeutete nicht immer das, was man sich darunter vorstellte.

Ich erlaubte mir, mich zu entspannen. Die Aussicht, meinen Standort schleunigst zu wechseln und keinen liebeshungrigen

Mann treffen zu müssen, der mir Avancen machte, erleichterte mich.

Kurz darauf löste sich mein Wohlgefühl jedoch in nichts auf, als ein Supermann auf mich zusteuerte. Er schien mein Date zu sein. Wie vereinbart trug er ein Buch unter dem Arm. Ich hingegen hatte die neueste Ausgabe der Gala neben mir platziert. Ich legte den Kopf schief, um den Titel des Buches lesen zu können, und erstarrte augenblicklich.

Das Parfum! Ich spürte, wie mir das Blut in den Adern gefror. Als ich ihn näher betrachtete, erkannte ich, dass er auch noch dem Schauspieler Ben Whishaw ähnelte. Er schien dem Film leibhaftig entsprungen. Dustin Hoffmann wäre mir lieber gewesen. Er lächelte mir freudig entgegen, und ehe ich mich's versah, pflanzte er sich auf den freien Stuhl direkt neben mir. Er hauchte mir einen Begrüßungskuss auf die Wange und lächelte mich an.

Ein Gesicht, das nur eine Mutter lieben kann, schoss es mir durch den Kopf.

»Tut mir leid, dass ich dich habe warten lassen, aber ich hatte einen komplizierten Fall, der mich länger im Büro festgehalten hat, als es mir lieb war.«

Ich spürte immer noch den Kuss auf meiner Haut. Als ich die unschönen Pickel in seinem Gesicht sah, überkam mich eine Ekelwelle. Die hatten mein Gesicht berührt? Innerlich schrie ich meine Verzweiflung heraus. Äußerlich versuchte ich, den Schein zu wahren.

»Ich habe mich trotzdem gut unterhalten.« Schnell sah ich zum Nachbartisch hinüber, von dem aus mir sechs neugierige Augenpaare wohlgesonnen zublinzelten. Wie tief konnte ich eigentlich noch sinken? Unmut stieg in mir auf, gemischt mit Ekel vor dem Pickelmann und dessen Buch. Er grinste mich breit an, gelbe Zähne erblickten das Tageslicht, welches sich nach meinem Empfinden einen Deut verdunkelte.

»Hast du schon gewählt?«

Damit meinte er sicher, ob ich mich für eine Speise entschieden hatte. Für mich bekam die Frage eine andere Bedeutung.

»Ja, durchaus. Ich wähle den Rückzug und wünsche dir einen schönen Tag!«, rückte ich mit der trockenen Antwort heraus. Ich erhob mich und verabschiedete mich höflich. Ich zuckte zusammen, als vom Tisch meiner Beobachter tosender Applaus ertönte. Ben blickte zuerst irritiert und dann grimmig in die Runde. Offenbar fühlte er sich durch den Kakao gezogen. Ich spürte, wie meine Wangen erröteten. Ich konnte mir die Kommentare meiner Kollegen im Landeskriminalamt gut vorstellen, sollten sie jemals von diesem Date erfahren. Es baute sich ein Druck in meiner Magengegend auf, den ich nur schwer unter Kontrolle halten konnte. Warum hatte ich auch ausgerechnet ein Date in meiner Heimatstadt ausmachen müssen? Ich musste von Sinnen gewesen sein.

So gut es mir auf Pfennigabsätzen möglich war, stakste ich, von einem verblüfften Ben beäugt, über das Kopfsteinpflaster und entschwand an der nächsten Biegung aus dem Sichtfeld aller interessierten Beobachter. Mein Herz schlug protestierend in meiner Brust. Auch wenn ich ein Gegner von Erdbeben war, wünschte ich mir in diesem Augenblick eine Erdspalte, in der ich versinken konnte. Ich spürte immer noch die Blicke in meinem Nacken, obwohl das gar nicht mehr möglich war.

Ich versuchte meine Gedanken in eine andere Richtung zu lenken. Richtig, da war die Wasserleiche, die gestern von Spaziergängern in der Förde entdeckt und gemeldet worden war. Die Lösung des Falls brannte mir unter den Nägeln, alles deutete auf eine unnatürliche Todesursache hin. Endlich eine richtige Aufgabe für mich.

Ein Taxi rauschte an mir vorbei. Zu meinem Glück reagierte der Fahrer auf mein Handzeichen. Ich humpelte der Bremsspur hinterher und öffnete erleichtert die Tür.

»Westring zweihundertelf«, flüsterte ich dem Fahrer zu, als ob es niemand sonst hören durfte. Schon ließ ich mich in den weichen Sitz fallen. Zuallererst musste ich mich meiner Klamotten entledigen. Die männlichen Kollegen würden mich sonst mit Fragen bombardieren, auf deren Beantwortung ich keine Lust hatte.

»Schlechten Tag gehabt?«, fragte mein Chauffeur und grinste mich frech an.

»Werden Sie für billige Fragen bezahlt oder für Personenbeförderung?«, konterte ich säuerlich.

»Bezahlt? Wenn Sie meinen Stundenlohn kennen würden, kämen Ihnen die Tränen. Für diesen Hungerlohn würden Sie nicht mal den Computer einschalten!«, brummte er ungehalten.

Nun wurde mir die Geschichte zu bunt. Warum pöbelte der Kerl mich an? Ich entschied mich für sanfte Gegenwehr. »Oh, das tut mir leid. Ich wusste nicht, dass Sie es so schwer haben!« Ich legte trotzdem noch den Finger in die Wunde. »Dann wäre ich doch mit dem Bus gefahren!« Ich zog die ungewohnte Handtasche näher an mich heran und starrte aus dem Seitenfenster.

Der verarmte Taxifahrer brummte irgendetwas, dann fuhr er schweigend durch die volle Innenstadt. Ich war einigermaßen zufrieden.

Ein abruptes Bremsmanöver kündigte die Ankunft vor meiner Wohnung an. Ich zahlte den nicht gerade niedrigen Preis der Stadtrundfahrt und würdigte meinen immer noch schweigsamen Begleiter keines Blickes mehr. Vorsichtig ertastete ich mir einen sicheren Stand auf den scheußlichen Stilettos und versuchte mich aufzurichten. Ich war überrascht, als mich der Fahrer erneut ansprach.

»Ich wünsche Ihnen einen schönen Tag. Wir freuen uns darauf, Ihnen bald wieder zu Diensten stehen zu dürfen!«

Mir fielen fast die Augen aus dem Kopf, als er mich dabei auch noch anlächelte. Er musste diesen Satz auswendig gelernt haben, anders konnte ich mir seine Haltung mir gegenüber nicht erklären.

»Ja, danke, Ihnen auch«, stotterte ich irritiert und schlug die Wagentür mit einem lauten Knall zu.

Vor der Haustür schleuderte ich meine Schuhe von den Füßen, hob sie auf und schwor mir, sie nie wieder zu tragen, höchstens zum Mülleimer. Ich ging durch das Treppenhaus und bemerkte wie gewohnt, dass meine Nachbarin, Frau Schröder, durch den Türspion linste. Sie war der Wachhund unseres Hauses und wusste über jeden Bewohner bestens Bescheid. Das Kommen und Gehen notierte sie sich in ihrem schwarzen Büchlein.

Seitdem Frau Schröder wusste, dass ich Kripobeamtin war, führte sie ihre Aufzeichnungen noch akribischer durch. Man wusste ja nie, wofür das gut war. Sie sah ein wenig wie eine Kieler Miss Marple aus. Ich vermutete, dass ihr linkes Auge ihr Spiongucker war, denn das Lid zuckte ständig und war etwas größer als das rechte. Nur selten hatte ich Frau Schröder in voller Körpergröße gesehen, aber ihre Augen, vor allem das linke, kannte ich nur zu gut. Ich glaubte es unter tausend Augenpaaren erkennen zu können.

Hin und wieder lag eine Notiz in meinem Briefkasten, immer dann, wenn sie der Meinung war, etwas Verdächtiges entdeckt zu haben, das von größtem Interesse für eine Kripotante sein könnte. Zum Beispiel, wenn die Müllabfuhr am Morgen eine Viertelstunde später als gewöhnlich ihre Arbeit verrichtete. Oder wenn sie fremde Personen im Treppenhaus gesichtet hatte. Während eines persönlichen Gesprächs erwähnte ich einmal nebenbei, dass es lückenhafte Einträge in ihren Aufzeichnungen gäbe, wenn sie zu lange mit ihren Einkäufen beschäftigt wäre. Vorgestern habe ich einen Wagen von *Essen auf Rädern* vor dem Eingang gesehen, ein Unternehmen, das ältere Menschen mit Mahlzeiten versorgt.

Ich grinste vor mich hin. Wenn meine Berufskollegen ihre Pflichten so wahrnehmen würden wie Miss … Frau Schröder, könnten wir eine größere Aufklärungsrate verbuchen, und mein Chef würde uns mit Frühstücksspenden nur so überschütten.

Das tat er immer, wenn er besonders zufrieden mit den abgeschlossenen Fällen war.

Frau Schröder war eine aufmerksame Leserin der Kieler Nachrichten. Ich musste davon ausgehen, dass sie den Bericht über den Leichenfund in der Förde gelesen hatte, und rechnete mit einem überfallartigen Interview, in dem sie mich über den Fall ausfragen würde. In dem Bewusstsein, jeden Moment Schlüsselrasseln zu vernehmen, beeilte ich mich, ins obere Stockwerk zu kommen. Nach diesem Tag war mein Bedürfnis an Smalltalk wirklich gedeckt. Auf den letzten Stufen zu meiner Wohnung hielt ich den Atem an. Gleich würde ein Ruf durch das Treppenhaus hallen.

Ich sollte recht behalten. »Frau Stein, haben Sie einen Augenblick Zeit? Es wäre sehr wichtig!«

Ich rollte mit den Augen. Ich hatte natürlich nichts gehört und schloss die vielen Schlösser meiner Wohnungstür auf. Schnell schlüpfte ich hinein und warf eilig die Tür ins Schloss. Ich verharrte kurz mit zugekniffenen Lidern, während ein weiterer Ruf meine genervten Ohren erreichte. Ich ließ die Schuhe fallen und schob sie mit einem Fuß unter den Schuhschrank. Dort durften sie meinetwegen versauern.

Ich sah mich im Flur um. Ich musste dringend aufräumen, die Wohnung sah aus wie nach einem Luftangriff. Aber ich wollte meine Zeit für wichtigere Dinge nutzen. Mit wenigen Handgriffen befreite ich mich vom Rest der unbequemen Kleidung. Achtlos warf ich sie auf das Bett im Schlafzimmer.

Mein Blick blieb für einen Moment am Spiegel hängen. Obwohl oder gerade weil ich nur noch mit Unterwäsche bekleidet war, gefiel ich mir wesentlich besser als vorher. Meine langen blonden Haare fielen sanft über meine Schultern. Meine Freunde und auch mein Exmann mochten meine blauen, wissenden Augen, auch wenn sie spöttisch blitzten und vor Lebensfreude glänzten. Wenn ich genauer hinsah, musste ich ihnen recht geben.

Ich hielt nie Diät, aber meine Figur konnte sich immer noch sehen lassen. Ich mochte meine langen schlanken Beine, die stets zu einem Dauerlauf bereit waren. Morgens lief ich, wenn ich nicht verschlafen hatte, zweimal um den Häuserblock und atmete den frischen Diesel- und Benzingeruch ein. Am Wochenende versuchte ich häufig, nach Laboe rauszufahren, um dort im Grünen meine Runden zu drehen. Ganz zur Freude aller Hundebesitzer, deren Hunde mir regelmäßig ans Bein gingen. Bei kleinen Hunden hatte ich in solchen Momenten den Bogen bereits raus. Ich holte weit nach hinten aus und versetzte den lieben Kleinen einen Hieb. Bis sie sich davon erholt hatten, war ich weit genug weg. Bei großen Hunden blieb mir nichts anderes übrig, als mit einem Gebet auf den Lippen stehen zu bleiben. Aber die Herrchen und Frauchen mit den großen Herzen bekamen ihre Riesen meist gut in den Griff. Ich liebte Tiere, dazu gehörten zweifelsohne auch Hunde, aber beim Joggen angefallen zu werden war dann doch nicht so meins.

Ich löste den Blick vom Spiegel und schlüpfte genussvoll in eine Jeans. Da die Sonne schien, zog ich ein T-Shirt an und vollendete mein Styling mit einem Paar Turnschuhe. Erleichtert atmete ich auf. Das war ich, und so kam mir auch keiner krumm, mein Selbstbewusstsein schwamm mit mir auf einer Welle. Nun war ich wieder die Kripobeamtin Hannah Stein.

Komisch, dachte ich mir, wie die Kleidung Menschen verändern konnte. Man musste sich einfach wohl in der eigenen Haut fühlen, um sein Ding zu machen. Während ich auf Mister Parfum gewartet hatte, hätte man mir eine Plastikbratpfanne verkaufen können, ohne dass ich mich getraut hätte, das Angebot abzulehnen. Erschüttert über meine neuesten Erkenntnisse starrte ich in den Spiegel. Ich nahm mir fest vor, in Zukunft besser auf mich aufzupassen. In meinem Job ließ ich mich ja auch nicht aufs Glatteis führen. Hannah Stein, scharfsinnig, zielstrebig und kein Blatt vor den Mund nehmend.

Ich erinnerte mich an mein Vorhaben und begab mich auf

den Weg nach Schreventeich. Dort in der Mühlenstraße hatte das Landeskriminalamt seinen Sitz. Ich musste mir die Details der Ermittlungen noch einmal anschauen. Meine Nase verriet mir, dass dort nicht alles auf den Punkt gebracht worden war. Die Kriminaltechnik arbeitete zwar noch an der Auswertung der Untersuchungen, aber es konnte nicht schaden, sich den Vorgang erneut heranzuholen. Es musste mir nur noch gelingen, an Frau Schröder vorbeizukommen.

Längst hätte ich mir meinen Wunsch erfüllen sollen, mir eine Wohnung in Friedrichsort oder gar in Schreventeich zu suchen. Dort gab es viel Grün, und der Stadtverkehr war nicht so aufdringlich laut. Es war meiner Bequemlichkeit zuzuschreiben, dass ich mir diesen Traum noch nicht erfüllt hatte. Mir graute davor, meine Habseligkeiten in Kisten zu verfrachten und in einem Transporter in eine neue Heimat zu befördern. An den Keller mochte ich erst recht nicht denken, auch wenn vieles darin wahrscheinlich entsorgt werden könnte. Der große Keller hatte in mir die Sammelleidenschaft geweckt. Alles, was ich nicht benötigte, wanderte dorthin. Daher nahm ich die vierspurige Straße unter meinem Fenster hin und schwor mir: Irgendwann … Auch Frau Schröder hielt mich vom Umzug ab. Das Katz-und-Maus-Spiel mit ihr war manchmal wirklich amüsant.

Vorsichtig zog ich die Tür ins Schloss und zuckte zusammen, weil es lauter war, als ich geplant hatte. Frau Schröder lauschte sicher mit einem Ohr an der Wand, um rein zufällig auf den Flur zu treten, sobald ich im Anmarsch war. Auf Zehenspitzen schlich ich in das untere Stockwerk und erschrak, als ich plötzlich in die wachsamen Augen von Miss Marple blickte. Sie hielt den Kopf schief und fragte sich offensichtlich, wie sie meine Turnübungen auf der Treppe zu verstehen hatte. Nun richtete sie ihren Blick auf meine Turnschuhe.

»Ihre Leisetreter erfüllen wohl nicht ihren Zweck, nicht wahr?« Ein gütiges Lächeln huschte über ihr faltiges Gesicht.

Ich kicherte. »Sieht nicht so aus. Hallo Frau Schröder, wie geht es Ihnen?«

Lotta Schröder zog die Augenbrauen hoch und sah mich tadelnd an. »Mir geht es immer gut, und Sie wollen das heute hoffentlich nicht ändern! Sagen Sie, ist der Mörder noch auf freiem Fuß?«

Ich setzte einen erstaunten Gesichtsausdruck auf, wissend, dass meine unschuldigen Augen den Eindruck unterstrichen. Dabei lächelte ich sie freundlich an. »Ich arbeite nicht an diesen Fall. Außerdem wissen Sie doch, liebe Frau Schröder, dass ich Ihnen über laufende Ermittlungen keine Auskunft geben darf!«

»Frau Stein, bin ich die Presse? Mir können Sie ruhig sagen, welche Erkenntnisse es in dieser Mordsache gibt.« Ich erntete einen vorwurfsvollen Blick, der mich bis aufs Knochenmark zu durchbohren schien.

»Wie gesagt, ich darf Ihnen keine Auskunft erteilen, selbst wenn ich es könnte.«

»Aber es geht doch um unsere Sicherheit! Da darf man doch wohl erfahren, wie es damit steht!« Sie startete den Versuch, mich einzuschüchtern, indem sie ihre Fäuste in die Hüften stemmte und einen Schritt auf mich zukam.

»Ich muss nun leider los, Frau Schröder, schönen Tag noch!«

Ich steuerte auf den Eingang zu, der mir als guter Fluchtweg erschien, und trat aufatmend auf den Bürgersteig. Mein Auto parkte direkt vor der Tür. Ich bedauerte es, den begehrten Stellplatz aufgeben zu müssen, denn bei meiner Rückkehr würden sicher alle Plätze belegt sein. Ich betätigte die Fernbedienung des automatischen Schließsystems und grinste. Ein Signal ertönte beim Öffnen der Schlösser. Genauso, wie man es aus amerikanischen Krimis kannte. Über solche Spielereien konnte ich mich täglich freuen. Meiner Freundin Pat war es überaus peinlich, wenn wir gemeinsam einen Parkplatz verließen. Sie schätzte diese Art von Aufmerksamkeit überhaupt nicht. Regelmäßig meckerte sie mit mir, ich solle doch die Funktion ausschalten, wenn wir zusammen unterwegs waren.

In rasantem Tempo fuhr ich durch die Stadt zu meinem Büro. Ich hoffte inständig, meine Lieblingskolleginnen nicht mehr anzutreffen. Mir stand nicht der Sinn danach, ihnen von meinem hoffnungsvollen Date zu berichten.

Geschmeidig überwand ich die Stufen zum Landeskriminalamt und stand mit beiden Füßen wieder fest auf dem Boden der Tatsachen. Befreit lief ich ins erste Stockwerk. Nachdem ich unsere Abteilung betreten hatte, bog ich links in die Küche und ergatterte einen Becher dampfenden Kaffee. Er schmeckte wie immer scheußlich, aber er gehörte zum Ritual des Dienstbeginns. Im Gehen schlürfte ich den ersten Schluck und betrat das Dienstzimmer.

Mein Wunsch erfüllte sich nicht. Lea und Pat starrten mich überrascht an. »Was machst du denn hier?«, ertönte es gleichzeitig aus ihren Mündern.

Mit beiden hatte ich zusammen die Schulbank gedrückt, sie waren mir lieb und teuer, nur heute wünschte ich sie in die Wüste.

Lea war aufgrund ihrer knappen Körpergröße von einem Meter sechzig mit Ach und Krach durch die Polizeiprüfung gekommen. Sie war eine Seele von Mensch. Ihren schräg gestellten, grünen Augen entging nichts, jede Kleinigkeit schob sie in eine Schublade ihres schlauen Hirns und hielt sie dort jederzeit abrufbar verborgen. Sie war eine begnadete Tatortbeobachterin. Ich konnte mich immer darauf verlassen, dass sie auch ohne Notizblock meine persönliche Speicherplatte war. Ihren kurzgeschorenen Kopf mit ständig wechselnden Rasurmotiven setzte sie im Privatleben wie auch im Dienst ohne Einschränkungen durch. Sie wusste immer genau, was sie wollte und was nicht. Lea war ein Kumpeltyp, mit dem man Pferde stehlen konnte. Oder im Internet passende Männer suchen, die ich wiederum nicht wollte.

Pat war mir die Vertrauteste der beiden. Ihr erzählte ich von meinen Selbstzweifeln, die mich doch hin und wieder gefangen nahmen, und von misslungenen Dates. Wobei Letzteres nun auch Lea interessieren dürfte. Pat war die Kritikerin unter uns dreien. Sie fand meistens das berüchtigte Haar in der Suppe und überragte die meisten Frauen um Längen mit einer Körpergröße von einem Meter achtzig. Ihre Rundungen waren an den richtigen Stellen, deshalb war sie eines der bestaussehenden Mädels auf der Dienststelle. Sie gehörte zu den Menschen, die nur mit ihren Augen den Stinkefinger zeigen konnten.

»Du musst heute doch nicht arbeiten«, erwähnte Pat mit ihrer dunklen Stimme. Sie sah mich prüfend an.

»Erzähl, wie ist es gelaufen?«, wollte Lea wissen.

Ich hob die Hände und deutete damit an, keine weiteren Fragen zu beantworten. Stattdessen wurde ich dienstlich. »Lea, ich brauche die neuesten Informationen im Fall Heinrich!« Unser Toter hatte den Namen Rudi Heinrich getragen. »Bitte leg mir alles auf meinen Schreibtisch. Pat, ich möchte in der nächsten Stunde nicht gestört werden.«

Beide starrten mich an, als ob ich geradewegs einem Horrorfilm entsprungen wäre. Innerlich jubelte ich vor Triumph, äußerlich blieb ich die Chefin. Lea schloss ihren Mund als Erste, maulte etwas Unverständliches und erhob sich, um meine Anweisungen zu befolgen. Pat hatte ihren Stinkefingerblick aufgesetzt, den ich gekonnt ignorierte.

Den bitteren Kaffee hatte ich geschluckt und meine Freundinnen die bittere Pille der Enttäuschung darüber, dass ich meine Erlebnisse für mich behielt.

Ich stellte den Kaffeebecher ab und begab mich erhobenen Hauptes in mein Büro.

Auf dem Flur stieß ich fast mit meinem Chef zusammen. »Hannah, ich dachte, du hast heute deinen freien Tag? Aber das passt gut, kommst du mal in mein Büro?«

»Klar, wenn es so wichtig ist!« Ich ließ mich nicht gern von der Arbeit abziehen, um mit Heinz Leopold Smalltalk zu führen, aber sein Gesichtsausdruck verkündete Unheil. Unterdessen schlich Lea mit den von mir angeforderten Unterlagen an uns vorbei und beäugte unseren Chef unsicher. Auch sie hatte offensichtlich den Ernst in seinem Blick erkannt und verzog sich erleichtert.

Die große Liebe

Hamburg

Mit jedem Meter, den wir uns Hamburg näherten, wurde ich betrübter. Ein Seitenblick zu Kathi verriet mir, dass es ihr ähnlich erging, jedoch in sichtlich abgeschwächter Form. Schließlich sah sie ihrer großen Liebe entgegen. Da war ein Abschied von mir bestimmt das kleinere Übel.

Kilometer über Kilometer entwickelten wir eine Vertrautheit, die ich am Anfang nicht für möglich gehalten hätte. Kathi erzählte mir, wie sie Buddy bekommen hatte, und Geschichten, die sie mit ihrer Oma erlebt hatte. Es stimmte mich traurig zu hören, dass ihre Eltern sie einfach zurückgelassen hatten, um sich ihren langersehnten Traum zu erfüllen. Malle! Die kleine Kathi musste in Deutschland zur Schule gehen und bei ihrer Oma leben. Kathi erfuhr in der Obhut ihrer Oma die Liebe, Aufmerksamkeit, Zuverlässigkeit und Nestwärme, die ihre Eltern ihr nie hatten geben können.

Nun war die junge Frau, bedingt durch den Tod ihrer Großmutter, auf sich allein gestellt. Zu ihren Eltern wollte sie auf keinen Fall. Das stand für sie fest. Finanziell hatte ihre Oma für sie gesorgt, und die Eltern schickten in regelmäßigen Abständen Geld, aber ihr fehlte etwas Wichtiges: ein Zuhause, ein Mensch, mit dem sie ihr Leben teilen konnte. Nun wurde mir klar, warum sie dieses Abenteuer mit einem Fremden wagen wollte. Ich wünschte ihr von ganzem Herzen, dass er sie nicht enttäuschte.

»Wir sehen uns doch wieder, oder?« Kathi sah mich treuherzig an.

»Klar, was denkst du denn? Ich hoffe, du besuchst mich auf Sylt!«

»Echt? Ich darf dich auf Sylt besuchen?«

»Warum denn nicht? Ich habe ein Haus geerbt, da wird sich schon noch ein Plätzchen finden!« Kathis aufrichtige Freude rührte mich.

»Na ja … Ich dachte, du hast genug von mir«, flüsterte sie verlegen.

Ich lachte sie an.

»Aber wir haben uns gut zusammengerauft, oder? Ich fand es ausgesprochen abwechslungsreich«, sagte Kathi schmeichelnd.

»Hm, vor allem die Autopanne!«, maulte ich.

»Ich fand es lustig.« Kathi kicherte.

»Sieh, Kathi, in zwei Kilometern sind wir auf der Raststätte Harburger Berge, da wartet dein Liebster auf dich!« Ich erhaschte einen Blick aus ihrer Richtung. »Ich wünsche dir von ganzem Herzen Glück, ehrlich.« Jetzt wurde ich auch noch sentimental. Dicke Tränen tropften auf meine Jeans. Plötzlich packte mich das Heimweh nach Marcus.

»Ich bin ziemlich nervös«, gestand meine treue Begleiterin.

»Och …! Man bemerkt es kaum«, sagte ich lachend durch meine Tränen hindurch. Die letzten tausend Meter neckten wir uns gegenseitig. Beinahe hätte ich die Abfahrt verpasst. Mit einem riskanten Bremsmanöver wechselte ich auf die Abbiegerspur. Kathi hielt den Atem an und warf schnell einen Blick auf den nachfolgenden Verkehr. »Das war knapp!«, meinte sie erleichtert.

»Nee, ich hab alles im Griff«, warf ich zu ihrer Beruhigung ein.

Gespannt wie die Flitzebögen fuhren wir den Rastplatz an. Kathi reckte den Hals, um besser sehen zu können. Ich schmunzelte amüsiert und fuhr mehrere Runden um die Raststätte, um nach einem weißen BMW Combi Ausschau zu halten. Nichts!

»Vielleicht ist es besser, wenn wir zu Fuß die Parkplätze abgehen?« Kathi löste bereits den Sicherheitsgurt. Ungeduldig drehte sie sich in alle Richtungen.

»Ich weiß nicht, ob wir damit Erfolg haben«, gab ich zu bedenken. »Ruf ihn doch mal an oder schreib 'ne SMS!«

Ich hielt auf einem freien Platz an und sah zu, wie sie ihr Handy hervorholte. Als ob sie einen Schrei unterdrücken wollte, nahm sie die Hand vor dem Mund. Blass geworden öffnete Kathi eine Nachricht. Bei dem erbärmlichen Anblick meiner Freundin ahnte ich nichts Gutes.

»Was ist? Kein Empfang?«

»Doch ... Daran liegt es nicht«, flüsterte Kathi niedergeschlagen.

»Woran sonst?«

Sie wandte mir das Gesicht zu. Langsam füllten ihre Augen sich mit Tränen. »Er ... kommt ... nicht!«

»Was?« Ich wusste mir keinen anderen Rat, als die aufgelöste Kathi in die Arme zu nehmen. Noch vor Stunden hätte ich ihr triumphierend meine Prophezeiungen um die Ohren geschleudert. Aber nun hatte ich Mitleid. Sie hatte auf eine Liebe gehofft, die ihr ein Zuhause geben würde. Aus heiterem Himmel wurde sie ihrer Hoffnung beraubt.

»Was mache ich denn nur, hier auf dem Rastplatz? Es gibt nicht einmal Übernachtungsmöglichkeiten an diesem gottverdammten Ort!«, schniefte meine rote Zora verzweifelt.

Fast musste ich lachen, aber dazu war die Situation zu tragisch. »Du glaubst doch wohl nicht im Ernst, dass ich dich hier aussetze? Du kommst mit mir, keine Widerrede!«

Mit verwischter Wimperntusche starrte sie mich an. »Sicher?«

»Natürlich, was dachtest du denn?«

»Sylt ist auch nicht schlecht«, seufzte Kathi. »Aber warum

ist er nicht gekommen? Er hätte mir gestern schreiben können, dann wäre ich zumindest in Stuttgart geblieben.«

»So was soll schon vorgekommen sein.« Ich konnte eine gewisse Ironie in meiner Stimme nicht unterdrücken. Zum Glück bemerkte Kathi es nicht.

»Lass uns weg hier, du musst deinen Autozug erreichen, und ich ... muss endlich erwachsen werden!«

Es überraschte mich, dass Kathi so schnell neue Wege einzuschlagen gedachte. Sie tupfte ihre Tränen trocken und blinzelte mich herausfordernd an. Eben noch hatte sie ihrer großen Liebe nachgetrauert, und im nächsten Augenblick schmiedete sie neue Pläne. Auch wenn es meine waren.

»Also gut, du kommst mit?« Ich musste sichergehen, dass sie nicht plötzlich umschwenkte und doch auf dem Rastplatz bleiben wollte.

»Ja!«, antwortete sie fest. »Aber wir gehen noch auf die Pipibox?«

»Auf jeden Fall!«

Fast hatte ich den Eindruck, dass Kathi sich schneller von dem Schock erholte als ich. Abgesehen von den dunklen Rändern der verlaufenen Schminke merkte ich ihr die Enttäuschung kaum an. Sie hatte sie einfach abgeschüttelt wie eine lästige Fliege und war nun voller Tatendrang. Auf dem Weg zur Toilette hakte sie sich bei mir unter und plauderte munter drauflos.

Der verlorene Fall

Hannah

Heinz pflanzte sich auf den Chefsessel, sein Bauchansatz rollte erbarmungslos über den Gürtel. Um für mehr Platz zu sorgen, lehnte er sich weit im Sessel zurück. So fiel ihm anscheinend auch das Atmen leichter. Ich setzte mich auf den gegenüberliegenden Stuhl und wartete ungeduldig darauf, dass er zur Sache kam.

»Hannah, du wirst bis auf weiteres nach Sylt versetzt!«, sprach der Häuptling und schwieg dann. Er ließ mich einfach zappeln.

Ich deutete mit dem Zeigefinger in die Richtung, in der sich mein Büro befand. »Ich arbeite an einem ungeklärten Fall, da kann ich nicht einfach mal Urlaub auf Sylt machen und mir die Sonne auf den Bauch scheinen lassen!«

»Da wird Lea ab sofort dran sein«, nahm er mir den Wind aus den Segeln.

Mein trockener Mund erschwerte das Schlucken. »Lea übernimmt meinen …«

»Genau, wir brauchen dich auf Sylt.« Heinz legte seine fleischigen Hände auf dem Bauch ab und blinzelte mich wohlwollend an. »Du bist die Beste«, schmunzelte er, als ob ich bereits meine Einwilligung dazu gegeben hätte.

Ich grinste ihn schief an, als ob ich eine Wahl hätte. »Wann soll ich rüberfahren?«

»Morgen!«

Ein Hustenanfall schüttelte mich. Ich hatte mich doch glatt an dem Wasser verschluckt, dass Heinz mir großzügig bereitgestellt hatte. »Das ist sehr kurzfristig«, gab ich zu bedenken und hoffte, er würde ein Einsehen haben und erkennen, wie sinnlos das Ganze war. Zumindest aus meiner Sicht.

»Der Autozug ist für dich um acht Uhr morgens gebucht, du nimmst deinen Dienstwagen mit auf die Insel. Des Weiteren habe ich glücklicherweise eine Unterkunft für dich gefunden. Eine schnuckelige Pension in Hörnum, Frühstück inklusive.«

Heinz wirkt rundum zufrieden mit den Plänen, die er für mich gemacht hatte. Ich sah ihn entsetzt an. Das konnte er unmöglich ernst meinen. Allerdings war der erste April schon lange her. Und Poldi, heimlich nannten wir unseren Chef so, war meistens nicht zu Späßen aufgelegt. Mein Magen schlug Purzelbäume, und der Kaffee von vorhin drohte, auf unnatürliche Weise meinen Körper zu verlassen. Was zum Teufel sollte ich auf Sylt anfangen? Mit den gelangweilten Kollegen Kaffee schlürfen und langsam verrückt werden?

Ich versuchte sachlich zu bleiben. »Wofür werde ich auf der Urlaubsinsel benötigt?«

Heinz richtete sich auf, um mir die Details zu unterbreiten. »Ein Todesfall mit ungeklärter Ursache. Vermutlich ein spitzer Gegenstand auf dem Kopf. Allerdings war der Schlag nicht so heftig. Unwahrscheinlich, dass er die Todesursache ist. Die Dorfpolizei ist mit dem Fall reichlich überfordert, da muss jemand mit Sachverstand ran.« Poldi wusste genau, wie er mich ins Boot holte. Mir versteckt zu schmeicheln, das hatte er ohne Frage drauf. Die Person mit besagtem Sachverstand sollte ohne Zweifel ich sein.

»Reicht es nicht, wenn ich täglich von hier aus mit dem Zug rüberfahre? Damit wären die Kosten um einiges minimiert.« Ich kannte Poldi gut. Mit der Option, Kosten einzudämmen, war er fast immer zu überzeugen.

»Nein, ich will, dass du den Laden genauer unter die Lupe nimmst. Misch dich unters Volk und halte die Augen offen.«

Er meinte es zweifellos ernst. Nicht dass er keine Widerworte zuließ, nein, er ignorierte meine Einwände gekonnt.

Ich gab mich meinem Unglück hin und versuchte, das Beste daraus zu machen. »Also gut. Gibt es Hinweise, die brauchbar sind, damit ich mich vorbreiten kann?«

Meine offenen Fragen gefielen Heinz offensichtlich besser als die Gegenwehr. Er rückte näher an den Schreibtisch heran und sah mich nun väterlich-freundlich an. »Genaues weiß ich auch noch nicht. Dazu sollst du ja dorthin«, schloss er die Diskussion ab.

Seufzend erhob ich mich von dem wackeligen Stuhl und steuerte zögernd auf den Ausgang des Büros zu. Vielleicht überlegte er es sich noch mal, ob er mich wirklich in die Einöde schicken wollte?

Poldi lächelte unterdessen zufrieden. »Gute Fahrt! Und versuch, die Insel etwas zu genießen«, rief er mir hinterher.

Na toll. Gab es hier in Kiel nicht wichtigere Dinge zu erledigen?

»Du kommst mir nicht zurück, bevor der Fall eindeutig geklärt ist!«, donnerte er mit seiner sonoren Stimme hinter mir her.

Ärgerlich schlich ich rüber zu Lea und Pat, die mich bereits mit unbändiger Neugier erwarteten. Fragende Blicke schienen mich zu durchbohren.

»Ich habe dir die Unterlagen auf deinen Schreibtisch gelegt, hast du sie gefunden?«, piepste Lea scheinheilig.

»Tu doch nicht so … Du weißt doch sicher schon von deinem neuen Job!«, zischte ich die ahnungslos dreinblickende Lea an.

Lea riss die Augen auf. »Was meinst du? Ich habe keine Ahnung!«

Ich warf mich auf den freien Stuhl, der eigentlich Pat gehörte, und ignorierte ihren protestierenden Blick. Breitbeinig lehnte ich mich nach vorn und starrte bockig ins Leere.

»Sag mal, was ist heute mit dir los? Du benimmst dich höchst sonderbar«, zickte Pat mich an.

»Nicht sonderbar, Sonderauftrag«, maulte ich vor mich hin. »Ich soll nach Sylt. Kommt ihr heute Abend zu mir und trinkt einen mit mir? Zum Abschied?«

Selbst auf die Gefahr hin, dass ich morgen den frühen Zug in Niebüll verpasste, hatte ich das starke Bedürfnis, mir einen anzutüdeln. Mit Unterstützung meiner Freundinnen.

»Ich habe meinen Eltern versprochen, zum Essen zu kommen«, lehnte Pat meine Einladung ab.

Lea schien sich plötzlich unwohl zu fühlen, rückte dann aber mit der Sprache heraus. »Ich bin mit meinem Bruder verabredet!«

Verständnislos starrte ich von Pat zu Lea. Seit wann war ihnen Familie so wichtig? Leas Bruder machte nur Ärger. Die Eltern von Pat nörgelten ständig an ihr herum. Das alles sollte vorgehen? Wo ich doch für lange Zeit auf die Insel verbannt wurde? Ich zweifelte an der Freundschaft der beiden.

»Danke, für eure Unterstützung an meinem vorläufig letzten Abend in Kiel.« Beleidigt schwang ich mich aus dem Bürostuhl und überließ Pat mit einer Handbewegung ihren Platz. »Bis dahin!«, krächzte ich heiser.

In der Tiefgarage tauschte ich meinen Stadtflitzer gegen den schwarzen Dienstwagen. Heinz hatte ausdrücklich verlangt, dass ich den Dienstwagen nahm. Mir egal, sollte die Behörde doch den hohen Fahrpreis bezahlen. Die Überfahrt mit meinem Privatwagen hätte nur einen Bruchteil gekostet, im Gegensatz zu der Riesenkarosse. Allerdings hatte ich so mehr Platz für Gepäck. Ich überlegte in Gedanken bereits, was ich alles einladen müsste.

Zumindest bei der Parkplatzsuche war mir das Glück hold, und ich konnte mich über einen Stellplatz direkt vor der Eingangstür freuen. Fieberhaft dachte ich darüber nach, welche Klamotten auf Sylt angebracht wären. Wettertechnisch musste ich mit allem rechnen. Bevor ich in die Wohnung ging, holte ich einen Koffer aus dem Keller. Frau Schröder würde sicher vor Neugier platzen, sobald sie mich mit dem Koffer erspähte. Urlaub war in ihrem Schnüfflertagebuch nicht vorgesehen. Hoffentlich kam sie nicht um vor lauter Langeweile, wenn ich nicht mehr an ihrer Tür vorbeischlich.

Ich konnte mir eine gewisse Schadenfreude nicht verkneifen. Ein süßes Bonbon auf die bittere Pille, die ich in Poldis Büro hatte schlucken müssen.

Mit gemischten Gefühlen legte ich Kleidungsstücke in den Koffer. Was mich wohl auf Sylt erwartete? Planlos sah ich im Kleiderschrank und im Schlafzimmer umher, einige Teile lagen auf Bett und Fußboden verstreut. Kurz entschlossen raffte ich alles zu einem Knäuel zusammen und stopfte es in den Koffer. Ich würde auf Sylt nicht viel zu tun haben, dann konnte ich immer noch Ordnung in meine Kleidung bringen. In dieser Beziehung neigte ich zum Messie, wie meine Mutter gerne behauptete. Dabei fiel mir ein, dass ich sie über meine Abwesenheit informieren musste. Ein Telefonat würde genügen, denn sie lebte in Hamburg.

Einige Stunden später war ich mit allem fertig. Ich würde nur noch einen Absacker trinken, damit ich nicht die ganze Nacht wach lag.

Plötzlich klingelte es Sturm. Konnte das womöglich Frau Schröder sein? So aufdringlich kannte ich sie gar nicht.

Als ich die Tür mit Schwung öffnete, riefen Pat und Lea: »Überraschung!«

Die war gelungen. Ich freute mich, dass die beiden ihre Pläne in den Wind geschlagen hatten, um mir doch noch einen Abschiedsbesuch abzustatten.

»Rein mit euch!«

Pat drückte mir eine Flasche Sekt in die Hand. Unaufgefordert schlüpfte sie an mir vorbei, gefolgt von einer bedrückt wirkenden Lea. Ich vermutete, dass es ihr immer noch unangenehm war, meinen Fall zu übernehmen.

»Lea, guck nicht so zerknirscht. Ich weiß, du wirst deine Sache gut machen. Sollte es bei dem Fördefall einen Mörder geben, er hätte bei deiner Spürnase keine Chance. Du kriegst ihn!«

Offensichtlich hatte Lea auf Zuspruch von mir gewartet, denn sie strahlte mich dankbar an.

Drei Flaschen Bier und diverse Flaschen Sekt rannen unsere Kehlen hinunter. Das genügte, um meine Freundinnen doch noch über mein Date zu informieren. Ich schilderte es ihnen ausführlich. Wir lachten Tränen, und Lea bekam sich gar nicht mehr ein. Nur Pat zeigte geringfügiges Mitgefühl.

»Und wir haben dich auch noch gedrängt, es auszuprobieren. Ich habe ein richtig schlechtes Gewissen.«

»Mit Recht!«, prustete ich los.

Wir alberten bis spät in die Nacht hinein. Ich grübelte bereits, wie ich es schaffen sollte, in Niebüll den Autozug zu erreichen.

»Wann musst du am Autozug sein?«, fragte Lea.

»Acht Uhr«, sagte ich freudlos. »Eigentlich sollte ich euch jetzt rauswerfen, es ist weit nach Mitternacht!«

»Nicht nötig«, sagte Pat entschieden. »Wir machen die Fliege, und du machst, dass du ins Bett kommst!«

»Lustig, zuerst muss ich hier Klarschiff machen«, jammerte ich verdrossen.

»Quatsch, ich hab einen Wohnungsschlüssel, morgen nach Dienstschluss erledige ich das für dich.« Pat, war einfach unschlagbar.

Mir fiel der Abschied von den beiden schwer, und ich nahm ihnen das Versprechen ab, mich auf der Insel zu besuchen. Ich sah ihnen hinterher, als sie sich kichernd im Treppenhaus hinausschlichen.

»Verrückte Hühner. Man sollte nicht glauben, dass sie zur

Kripo gehören!«, sagte ich kopfschüttelnd und verschloss die Wohnungstür.

Wenige Minuten später lag ich ausgestreckt auf meinem Bett. Mein Elan reichte gerade noch dafür, den Wecker zu stellen. Meine Kleidung behielt ich an.

Sylt

Jenny und Kathi

Kathi rutschte vor lauter Aufregung auf ihrem Sitz hin und her. Skeptischen Blickes verfolgte sie die Verladung der anderen Fahrzeuge. Es dauerte nicht mehr lange, und wir waren an der Reihe. Die Nacht mussten wir in einer billigen Herberge verbringen, weil der letzte Zug uns vor der Nase davongefahren war. Wir machten das Beste daraus und gönnten uns ein Abendessen im Restaurant. Anschließend schliefen wir wie die Babys nach einem Bad selig ein.

»Meinst du, wir passen überhaupt da drauf? Sieht alles sehr eng aus!«

»Sicher, ich habe schon LKW bei der Verladung gesehen. Von denen ist keiner steckengeblieben!« Ich wollte mir nicht die Blöße geben, Kathi gegenüber meine Aufregung einzugestehen.

»Können wir danach aussteigen?«

Ich schüttelte bedauernd den Kopf.

»Wir müssen im Auto bleiben?«

»Jepp!«

»Finde ich schade, wir könnten doch …«

»Nein, wir dürfen das Auto nicht verlassen!«

Kathi lehnte sich tief in ihren Sitz zurück. »Okay, weck mich, wenn wir drüben sind.«

Empört sah ich sie an. »Kommt nicht in Frage, Beifahrer schlafen nicht!«

»Du hast vorhin auch geschlafen, als ich mutterseelenallein durch den gruseligen Elbtunnel fahren musste!«

Ich lachte. »Der ist doch nicht gruselig.«

»Doch! Ich dachte, der nimmt nie ein Ende!«

»Du hattest Angst?«

»Nee, ich habe keine Angst«, erwiderte Kathi trotzig. Ich musste über ihr kindliches Verhalten schmunzeln.

Nach der Aufforderung ließ ich meinen Bully souverän auf die Rampe rollen. Das klappte hervorragend. Ich war stolz auf mich. Kathi erfüllte pflichtbewusst die Aufgaben einer Beifahrerin und schlief nicht. Dazu fand sie alles viel zu spannend, wie sie mir versicherte.

Die Überfahrt auf dem Hindenburgdamm verschliefen wir dann aber doch. Dabei hatte ich mich auf einen unverwechselbaren Blick über das Wattenmeer gefreut. Als Stuttgarterin war mir das Vergnügen bisher nicht vergönnt gewesen. Aber die Insel hatte sicher noch viele andere Sehenswürdigkeiten zu bieten.

Ungeduldig wartete ich darauf, den Zug verlassen zu dürfen und endlich mein Haus besichtigen zu können. Den Schlüssel würde ich mir bei der Nachbarin abholen. Wie würde es sich anfühlen, das eigene Häuschen auf Sylt zu betreten? Ein unglaublicher Stolz überkam mich, gepaart mit Spannung und Unwohlsein. Schließlich lebte Elsa nicht mehr, und nur diesem Umstand war es zu verdanken, dass ich ein Erbe antreten durfte. Fieberhaft versuchte ich, mich an den Namen der Nachbarin zu erinnern. Fiodora Wendtland? Laut den Angaben des Notars hatte sie ein gutes Verhältnis zu meiner Großtante gehabt. Es stimmte mich traurig, dass ich es nie geschafft hatte, ihr einen Besuch abzustatten.

»Weißt du, wie wir zu deinem Häuschen kommen?«

»›An der Düne 25‹ ist die Adresse in Hörnum, das wird schon nicht zu schwer zu finden sein!«

Mein Herz klopfte bis zum Hals, als wir vom Zug herunterfuhren. Es überforderte mich, als ich sah, wie viel Trubel auf der Insel herrschte. Ich musste mich konzentrieren, um mich in den Verkehr einzugliedern. Danach bog ich, dem Wegweiser folgend, in Richtung Hörnum ab.

»Sieht nicht aus wie Einöde!«, stellte Kathi treffend fest.

»Wahnsinn, wo kommen all die Menschen her?«

»Bestimmt haben nicht alle ein Haus geerbt, die meisten machen Urlaub. Sieh mal, der Mann dort mit dem Hawaiihemd muss sich in der Adresse geirrt haben!« Kathi kicherte und beäugte neugierig die Menschen, während ich mich nach Hörnum durchschlug.

Ich hatte keinen Blick für die Schönheit der Insel. Als Erstes musst ich die Adresse finden. An der Düne angekommen, fuhr ich die Häuser im Schritttempo ab.

Kathi zählte mit: »Zwölf, achtzehn …!«

»Du musst auf der anderen Seite schauen, Kathi«, erinnerte ich sie an das Zahlensystem der Hausnummern.

»Da! Dort muss es sein! Donnerwetter, wer fährt denn hier so einen Schlitten?« Anerkennend schaute Kathi den schwarzen BMW an, an dem wir gerade langsam vorbeirollten.

»Ein auswärtiges Kennzeichen, ich glaube, Kiel. Der macht Urlaub, jede Wette!«, belehrte ich Kathi.

Sie reckte sich, um besser sehen zu können. »Und das rotweiße Flatterband dient deiner Begrüßung?«

Jetzt sah ich es auch. Das Grundstück war mit Plastikbändern abgezäunt. Ich wendete den Bus und stellte ihn vor der Einfahrt meines Hauses ab. Hach, ich ließ es mir noch mal auf der Zunge zergehen. *Mein Haus auf Sylt!* Wenn Marcus doch nur hier wäre und sich mit mir freuen könnte. Ich rutschte aus dem Bus heraus und freute mich, den Boden unter den Füßen zu haben, der von nun an mir gehören sollte. Vor lauter Glückstaumel glitt mir meine Tasche aus den Händen und landete unschön auf dem Asphalt.

»Wo müssen wir den Schlüssel holen?« Kathi drängte sich in meine Traumwelt.

Ich winkte lässig ab. »Das hat Zeit, ich will erst schauen.«

Das Haus war wirklich toll in Schuss. Ein Staketenzaun grenzte das Grundstück vom Bürgersteig ab. Grüne Fenster mit braunen Fensterläden gaben dem Häuschen ein freundliches Äußeres. Daneben befand sich eine Garage im gleichen Baustil. Die Bauernrosen standen in voller Blüte, weiter hinten erkannte ich Margeriten, der Wind spielte leicht mit ihren Stielen. Ganz bezaubernd und passend fand ich den Weg aus Pflastersteinen, der geschwungen zum Eingang führte. Zum ersten Mal atmete ich bewusst die Nordseeluft ein. Für einen Moment schwor ich mir, nie wieder fortzugehen. Ich schloss die Augen und träumte mir Marcus herbei. Bildete ich es mir ein, oder roch ich sein Aftershave? Der Geruch entwickelte sich so intensiv, dass ich mich unweigerlich nach Marcus umsah.

»Jenny! Da tropft etwas aus deiner Handtasche, hast du die Cola nicht richtig zugemacht?«, drang die Stimme von Kathi an meine Ohren, die bis eben nur das Rauschen des Meeres vernommen hatten.

Mir wurde klar, warum es nach Marcus roch. Das Fläschchen mit dem Duft meines Freundes musste zerbrochen sein, als mir die Tasche zu Boden gefallen war. So ein Mist aber auch! Zum Glück lag mein Handy sicher verwahrt im Bus. Da ich an dem zerbrochenen Fläschchen nichts ändern konnte, hob ich das Flatterband hoch und huschte hindurch.

»Wo wollen Sie hin, junge Frau? Das Gebiet ist für unbefugte Personen gesperrt! Können Sie nicht lesen?«

Meinte die dunkle Frauenstimme etwa mich? Verblüfft drehte ich mich in die Richtung, aus der ich die Ruferin vermutete. Ich holte tief Luft. »Das Gebiet ist mein Grundstück, und ich wohne hier ab heute!«, konterte ich lauter, als ich es wollte. Die lange Fahrt hatte meine Nerven um einiges geschwächt.

Die Frau sah mich prüfend an. Ihre blauen Augen schienen mich zu durchleuchten. Dabei verzog sie keine Miene. Sie trug Röhrenjeans, dazu Turnschuhe. Auf Make-up hatte sie offensichtlich verzichtet. Ihre blonden Haare, die sie offen trug, lagen in leichten Wellen auf ihren Schultern. Und von ihren langen Beinen konnte so ein Knirps wie ich nur träumen. Ansonsten wirkte sie kühl und emotionslos.

»Entschuldigen Sie, ich habe mich noch nicht vorgestellt. Hannah Stein, LKA Kiel!«

»Sie sind von der Kripo?« Kathi stellte sich neben mich, als ob ich ihren Schutz benötigte. »Das ist ja mal ein Empfang!«

Kathi beäugte Frau Stein kritisch. Hannah Stein zückte ihren Dienstausweis, den Kathi bewundernd betrachtete.

»Womit können wir Ihnen helfen?«

Hannah Stein sah uns prüfend an. »Wie heißen Sie, und wo waren Sie vorgestern zwischen 22 und 24 Uhr?«

»Was geht Sie das denn an?«, antwortete Kathi misstrauisch. »Und warum dürfen wir das Haus nicht betreten?«

»Es hat einen Toten gegeben. Bevor der Fall nicht aufgeklärt ist, darf niemand in das Haus!«

»In meinem Haus?« Ich war außer mir. Ich hatte mich darauf gefreut, nach der langen Fahrt die Beine hochzulegen, und nun schien ich keine Bleibe zu haben. Wut stieg in mir auf. »Wo sollen wir denn hin? Wie kommen Sie dazu, die Tür zu verriegeln?«

»Es wird sicher nicht lange dauern, die Kriminaltechnik arbeitet auf Hochtouren«, erklärte die Ermittlerin ruhig.

Aufgebracht wies ich auf meinen Bus. »Der ist beladen mit meinen wichtigsten Sachen, unter anderem auch meinem Arbeitsplatz, den ich spätestens morgen einnehmen muss. Ich habe Verpflichtungen!«

Hannah Stein schien von meinem Wutausbruch unbeeindruckt. »Sie haben meine Frage noch nicht beantwortet. Wo waren Sie zum Zeitpunkt des Mordes?«

Ich schnappte nach Luft. »Mord? In diesem Haus?« Ich zeigte mit dem Finger auf die Einfahrt des Grundstücks.

»Nicht ganz, in der Garage.« Wieder dieser prüfende Blick, als ob wir hinter der Stirn einen Hinweis auf den Mord versteckt hielten.

Kathi stand schweigend neben mir.

»Dann können wir doch ins Haus!«, sagte ich.

»Leider nein. Wollen Sie mich aufs Revier begleiten, oder bekomme ich eine brauchbare Antwort von Ihnen?«

Die Stein wurde sichtlich ungeduldiger.

Kathi, offenbar aus der Starre erwacht, schob mich ein Stück weg. »Sie verdächtigen uns? Das ist ja die Höhe! Wir kennen den Mann nicht einmal!«

Hannah Steins Augenbrauen schnellten nach oben. »Woher wissen Sie, dass es sich um eine männliche Person handelt?«

Kathis Gesichtsfarbe änderte sich schlagartig von Rosa zu Haferbreigrau. »Das … wusste ich nicht …«, stotterte sie leise. Sie trat einen Schritt zurück, stellte sich hinter mich und überließ mir die weiteren Verhandlungen.

Also gut, dachte ich. Ich verriet der Beamtin unsere Namen und erklärte mit zitternder Stimme, wo wir vor zwei Tagen gewesen waren, nämlich in Stuttgart, mit Reisevorbereitungen beschäftigt. Hannah Stein schien etwas erschöpft, als ob sie kaum geschlafen hätte. Ich konnte es nur zu gut nachempfinden, schließlich ging es mir, beziehungsweise uns, ähnlich.

»Geht doch, danke. Bitte halten Sie sich für weitere Fragen bereit und verlassen Sie die Insel nicht.«

»Kein Problem«, sagte ich spöttisch. »Wir haben dort hinten einen Schuppen entdeckt, vielleicht können wir da unterkommen. Zur Sicherheit gebe ich Ihnen meine Handynummer. Leider kann ich Ihnen nicht versprechen, dass mein Akku bis dahin reicht. Einen Stromanschluss gibt es dort vermutlich nicht!«

Kathi zupfte an meinem Ärmel. »Welchen Schuppen meinst du?«, hauchte sie mir kaum hörbar zu.

Ich schüttelte sie ab, weil ich diese Anhänglichkeit momentan nicht ertrug. Die Stein verarbeitete meinen Redefluss offenbar nur mühsam, dann schien sie nachzudenken. Im Augenwinkel sah ich eine alte Frau herbeischlurfen. Ich achtete nicht weiter darauf.

»Mein Chef hat mir in einer Pension ein Zimmer gebucht. Ich überlasse es Ihnen für die Zeit der Ermittlungen. Ich übernachte auf dem Revier!«

Mit ihrem Angebot nahm sie mir den Wind aus den Segeln. Meine Wut verrauchte schlagartig, und ich sah sie mir genauer an. Auch wenn ich kein Tatortfan war, kannte ich Maria Furtwängler als Ermittlerin. Hannah Stein ähnelte ihr in gewisser Weise.

»Du kannst solange bei mir wohnen!«

Ich schrak heftig zusammen, als plötzlich die alte Frau neben mir auftauchte und mich anstupste.

Ich wich einen Schritt zurück. »Wer sind Sie, wenn ich fragen darf?«

»Deine Nachbarin und eine Freundin deiner Tante. Du kannst mich Fine nennen!« Sie sah mich aus kleinen, linkisch wirkenden grauen Augen an. Dabei betrachtete sie mich vom Scheitel bis zur Sohle. Kathi erntete die gleichen Blicke. Ich bemerkte Fines alte Holzschuhe, aus denen dicke Wollsocken hervorlugten. Unter ihrem Rock trug sie zusätzlich braune Gesundheitsstrümpfe. Im gleichen Muster des Rocks umhüllte sie eine Bluse. Dazu diente eine schmuddelige Schürze als Schmutzschutz. Diese hatte ihren Dienst sichtbar gut erfüllt. Ich vermutete die Speisekarte der vergangenen Wochen darauf zu erkennen. Die Aussicht, in der Bettwäsche dieser Nachbarin zu nächtigen, war durchaus nicht verlockend.

Schnell nahm ich das Angebot der Beamtin an. »Ich habe eine Unterkunft gefunden, Fine … Danke.« Ich fand es ein bisschen komisch, die alte Frau beim Vornamen anzusprechen. »Frau Stein, wo finden wir die Pension?«

Zum ersten Mal lächelte sie bereitwillig und nannte uns die Adresse. Kathi hatte sich in der Zwischenzeit im Bully verschanzt und starrte aus dem Fenster, das vom Haus wegführte. Ich vermutete, sie hatte genug von diesem Zirkus um einen unbekannten Toten.

»Ich begleite Sie zur Unterkunft, damit es keine Schwierigkeiten gibt«, schlug Hannah Stein vor. Oh ja, von Schwierigkeiten hatten wir genug, jetzt musste zur Abwechslung mal wieder etwas funktionieren.

Erleichtert stimmte ich zu. »Leider kann ich Sie nicht mitnehmen, wir sind voll bis unters Dach!«

»Habe ich gesehen«, murmelte Frau Stein. »Mein Wagen steht hier.« Sie deutete auf die Luxuskarre. »Es ist nicht weit von hier, ich fahre am besten vor, und Sie folgen mir.«

Wiedersehensfreude?

Hannah

Mein Beruf erforderte ein gesundes Misstrauen meinen Mitmenschen, insbesondere Verdächtigen, gegenüber, aber die Frauen, die mir an der Stoßstange klebten, um zu ihrem Zimmer zu gelangen, schienen mir nicht sonderlich verdächtig. Die jüngere der beiden kam mir noch ziemlich grün hinter den Ohren vor. Im Rückspiegel sah ich, dass die Frauen wilde Diskussionen führten. Kathi Klinghammer ließ ihr Temperament offenbar ungezügelt heraus. Der übergroße Hund lugte unbeteiligt zum Fenster hinaus. Jenny Dreyfuss schien eine gute Zuhörerin zu sein.

Diese kleine zierliche Frau verstand es, mit dem großen Bus umzugehen. Sie konzentrierte sich auf den Verkehr, ohne dabei verkrampft zu wirken. Der Gefühlsausbruch ihrer Begleitung lenkte sie offenbar nicht ab, und ihre kurzen braunen Haare glänzten in der Morgensonne, die unaufhaltsam durch das Seitenfenster hineinschien. Das schmale Gesicht mit seinen großen Augen erweckte beim Betrachter unweigerlich den Beschützerinstinkt. Die vollen sinnlichen Lippen, von einem Lipgloss betont, täuschten erheblich. Ich hatte es schließlich selbst erlebt. Schutz brauchte Jenny Dreyfuss nicht, sie konnte sich sehr gut wehren, wenn es darauf ankam. Trotzdem hatte ich Verständnis für ihre Situation. Ich hatte mich selbst übertroffen, als ich den Frauen mein Zimmer zur Verfügung gestellt hatte.

Seufzend dachte ich an das kahle Zimmer im Revier der Sylter Polizei, welches nun vorübergehend meine Habseligkeiten und mich beherbergen sollte. Ich war hundemüde. Die Nacht mit Lea und Pat hatte deutliche Spuren hinterlassen. Dass die nächste Nacht erholsamer werden würde, bezweifelte ich. Mein Blick ging immer wieder zum Rückspiegel, wobei mir mein müdes Aussehen auffiel. Ich brauchte unbedingt eine Mütze voll Schlaf. Die Überfahrt auf dem Autozug hatte ich genossen und auch mal die Augen geschlossen, was jedoch den Schlafmangel nicht wettmachen konnte. Früher war ich oft mit der Bahn gereist und hatte einige Erfahrungen dabei gesammelt.

Eine meiner Zugfahrten erster Klasse hatte ich auch heute noch in lebhafter Erinnerung. Ich befand mich auf der Rückfahrt von Frankfurt. In meinem Abteil saßen ein Ehepaar und zwei allein reisende Herren. Wie ich nun mal war, stolperte ich hinein, begrüßte alle fröhlich und teilte ihnen mit, dass ich nun mit ihnen reisen würde. Der Ehemann half mir freundlich beim Verstauen meines Koffers. Beide Eheleute lächelten mich wohlgesonnen an. Für mich war ein Gangplatz reserviert. Der Herr mir schräg gegenüber, mit Dauerwelle und riesiger Fleischplatte, verzog keine Miene. Ich wunderte mich darüber und war auch ein wenig enttäuscht über die gedrückte Stimmung im Abteil. Für gewöhnlich hatte ich auf meinen Zugreisen immer eine nette Unterhaltung gratis dazubekommen.

Ich fand mich mit der Situation ab und döste vor mich hin. Gelegentlich begann ich situationsbedingt ein Gespräch. Ich gab nie schnell auf. Der dauergewellte Mensch reagierte auf nichts, die anderen drei lächelten schon einmal. Bis Hannover ergab ich mich meinem Schicksal. Dort stieg der frisurgeplagte Fahrgast aus. Schob sich an Ingeborg vorbei, nicht ohne sie anzurempeln, und man staune! Er sagte Ciao. Die Schiebetür flog zu, und ich traute mich zu sagen: »Es spricht!«

Ich spürte förmlich, wie die dicke Luft aus dem Abteil entwich und Gelächter anschwoll. Ingeborg fand als Erste die Sprache wieder. »Wir haben uns so nett unterhalten, Bernhard erzählte von seinen Kindern … Und die Männer teilen das gleiche Hobby«, erzählte die Frau mittleren Alters. »Es war nicht zu glauben, diese eine Person hat es nur durch ihre Anwesenheit geschafft, das ganze Abteil zu blockieren.«

Es folgte eine angeregte Unterhaltung, und wir waren alle erstaunt und ein bisschen wehmütig, als wir uns in Hamburg voneinander trennen mussten. Ich habe immer noch Briefkontakt mit Ingeborg. Trotzdem zog ich es seitdem vor, Bahnfahrten zu meiden. Das Sylt-Shuttle hatte es mir jedoch angetan – so machte reisen Freude.

Als der Zug in Westerland einrollte, hatte ich das Glück, ihn als eine der Ersten zu verlassen. Ich entschloss mich, dem Polizeirevier im Kirchenweg einen Besuch abzustatten.

Die Begrüßung fiel eher kühl aus. Die Kollegen saßen in trauter Gemeinschaft um ihre Schreibtische herum, sie frühstückten in aller Ruhe. Der Kaffee dampfte in den Bechern, dazu gab es frisch belegte Brötchen vom Bäcker nebenan. Nach Ermittlung sah das nicht aus. Als ich mich nach dem Fall erkundigte, durchsuchte ein Kollege nervös die gestapelten Akten, ohne Erfolg.

Während er fieberhaft suchte, sah ich mich um. Ich brauchte ein ruhiges Büro, wo ich ungestört arbeiten konnte. Dabei entdeckte ich einen Raum mit einem Schreibtisch und einem klapprigen Bett in der Ecke, wahrscheinlich für Nachtschichten. Nun gut, es sollte für einige Tage mein Lager sein. Ich ärgerte mich immer noch über die Schlampigkeit im Revier. Unterlagen zu einem potentiellen Mordfall nicht aufzufinden!

Der Polizeihauptmeister Jürgens zuckte mit den Schultern und sah mich verlegen an. »Wollen Sie einen Kaffee?«

»Nein danke, ich fahre jetzt zum Tatort. Es wäre schön, bei meiner Rückkehr die Untersuchungsberichte auf dem Schreibtisch dieser Kammer vorzufinden. Sie wird während meines Aufenthalts mein Büro sein. Danke!«

Ich ließ mir die Anschrift des Tatorts geben und rauschte aus der Dienststelle. Auf dem Weg hinaus erblickte ich ein Namensschild auf einem freien Schreibtisch, welches mich verunsicherte. Das konnte nicht möglich sein – sicher ein Namensvetter. Trotzdem hatte ich draußen mit weichen Knien zu kämpfen.

Die Pension in Hörnum war rasch erreicht. Mit steifen Gliedern stieg ich aus und wartete darauf, dass die Stuttgarterinnen mir folgten. Die Klinghammer hatte es noch nicht aufgegeben, auf ihre Freundin einzureden. Meine Ermittlerohren hätten zu gern gehört, was sie sagte. Als sie mich erblickte, verstummte sie jedoch sofort.

Es stellte sich heraus, dass es die richtige Entscheidung gewesen war, die beiden zu begleiten. Denn die freundliche, aber korrekte Vermieterin blickte skeptisch in die Buchungsunterlagen. Sie sah auf den ersten Blick, dass ich für das Zimmer eingeplant war, und nicht Jenny Dreyfuss und Kathi Klinghammer. Ich klärte die Situation auf. Die Vermieterin gab sich zufrieden und rückte die Schlüssel heraus. Der Sabberhund legte sich mit einem Plumps unter die Eiche im Vorgarten. Es gefiel ihm offensichtlich besser im Schatten.

»Erholen Sie sich von der langen Fahrt. Sobald ich erfahre, wann Sie Ihr Haus beziehen können, melde ich mich bei Ihnen.«

Die Damen waren ein wenig blass um die Nase. Ich vermutete, die Autofahrt und die Tatsache, dass eine Leiche in ihrem Haus gefunden worden war, setzten ihnen zu. Selbst mir gelang es oft nur schwer, mich damit abzufinden, welche Abgründe sich bei manchen Fällen auftaten. Dabei schien dieser hier nicht schwerwiegend zu sein.

Ich verabschiedete mich und fuhr mit gemischten Gefühlen in Richtung meines Nachtlagers. Dort würde ich mir die Berichte bis morgen anschauen. Ich war mir darüber im Klaren, dass mir das Bett keine Erholung zu bieten hatte.

Ich parkte mein Auto auf dem Parkplatz des Reviers. Als ich ausstieg, spürte ich zum ersten Mal, seitdem ich angekommen war, wie die würzige Nordseeluft meinen Sinnesorganen schmeichelte. Mit geschlossenen Augen atmete ich tief ein. Plötzlich hörte ich Möwen, das Rauschen des Meeres und den unverwechselbaren Wind. Ich zog ein Haargummi aus meiner Hosentasche, um mir einen Zopf zu binden. Schnurstracks lief ich durch die Einkaufsstraße von Westerland, um direkt zum Strand zu gelangen. Ich ignorierte die Geschäfte und Lokale, vor allem die Fischbuden. Ein süßer Geruch von frisch gebackenen Waffeln begleitete mich auf dem Weg. Sie dufteten beinahe so gut wie die Nordseeluft, die mir jetzt noch intensiver entgegenschlug. Ich sah mich lieber nicht um, woher der verführerische Duft kam, sondern hielt meinen Blick auf mein Ziel gerichtet: die Nordsee.

Ich war nie zuvor auf Sylt gewesen, auch die anderen Nordfriesischen Inseln waren mir fremd. Wenn man in Kiel an der Ostsee lebte, hatte man das Meer ja vor der Haustür. Aber je näher ich meinem Ziel kam, desto besser wusste ich, dass ich einem großen Irrtum unterlag. Ich fragte mich, wie es wohl den Stuttgarterinnen ergangen war? Sie waren sicher überwältigt gewesen. Denn so ein Naturschauspiel bot sich ihnen weit im Süden nicht. Ich musste mich entscheiden, ob ich an der Promenade entlanglaufen oder gleich zum Wasser hinuntergehen wollte. Meine Wahl fiel auf das Meer. Nach kurzem Zögern ließ ich meine Schuhe einfach im Sand liegen. Die Hosenbeine krempelte ich sorgfältig hoch. So konnte ich mich auf das Abenteuer Nordsee einlassen.

Die Wellen glitten geräuschvoll an den Strand. Die Gischt benetzte sanft mein Gesicht. Trotz der Müdigkeit lief ich mit flotten Schritten der Abendsonne entgegen. Wie von selbst schob sich das Gesicht von Andreas Pluto in meine Gedanken. Das

Schild auf dem unbesetzten Schreibtisch im Büro hatte seinen Namen getragen. Ich fragte mich nicht zum ersten Mal, wessen Arbeitsplatz es war. Mit einem Andreas Pluto hatte ich die Polizeischule besucht. Er war damals in einer Beziehung mit Katja gewesen. Ob sie wohl ein Paar geblieben waren? Andreas hatte den Wunsch gehegt, eine Laufbahn bei der Wasserpolizei anzutreten. Kurz nachdem er mir das erzählt hatte, hatte ich meinen Exmann kennengelernt. Aus dieser Verbindung war mein Sohn Luka entstanden. Das Beste in meinem Leben. Die Gedanken an Luka erwärmten mein Herz. Er studierte Jura in Bonn, dadurch sahen wir uns nur noch selten. Nur wenn ihm das Geld ausging, bekam ich unverhofften Besuch meines Sohnes.

Einige Liebespaare hatten es sich in den Strandkörben gemütlich gemacht, mit einem Glas Wein oder einer Flasche Bier. Gemeinsam genossen sie die Abendsonne. Eine bisher unbekannte Sehnsucht packte mich. Ich war schon so lange Single, nur selten kam das Bedürfnis nach Zweisamkeit auf. Hier an der ungeduldigen Nordsee erwischte es mich mit Macht. Dieses idyllische Plätzchen rief geradezu danach. Energisch schüttelte ich den Gedanken ab. Ich war schließlich frei!

Einigermaßen zufrieden erreichte ich erneut die Stelle, an der ich glaubte, meine Schuhe abgelegt zu haben. Ich suchte den Abschnitt ab. War es doch weiter oben gewesen? Nein, ich war mir sicher, genau am Ende des Holzstegs hatte ich sie fallen gelassen. Nichts! Mit dem Fuß strich ich durch den Sand. Ich fand meine Turnschuhe nicht. Verdammt, wie hatte ich nur so blöd sein können?

Frustriert humpelte ich ohne Schuhe durch die Einkaufsstraße zurück. Dies hielt mich aber nicht davon ab, mir ein Fischbrötchen zu kaufen. Dazu eine Cola, damit war zumindest mein Abendessen gesichert. Inzwischen war ich so müde, dass ich mir über die Matratze keine Gedanken mehr machte. Mit einer Menge Nordseeluft in meinen Lungen, vollem Bauch und den wenigen Stunden Schlaf der vergangenen Nacht war ich überzeugt, dass die Müdigkeit mich schon in das Reich der Träume schicken würde.

Mit schmerzenden Füßen erreichte ich den Parkplatz. Ich schnappte mir die kleine Reisetasche, den Koffer ließ ich im Wagen. Ich brauchte nur meine Zahnbürste. Alles andere konnte ich immer noch morgen in mein Luxuszimmer befördern. Die gemütliche Unordnung meiner Wohnung in Kiel vermisste ich jetzt schon.

Das Dienstzimmer empfing mich mit muffigem Geruch nach Akten und Körperschweiß. Ich zog mich aus und suchte, nur mit Top und Unterhose bekleidet, das Minibad auf. Es war ungewöhnlich still. Gab es hier keine Nachtschicht?

Ich putzte gründlich meine Zähne. Das würde für heute die einzige Körperhygiene bleiben. Ich sah in den Spiegel und beobachtete gedankenverloren meine Putzaktion.

Plötzlich hörte ich ein Geräusch. Einbrecher? Verflixt, ich hatte meine Dienstwaffe achtlos aufs Bett geworfen. Wie hatte ich nur so nachlässig sein können? Ich hielt beim Putzen inne und lauschte angespannt. Nichts! Langsam schrubbte ich weiter, behielt aber wachsam im Spiegel den Bereich hinter mir im Auge. Offenbar hatte ich mich getäuscht. Erleichtert pflegte ich meine Beißerchen weiter.

Ich fuhr zusammen, als mich eine Stimme bei meiner Nachtpflege störte. »Welch ein ungewöhnlicher Gast. Darf ich fragen, was Sie hier machen?«

Der Schreck saß mir in den Gliedern. Mit der Zahnbürste im Mund sah ich in eisgraue Augen. Ich bemerkte nicht, dass ich auf die Zahnbürste biss und mir dabei das Zahnfleisch verletzte. Zahnpasta tropfte auf dem Weg zum Fußboden über mein Shirt.

»Andreas …?«, nuschelte ich durch die Maulsperre hindurch.

Er legte den Kopf schief, um mich genauer zu betrachten. In meiner unmöglichen Lage war das nicht unbedingt vorteilhaft für mich. »Hannah …?«, hauchte er mir entgegen.

Ich besann mich auf die Zahnbürste und spuckte nicht gerade damenhaft Schaum in das Waschbecken. Beim Aufdrehen des Wasserhahns traf mich dann auch noch ein kalter Schwall Sylter Leitungswasser ins Gesicht. Ich richtete mich auf und sah in die amüsierten Augen meines ehemaligen Mitschülers.

»Ja, ich bin es!«, stammelte ich blöde.

Er starrte mich immer noch an. Aus Augen, wie nur er sie hatte. Ein Kribbeln durchfuhr meine Magengegend. Wie hatte ich die Wirkung seines Blickes nur je vergessen können?

»Ich dachte, du bist bei den Wasserbüffeln?«, fragte ich dümmlich.

Andreas grinste verlegen. »Nun, nach der ersten Wasserleiche während meiner Ausbildung habe ich das Handtuch geschmissen.«

»Verstehe.« Jedoch verstand ich es nicht wirklich. Andreas liebte Krimis, je blutiger sie waren, umso besser. Im Anschluss an die gemeinsame Paukerei hatten wir uns oft einen Krimi angesehen. Ich hatte mich stets hinter einem Sofakissen verschanzt, um nicht alles mit ansehen zu müssen. Katja hatte es besser gefunden, sich an Andreas' Brust zu schmiegen.

»Gut siehst du aus!«

»Du auch«, stammelte ich.

»Warum bist du …? Ach, du bist die Tante vom LKA? Hat man dir nicht ein Zimmer in Hörnum gebucht? Immer noch die Streberin vom Dienst, was?«

»Quatsch!« Ich schob mich an ihm vorbei, da ich mich ohne Bekleidung unwohl fühlte. Beim Weggehen erklärte ich ihm, warum ich in den nächsten Tagen im Dienstzimmer übernachten würde. Eilig schlüpfte ich in meine Jeans, um mich besser zu fühlen. Dann ging ich auf Andreas zu und umarmte ihn zur Begrüßung. Wow! Er roch immer noch unwiderstehlich gut.

»Ich hatte keine Informationen darüber, dass jemand, in diesem Fall wohl du, hier übernachtet.« Seine Stimme klang in gewisser Weise vorwurfsvoll.

»Du hast offensichtlich deine Truppe nicht im Griff«, konterte ich spitz. »Die Akte über den Todesfall Hörnum ist nicht aufzufinden.« Ich hob provozierend das Kinn und sah ihm in die Augen.

»Du meinst diese hier?« Triumphierend grinste er mich an. »Ich hatte sie mit nach Hause genommen, um sie nach Dienstschluss zum x-ten Mal durchzusehen. Es sieht ganz nach einem Unfall aus. Weder Fingerabdrücke noch sonstige Fremdeinwirkungen lassen sich ausmachen.«

»In Kiel ist man anderer Meinung. Der Fall wird durchleuchtet, bis wir eine Spur haben.«

Andreas war mit dieser Antwort offensichtlich nicht zufrieden. Für ihn gab es anscheinend keine kriminellen Machenschaften auf der Insel. Er lenkte das Gespräch in eine andere Richtung. »Müssen wir so spät abends unseren Spürsinn testen? Lass uns doch zum gemütlichen Teil des Tages übergehen. Die Untersuchungen können wir morgen weiterführen.«

Ich schluckte einen Kommentar hinunter. Für mich gab es während einer offenen Ermittlung keinen gemütlichen Teil. Aber das schien auf dieser Insel anders zu sein. Seufzend gab ich nach.

Pension Lydia

Jenny und Kathi

Dieses Mal kam mir Kathi nicht so davon. Ich achtete streng darauf, dass sie ihre Koffer selbst in das Zimmer trug. Auf Anweisungen ließ ich mich nicht ein. Wider Erwarten kam sie mir zu Hilfe und plapperte dabei ohne Unterlass. Buddy hingegen nutzte die Grünfläche des Vorgartens, um seinen Bedürfnissen freien Lauf zu lassen. Inzwischen war ich dahintergekommen, dass Kathis Mundwerk immer dann unaufhörlich arbeitete, wenn sie nervös war.

»Hast du es gesehen? Du kannst von deinem Haus direkt aufs Meer schauen.« Kathi wuchtete ihren Koffer aus dem Bus und sah mich begeistert an. Danach zückte sie einen Plastikbeutel aus der Hosentasche und hob die gewichtige Hinterlassenschaft ihres Hundes pflichtbewusst auf. Zielsicher steuerte sie auf einen Mülleimer zu und warf den geborgenen Schatz hinein.

»Ich habe es nur gehört. Ich war nicht in der Lage, mich umzuschauen!« Beseelt dachte ich an den Eindruck, den mein Haus bei mir hinterlassen hatte. Abgesehen davon, dass es einen Toten in der Garage gegeben hatte, hatte mich der Anblick überwältigt. Ob ich je einen Fuß in die Garage setzen würde? Ich hatte da so meine Zweifel.

»Die Stein verdächtigt uns doch wohl nicht wirklich? Wie hätten wir auch jemanden umbringen können?« Kathi sprach sehr schnell, so dass ich ihr aufgrund meiner Müdigkeit nicht richtig folgen konnte.

»Ich weiß nicht, haben wir jemanden getötet? Was meinst du?«

Kathi sah mich entsetzt an. »Du weiß es nicht?«

Verwirrt schüttelte ich den Kopf. »Wie kommst du denn auf so eine Schnapsidee?«

Mir fiel es schwer, einen klaren Gedanken zu fassen.

Kathi übernahm die Regie. »Wir gehen jetzt schlafen. Du sofort, und ich räume den Rest der Sachen aus!«

Kathi überraschte mich. Sie wollte allein weitermachen?

Ich ließ mich nicht weiter bitten, schleppte mich ins Zimmer und plumpste übermüdet auf das Bett. Buddy fand seine Decke und ließ sich ebenfalls zufrieden nieder. Wir hatten das sogenannte Veilchenzimmer bekommen. Die Tapete mit den blauen Blumen schien immer näher zu rücken. Lila Bettwäsche umhüllte meinen Körper, der sich entschieden hatte, ab sofort in den Streik zu treten. Er ließ sich nicht auf die Seite drehen. Dafür drehte sich alles in meinem Kopf. Lydia Jahnke, die Wirtin, hatte offenbar eine Schwäche für Veilchen, denn das Zimmer duftete auch noch danach. Das verursachte mir Kopfschmerzen, die ich jedoch zu ignorieren verstand, denn ich schlummerte in wenigen Sekunden ein.

Mitten in der Nacht klingelte mein Handy. Ich tastete das Tischchen neben mir ab. Mit geschlossenen Augen meldete ich mich verschlafen.

»Jenny! Warum meldest du dich nicht? Bist du gut angekommen?«

Ich gähnte herzhaft. »Jo, die Todesursache ist noch nicht geklärt, darum schlafen wir jetzt lila!«

»Jenny, was hast du denn geraucht?« Die Schärfe von Marcus' Stimme erreichte zwar meine Ohren, aber nicht mein Hirn.

»Keine Ahnung, ich rauch doch gar nicht, Schatz. Ich muss jetzt schlafen, gute Nacht. Ich melde mich morgen!«

Als ich am nächsten Morgen erwachte, war es bereits zehn Uhr. Ich schreckte hoch. Bis wann stand noch mal das Frühstück bereit? Mein Magen knurrte, schließlich waren viele Stunden vergangen, seit ich zuletzt gegessen hatte. Mein Blick fiel auf die schlummernde Kathi. Im Schlaf wirkte sie unschuldig und brav. Unter meinen Beobachtungen reckte sie sich, dann blickte sie mich verschlafen an.

»Guten Morgen«, säuselte sie.

»Moin! Wir sind in Nordfriesland, da sagt man Moin.« Ich grinste sie an. »Ich hab einen Riesenhunger!«

Mit einem Satz richtete Kathi sich auf. »Ich auch!«

Ihre lange rote Mähne hing genauso kraftlos an ihr herab, wie ich mich gestern Abend gefühlt hatte.

Lydia Jahnke hatte offenbar Verständnis für uns Langschläfer. Sie hatte eine Auswahl von Speisen am Buffet stehen lassen und heißen Kaffee bereitgestellt. Gierig vertilgten wir das reichhaltige Frühstück. Es gab sogar Krabben, an die wir uns allerdings nicht herantrauten.

»Was machen wir heute?«, fragte Kathi mit vollem Mund.

Ich zuckte mit den Schultern. »Eigentlich beginnt heute meine Arbeit an der neuen Übersetzung, aber ob ich dazu Lust habe?«

»Meine Oma sagte stets: Nach Lust geht es nicht!«

Endlich mal ein weiser Spruch der verstorbenen Oma. Die Binsenweisheit mit dem Kaffeekochen hatte mir weniger gefallen. Trotzdem wollte ich ihn nicht hören. Ich verspürte große Lust, meine neue Heimat zu entdecken und kennenzulernen. Kathi gefiel mein Vorschlag, zuerst am Strand von Hörnum und danach bei meinem Haus vorbeizuschauen. Es aus der Entfernung zu betrachten war besser als nichts. Später wollten wir uns Westerland ansehen.

»Hat dein Held aus Hamburg sich gemeldet?«

»Nö, muss er auch nicht. Ich lass mich nicht veräppeln«, erwiderte Kathi säuerlich.

»Wie lange möchtest du denn bleiben?«

Kathi verzog das Gesicht zu einer Grimasse. »Ich weiß nicht, gehe ich dir schon auf den Keks?«

»Überhaupt nicht, Kathi, aber musst du nicht irgendwann arbeiten?«

»Hab gekündigt!«

Ich starrte sie an. »Nicht dein Ernst!«

»Doch! Ich bin also frei. Ich schlendere heute mal die Gastronomiebetriebe ab, ob die Aushilfen brauchen. Aber wenn du mich nicht länger erträgst, mache ich den Abflug, versprochen.«

Ich grinste sie an. Es war ein schöner Gedanke, nicht die einzige Neue auf der Insel zu sein. Und wir hatten uns schließlich ganz gut zusammengerauft. Krampfhaft versuchte ich, ein Jauchzen zu unterdrücken. So ganz wollte ich ihr nicht zeigen, wie erleichtert ich war, dass sie bleiben wollte. »Wunderbar, wir machen es uns nett hier auf der Insel!«

»Du freust dich!«

Ich gab kurz vor, zu überlegen. »Ja!«, antwortete ich dann fest.

Wir suchten unser Zimmer auf, um Handtücher für den Strand zu holen. Mein Blick blieb an meiner Tasche haften. Der Veilchenduft wurde konsequent von Marcus' Aftershave überdeckt. Wie bekam ich es nur wieder hin, dass sie einigermaßen neutral roch? Ich hängte die Tasche draußen am Fenster auf und beschloss, mich später darum zu kümmern. Kathi beugte sich über mein Handy, das neben dem Bett lag.

»Oh, oh, du hast eine SMS von deinem Liebsten!« Sie richtete sich auf. »Das liest sich nicht so gut, fürchte ich.«

Ich hob eine Augenbraue und sah sie skeptisch an. Zum einen gefiel es mir nicht, dass sie meine Nachrichten las, zum anderen wusste ich nicht, warum Marcus mir etwas Unangenehmes schreiben sollte.

Warum hast du einfach aufgelegt? Wenn du wieder nüchtern bist, melde dich sofort bei mir.

Wieso nüchtern, wieso aufgelegt? Ich konnte mich nicht an ein Gespräch mit Marcus erinnern. Ich drückte die Kurzwahltaste und lauschte gespannt dem Freizeichen.

»Na endlich, Jenny, was ist los mit dir? Hat dich dein Haus so sehr umgehauen, dass du dir einen gönnen musstest?«

Ich schnappte nach Luft. »Bitte was?«

Ich verstand nicht, warum Marcus so sauer war, denn ich konnte mich an kein Telefonat erinnern. Nach langem Hin und Her kamen wir des Rätsels Lösung näher. Ich erzählte von der Leiche in meiner Garage, dem Grund, warum wir nicht einziehen durften.

»Wir? Verstehe ich nicht!«, sagte Marcus, misstrauisch geworden.

»Kathi ist bei mir. Ihr Treffen in Hamburg ist ins Wasser gefallen. Wir haben uns dazu entschieden, gemeinsam nach Sylt zu fahren.«

Marcus lachte schallend. »Du hast die Nervensäge immer noch bei dir? Habt ihr euch noch nicht die Köpfe eingeschlagen?«

Nachdem ich Kathi inzwischen besser kennengelernt hatte, ärgerte ich mich über seine abfällige Bemerkung. »Nein, das werden wir auch nicht«, sagte ich knapp.

»Aber mal im Ernst, du willst doch nicht wirklich in das Haus einziehen? Da kannst du ja gleich auf der Reeperbahn Quartier beziehen.«

»Doch!«

»Jenny, komm nach Hause, vergiss das Ganze.«

»Nein«, piepste ich, unsicher geworden, dann nahm die Wut überhand. Er versuchte schon wieder, mich davon abzubringen. »Ich will mir jetzt die Insel anschauen. Wenn du dich entschuldigen möchtest, kannst du gerne wieder anrufen!«

Ich warf mein Handy auf das Bett und glotze es ärgerlich an.

»Kathi! Wir können«, rief ich hinüber zum Bad.

Wie auf Kommando schlüpfte sie heraus. Besorgt sah sie mich an. »Ihr habt Stress?«

»Ich nicht, komm jetzt!« Ich sah Kathi nicht an, weil ich fürchtete, ich könnte in Tränen ausbrechen, die mich verraten würden. Kathi bewies erstaunlicherweise Empathie, indem sie mich in Ruhe ließ. Im Stillen dankte ich ihr dafür.

Als wir über einen schmalen Weg den Strand erreichten, waren wir überwältigt. Die Wellen der Nordsee rauschten an die Wasserlinie. Es wehte ein kräftiger Wind, von dem wir uns aber nicht abhalten ließen. Kathi hatte eilig ihre Schuhe ausgezogen und rannte nun übermütig zum Wasser. Von einem Freudentaumel ergriffen, folgte ich ihr ausgelassen.

Kathi rief mit leuchtenden Augen gegen den Wind: »Ist es nicht phantastisch?« Sie breitete die Arme aus und drehte sich wie ein Kind. »Ich will hier nie wieder weg!«

Ich lachte fröhlich und wir fielen uns in die Arme. Ich versuchte, mich zu orientieren. Selbst der träge Buddy rannte hechelnd den Strand entlang.

»Wenn wir in diese Richtung gehen, müssten wir zu meinem Haus gelangen.«

»Dann los!«, sagte Kathi übermütig. »Lass uns keine Zeit verlieren.«

Die Gesichter in den Wind gerichtet, stapften wir durch den feinen Sand. Ich beobachtete dabei die Familien mit ihren Kindern. Plötzlich wusste ich, so sollten meine Kinder einmal aufwachsen dürfen. Gleichzeitig überfiel mich Traurigkeit. Marcus wollte keine Kinder. Marcus und ich hatten uns vor langer Zeit dagegen entschieden. Lag es an der Insel, dass ich dabei war, meine Meinung zu ändern? Ich musste mit Marcus darüber reden.

In diesem Moment fiel mir schmerzlich ein, dass wir im Streit auseinandergegangen waren. Doch ich lächelte siegessicher. Er würde bald einlenken. Ein Streit dauerte bei uns nie lange.

»Wer der Tote wohl war?«, fragte Kathi und unterbrach damit meine Gedanken. »Meinst du, er war einer von hier? Oder ein Urlauber vielleicht?«

»Das kann ich nicht beurteilen, aber ich glaube, es wird sich bald aufklären. Ich könnte mir vorstellen, dass er einen Herzinfarkt hatte.«

»Nee, nee!« Kathi nahm mir die Illusionen. »Die Stein hat von einem gewaltsamen Tod gesprochen.«

Ich seufzte verzweifelt. Kathi hatte sicher recht, aber mir wäre es anders lieber gewesen.

Mein Orientierungssinn ließ mich nicht in Stich. Bald darauf erreichten wir die Straße, in der mein Haus in der Sonne erstrahlte. Die rot-weißen Bänder hielten dem Wind stand. Jetzt waren sie noch auffälliger. Betroffen verharrten wir vor der Einfahrt. Die Garage erschien mir bedrohlich. *Betreten verboten* – das Schild wies darauf hin, dass hier etwas Schlimmes geschehen war.

»Komm, wir gehen ums Haus herum. Von dort kannst du aufs Meer schauen!«, rief Kathi. Sie gab Buddy den Befehl, sich hinzulegen, und schlich um das Haus.

Ich zögerte noch, aber dann hatte mich die Abenteuerlust gepackt, so dass ich Kathi hinterherschlich. Mein Herz schlug beim Anblick des wunderschönen Gartens höher. Ich hörte Schritte von rechts kommen. Als ich mich umdrehte, sah ich direkt in Fines zusammengekniffene Augen.

»Moin, Deern, du darfst hier nicht sein!«

»Du auch nicht«, konterte ich keck.

Kathi hatte unseren Besuch nicht bemerkt. Aus einer Ecke des Gartens rief sie mir geheimnistuerisch zu: »Jenny, vielleicht finden wir ja noch eine Leiche! Das wäre doch ein aufregender Einstand!« Sie kicherte verhalten.

Zum ersten Mal erkannte ich so etwas wie ein Grinsen auf

Fines Gesicht. »Kann gut sein, da, wo du gerade rumläufst, liegt eine im Gebüsch!« Fines Grinsen verbreiterte sich, als Kathi mit einem Aufschrei auf mich zulief, um sich an mich zu klammern.

»Kathi, werd nicht hysterisch. Du wolltest schließlich ein Abenteuer«, ermahnte ich meine verstörte Freundin.

»Ihr seid gemein«, schnaubte sie sauer. Dabei sah sie Fine feindselig an.

Ich beeilte mich, die Situation zu retten, indem ich das Thema wechselte. »Fine, du warst eine Freundin meiner Großtante?«

Fine nickte bedächtig. »Ich war ihre beste Freundin!« Sie verschränkte die Arme vor der Brust.

»Und der Mann in der Garage?«

»Du meinst die Leiche?«

»Ja.«

»Der war so was wie ein Lebensgefährte deiner Tante.«

»Tja, nun lebt er nicht mehr, der Gefährte!« Kathi hatte sich gefangen. Sie fand zu ihrem Humor zurück, auch wenn er in meinen Augen etwas zu schwarz war.

Fine sah sie an, als ob sie Kathi zum ersten Mal wahrnahm. »So ist es!«, bestätigte sie trocken.

Kathis Miene verdunkelte sich. »Was sind das denn für Blutflecken an deiner Schürze?«

Langsam sah Fine auf die Flecken hinunter. Nun blickte sie Kathi herausfordernd an. »Ich habe ein Huhn geschlachtet.«

Das war für Kathi eindeutig zu viel. »Wie gemein ist das denn?« Sie wandte sich ab und schlang die Arme um ihren Köper.

»Gibt gleich Hühnersuppe ... Wenn ihr wollt ...«

»Jenny, wir gehen besser!« Kathi eilte an mir vorbei und wartete an der Straße darauf, dass ich ihr nachkam.

»Auf gute Nachbarschaft, Jenny. Deine Tante wäre glücklich, dich hier zu sehen«, sagte Fine und schlich ohne ein weiteres Wort davon.

Mit offenem Mund starrte ich der merkwürdigen Frau nach.

Schöne Aussichten: ein Mord, eine alte Frau, die vorgab, eine Freundin meiner Tante gewesen zu sein, und eine Kripobeamtin, die mich verdächtigte, einen völlig fremden Mann getötet zu haben. Zu allem Überfluss war der Mord auch noch in meinem Haus vorgefallen. So hatte ich mir die neue Heimat nicht vorgestellt.

Kathi verharrte am Gartenzaun. Sie dachte offensichtlich nicht mehr an ihr Abenteuer. Als ich das Grundstück verließ, konnte ich mich nicht zurückhalten und linste durch ein Fenster. Es gehörte eindeutig zur Küche. Ich hielt die Luft an. An der gegenüberliegenden Wand befand sich eine nagelneue Einbauküche. Sie war aufgeräumt und sauber und wirkte so, als ob ihre Besitzerin jeden Moment nach Hause kommen würde, um das Teewasser aufzusetzen.

Ich konnte auch einen Blick auf den Flur erhaschen, von dem es in das Wohnzimmer ging. Alles sah so gemütlich aus, dass ich mich zwingen musste, meinen Aussichtsplatz zu verlassen. Langsam schlenderte ich zur Pforte, wo Kathi ungeduldig auf mich wartete. Doch etwas schien mich zurückzuhalten, und es fiel mir schwer zu gehen.

Mit gesenktem Blick verließ ich endlich meinen Grund und Boden. Als ich aufsah, stand Hannah Stein neben Kathi. Wieder dieser prüfende Blick, als ob sie durch mich hindurchschauen konnte. Ich fühlte mich plötzlich aus mir unerfindlichen Gründen schuldig.

»Moin, Frau Stein!«, rief ich ihr unbekümmert zu. Es ärgerte mich, dass meine Stimme zitterte. Machte ich mich damit verdächtig?

»Moin«, sagte sie tonlos. Offensichtlich hatte ich sie verärgert. »Frau Dreyfuss, Sie müssen sich schon an meine Anweisungen halten. Sie dürfen das Grundstück nicht betreten. Sie könnten in Verdacht geraten, wichtige Beweise beseitigen zu wollen.«

Kathi und ich wurden kreideweiß. Wir waren also noch immer verdächtig?

Die Gesichtszüge von Frau Stein wirkten plötzlich weicher. »Kommen Sie, ich nehme Sie mit nach Westerland. Wir suchen uns ein Café, und dort können wir ganz zwanglos reden. Sie können später mit dem Linienbus zurückfahren.«

»Ist das ein Befehl?«, fragte Kathi zickig.

»Wenn Sie es so ausdrücken wollen.«

Missmutig begleiteten wir die Ermittlerin zu ihrem Auto. Kathi pflanzte sich demonstrativ auf die Rückbank und verschränkte als Zeichen der Abwehr die Arme vor der Brust. Da ich ohnehin lieber vorne saß, schwang ich mich auf den Beifahrersitz. Schweigend fuhren wir nach Westerland.

Am nächstgelegenen Café war ein Terrassenplatz frei geworden, so dass wir die Touristen beobachten konnten, die zur Promenade wollten oder einen Einkaufsbummel machten. Diejenigen, die mit bunten Strandlaken und Sonnencreme bewaffnet waren, konnten eindeutig als Sonnenanbeter identifiziert werden.

Kathi ergriff als Erste das Wort. »Warum verdächtigen Sie uns immer noch? Finden Sie nicht, Sie übertreiben Ihre Ermittleraufgabe ein wenig?«

Ich lief rot an. Kathis Angriff auf Frau Stein war mir peinlich.

»Ich verdächtige Sie gar nicht, auch wenn Ihr Verhalten recht auffällig wirkt.«

Ich räusperte mich. »Was wollen Sie dann von uns?«

Ein Lächeln huschte über ihr Gesicht. »Sie kennenlernen, weiter nichts. Und ich muss aus Routinegründen Ihre Aussagen von gestern prüfen. Also dass Sie tatsächlich aus Stuttgart kommen und in den vergangenen Tagen nicht in der Nähe des Hauses waren.«

»Wozu wollen Sie uns kennenlernen? Planen Sie, mit uns eine WG zu gründen?« Kathis Abneigung Frau Stein gegenüber wurde zunehmend spürbar. Bei der Vorstellung einer Dreier-WG mit der Kripobeamtin überfiel mich ein Lachanfall.

»Keine so schlechte Idee!«, antwortete Frau Stein. Sie hob

ihre Kaffeetasse an und prostete uns zu. »Ich bin Hannah, ich glaube, als Mitbewohner dürfen wir uns duzen.«

Kathi schnappte nach Luft, ich kicherte amüsiert weiter. Bevor Kathi einen Wutausbruch bekam, bremste ich sie sanft. »Kathi, nimm nicht alles so ernst. Du bist doch sonst nicht so aufbrausend.«

»Sonst werde ich auch nicht eines Mordes bezichtigt!«

Ich ignorierte Kathi und nahm meine Tasse zur Hand. »Prost, Hannah, ich bin Jenny. Schön, dich hier auf Sylt zu treffen. Besiegeln müssen wir das Ganze demnächst mit einem Sekt. Sonst wirkt es nicht richtig!«

»Gerne, Jenny. Ich werde euch noch eine Weile auf den Wecker fallen. Die Anweisung von oben«, sie wies mit dem Zeigefinger in Richtung Himmel, »lautet, dass ich bleiben muss, bis der Fall geklärt ist. Da es keine neuen Erkenntnisse gibt, wird es noch dauern.«

»Das ist so etwas wie Urlaub, oder?« Ich nickte ihr freundlich zu.

Hannah starrte auf die Einkaufsstraße und nahm ihre Sonnenbrille ab, als ob sie auf diese Weise deutlicher sehen könnte. Ihre dunkle Stimme schallte über die Terrasse: »Luka? Wie kommst du denn hierher?«

Sie sprang auf, um einem jungen Mann entgegenzueilen, der abrupt stehen blieb. Wir sahen den beiden aus unserer Ecke erstaunt zu. Hannah umarmte ihn und führte ihn an unseren Tisch. »Das ist Luka, mein Sohn. Luka, darf ich dich mit Kathi und Jenny bekannt machen?«

Luka lümmelte sich auf einen Stuhl und warf ein freundliches Hallo in die Runde. »Mutsch, ich dachte, du arbeitest hier. Das scheint mir eher ein Kaffeekränzchen zu sein.«

»Ich dachte, du studierst in Bonn. Hast du freibekommen, wegen Fleiß?« Hannah durchbohrte ihren Sohn mit Blicken.

»Nee, eher das Gegenteil. Ich hab geschmissen!«

Wenn diese Nachricht Hannah aus dem Gleichgewicht brachte, so merkte man es ihr nicht an. Kathi rührte sich aus ihrer Distanz heraus und sah interessiert zu Luka. Ihre Augen leuchteten plötzlich. Lukas Blick haftete an Kathi. Luka war mindesten eins neunzig groß. Er trug eine abgeschnittene Jeans und ein T-Shirt mit der Aufschrift *Ich bin zu jung für Kinderarbeit*, worüber ich schmunzeln musste. Ob das Shirt seine Kindheit überlebt hatte oder ob er sich immer noch zu jung fühlte, konnte ich nicht erraten. Seine Körperhaltung sprach für Letzteres.

»Wo pennst du, Mama? Kann ich mich da mit einklinken?«

Hannah reagierte nicht. Sprachlos starrte sie ihren Spross an.

»Wie ich das sehe, wird das nichts«, unkte Kathi.

»Ich erwarte morgen den Bericht der Pathologie. Wenn wir Glück haben, könnt ihr danach ins Haus«, sagte Hannah zu mir.

»Da ziehe ich mit ein!«, flachste Luka unverhohlen.

»Sicher nicht«, brummte Hannah in ihre Tasse hinein und hielt ihren Blick auf Luka gerichtet.

Kathis Mine hellte sich auf. Ich fürchtete ihren Kommentar und hielt die Luft an. »Du kannst bei uns schlafen, in dem Zimmer gibt es ein Sofa!«

Ich verschluckte mich an meinem Kaffee. Ich sah mich bereits auf dem durchgesessenen Sofa liegen.

»Echt?« Luka himmelte Kathi an wie ein Kind den Weihnachtsmann.

Zu meinem Glück mischte Hannah sich ein. »Kommt nicht in Frage. Wir fragen in der Pension nach, ob ein weiteres Zimmer frei ist!«

Kathi zog die Augenbrauen hoch und schürzte die Lippen. Sie teilte uns mit, dass es kaum freie Unterkünfte auf Sylt gebe. Und es sei ja auch nur für ein bis zwei Nächte. Grimmig starrte ich Kathi an.

»Was ist? Ist doch kein Problem, wir sind doch alle erwachsen!« Beifall heischend sah sie in die Runde.

Nur Luka schien ihre Meinung zu teilen. Er grinste wie ein Honigkuchenpferd.

»Ich kümmere mich darum«, beendete Hannah die Diskussion. »Warum bist du eigentlich nicht in Kiel geblieben?«, fragte sie ihren Sohn.

»Als ich gehört hab, dass du auf Sylt ermittelst, habe ich mir gedacht, ich mache Urlaub auf der Insel der Schönen und Reichen.

»Schön kann ich als deine Mutter bestätigen, aber reich? Wo hast du dein Vermögen versteckt? Ich könnte eins gebrauchen!«

»Ach, Hannah, sei nicht so streng mit Luka«, sagte Kathi in gütigem Ton und lächelte Luka mit einem Augenaufschlag zu. Als sie meinen Blick bemerkte, errötete sie leicht.

»Hast du Zeit, mir die Strandpromenade zu zeigen, Kathi?«

»Klar.« Zerknirscht sah sie uns an. »Ihr kommt doch ohne uns zurecht, oder?«

Sie warteten keine Antwort ab, sondern standen gleichzeitig auf. Ich fragte mich, was Kathi ihm wirklich zeigen wollte. Sie hatte die Promenade selbst noch nicht gesehen. Wie zur Bestätigung gingen beide in die falsche Richtung, und Buddy lief ihnen hinterher. Ich war sicher, dass Kathi ihn vergessen hätte, wenn er ihnen nicht unaufgefordert gefolgt wäre.

»Kathi!« Hannah zeigte in die Richtung, in der der Strand lag.

Kichernd hüpfte Kathi neben Luka her. Sie entfernten sich rasch aus unserer Hörweite, aber ich erkannte, dass Kathi hingerissen war von dem smarten Jungen mit dem süßen Lächeln.

Hannah sah ihnen kopfschüttelnd nach. »Überleg es dir gut, ob du später Kinder haben möchtest, wenn du nicht auf unverhoffte Überraschungen stehst.« Sie zwinkerte mir grinsend zu. »Aber er ist das Beste in meinem Leben!«

Gedankenverloren sah ich den kleiner werdenden Personen nach. »Er sieht gut aus!«, rutschte es mir heraus.

»Das findet Kathi offensichtlich auch.« Hannah lachte belustigt. »Ich muss mich um eine Unterkunft für meinen Sohn kümmern.« Sie seufzte.

»Sinnvolle Aufgabe«, witzelte ich frech. »Ich möchte dieses kleine Zimmer nicht mit zwei verliebten Kindern teilen.«

»Übertreib nicht, sie sind beide volljährig.«

»Hat das etwas zu sagen?«, fragte ich grinsend.

Hannah hob den Zeigefinger und drohte mir spielerisch. »Du bist für die Turteltauben verantwortlich!«

Ich wies die mir übertragene Aufgabe von mir. Trotzdem fühlte ich mich für Kathis Wohlergehen zuständig.

Hannah machte den Vorschlag, unsere Position im Café noch nicht aufzugeben und ein Mittagessen zu bestellen. Ich willigte sofort ein, und danach wollte ich den Strand von Westerland unsicher machen. Hannah erklärte sich bereit, mich zu begleiten.

Es war wirklich schön, mit Hannah zu plaudern. Sie ließ ihre Ermittlerhülle fallen, und wir genossen unsere Frauengespräche.

Hin und wieder sah ich verstohlen auf mein Handy. Leider musste ich feststellen, dass Marcus nicht daran dachte, sich bei mir zu entschuldigen. So ein stures Verhalten kannte ich nicht von ihm. Ich fragte mich, ob ich nicht vielleicht doch einen Fehler gemacht hatte.

Hannah

Nach der zweiten unbequemen Nacht in meinem Dienstzimmer rappelte ich mich mühevoll aus dem Bett. Ich bekam eine Ahnung davon, wie ich mich mit achtzig fühlen würde. Meine steifen Glieder protestierten beim Verlassen des Nachtlagers schmerzhaft. Andreas hatte dafür gesorgt, dass keine Nachtschicht meinen Schlaf überwachte, ich durfte allein in dem Palast der Polizei residieren. Mit der Folge, dass ich die Rufbereitschaft übernommen hatte. Aber es war kein Notruf eingegangen. Urlauber wie Einheimische hatten offenbar ein

Einsehen mit der Kripobeamtin, die vergeblich auf einen erholsamen Schlaf hoffte.

Andreas und ich hatten uns lange unterhalten, nachdem er mich bei der Zahnpflege überrascht hatte. Er war nicht mehr der schmächtige Polizeischüler von früher. Unweigerlich hatte ich ihn mir in Zivilkleidung vorgestellt. In kurzen Hosen mit … nacktem Oberkörper? Pat und Lea hatten wahrscheinlich recht gehabt, als sie verkündet hatten, dass ich einen Mann brauchte. Ich war über meine Gefühlsanwandlungen erschrocken. Entgegen meiner Veranlagung war ich schlagartig unsicher geworden. Besonders, als er mich mit seinen leuchtenden Augen betrachtete, in denen stets ein gewisser Spott lag.

Ich beeilte mich mit der Morgentoilette, bevor die Kollegen mich im Nachthemd überraschen konnten. Dabei sehnte ich mich nach einer heißen Dusche, die ich hier im Revier schmerzlich vermisste.

Andreas erschien als Erster. Fürsorglich hatte er belegte Brötchen besorgt, die er mir mit einem dampfenden Kaffee präsentierte. »Wie geht es dir?« Andreas sah mich skeptisch an. Zum Glück ersparte er mir die Frage nach einer angenehmen Nacht. Ich musste in einem erbärmlichen Zustand sein.

»Gut«, brummte ich, ohne ihn anzusehen. »Ich hoffe, wir können die Hütte in Hörnum bald freigeben, damit ich mein Zimmer beziehen kann.«

Es beunruhigte mich, dass Luka tatsächlich bei den Stuttgarterinnen übernachtet hatte. Ermittlungen und Privatleben hatte ich noch nie miteinander vermischt. Ich fühlte mich absolut unprofessionell. Auch wenn ich gestern einen netten Tag mit Jenny verbracht hatte, ging meine Arbeit vor. Andersherum gab es in diesem Mordfall jedoch nicht viel für mich zu tun. Es waren keine brauchbaren Beweise aufzutreiben. Vielleicht sollte ich doch versuchen, Poldi umzustimmen, mich nach Kiel zurückzuholen?

»Ich begleite dich gern zum Tatort. Wäre doch möglich,

dass wir etwas finden, was die Kollegen übersehen haben.« Ich schlang mein Frühstück hinunter und schnappte mir die Unterlagen nebst meinen Autoschlüsseln.

Andreas reagierte sofort. »Dann los!« Er schaute kurz an seinem Schreibtisch vorbei, danach begleitete er mich zum Parkplatz.

Als ob wir verabredet wären, traf der Rest der Kollegen ein, um Stellung im Revier zu beziehen.

Im Wagen herrschte eine unangenehme Stille. Ich dachte an die Nacht, als Andreas Dienst gehabt und mich beim Zähneputzen überrascht hatte. Wenn ich ehrlich war, hatte ich seine Anwesenheit als tröstlich empfunden. In der ungewohnten Umgebung war er so etwas wie ein persönlicher Bodyguard.

Ich musste einen Gang runterschalten, als ich an eine Ampel kam. Dabei berührte ich zufällig sein Knie. Er zuckte zusammen und nahm gleich eine andere Position ein. Ein kleiner elektrischer Funke ließ meine Hand erzittern. Wenn nicht gleich ein lockeres Gespräch zustande kam, würde ich meine Kontrolle gänzlich verlieren.

Andreas schien es genauso zu gehen. Er löste das Schweigen mit einem Räuspern auf. »Du bist eine gute Autofahrerin!«, lobte er meinen holprigen Fahrstil.

Ein unsicheres Lachen verließ meine trockene Kehle. »Danke, aber ich muss zugeben, hier auf der Insel ist alles sehr ungewohnt für mich. Ich fühle mich wie eine Anfängerin. Im Stadtverkehr von Kiel flutscht es besser!«

Ich fuhr zusammen. *Flutscht?* Das klang in meinen Ohren irgendwie zweideutig. Hoffentlich verstand er es nicht falsch. Wie kam ich jetzt auf so etwas? Ich musste unbedingt mit Pat telefonieren. Seitdem ich Andreas wiedergesehen hatte, fühlte ich mich wie unter Drogen.

Andreas lachte leise. »Mach dir keine Gedanken, den meisten Urlaubern ergeht es ebenso. Großstädter aus Hamburg sind plötzlich nicht in der Lage, rechts von links zu unterscheiden.«

Er hob die Hand und wies auf eine kleine Seitenstraße. »Vorsicht, der hat Vorfahrt!«

Das hatte einen scharfen Bremsvorgang zur Folge.

»Idiot! Ich befinde mich auf einer Vorfahrtsstraße!« Ärgerlich linste ich aus dem Augenwinkel zu ihm hin.

»Ich weiß.« Andreas grinste überlegen. Er roch unwiderstehlich gut.

Ich war erleichtert, als wir das Auto verlassen konnten. Die Reetdachkate wirkte verschlafen in der Morgendämmerung. Der Wind spielte sanft mit den Plastikbändern.

Konzentriert betraten wir die Garage, in der die Leiche gefunden worden war. Ich sah mir die mit Spinnenweben verzierte Decke an. Ein harter Gegenstand hatte auf dem Kopf des Toten eine unschöne Wunde hinterlassen. Vielleicht war etwas von oben heruntergefallen? Eine Flasche Wodka, die auf der Werkbank stand, weckte mein Interesse.

»Hatte er Alkohol im Blut?«

»Nicht ausreichend«, sagte Andreas, ohne mich anzusehen. »Ich glaube, er ist einfach gestürzt. Wer sollte hier auf der Insel einen Mord begehen? Ich finde dieses ganze Theater reichlich übertrieben. Aber es hat zumindest dafür gesorgt, dass wir uns wiedersehen.«

»Theater nennst du das?«, erwiderte ich tonlos. »Du solltest unsere Ermittlungen etwas ernster nehmen.« Vorwurfsvoll sah ich ihn an.

»Dich habe ich immer ernst genommen«, säuselte er und grinste mich verstohlen an.

»Es geht hier nicht darum, alte Kamellen aufzuwärmen, sondern darum, zu ermitteln!«

Andreas sah sich gerade das Garagentor an, doch nun richtete er sich auf. Lässig schlenderte er auf mich zu. Seine Augen! Oh Gott! Mein Hals fühlte sich trocken an. Er blieb dicht vor mir stehen, und ich glaubte fast, seinen Puls zu spüren. Er fesselte mich mit seinem Blick. Meine Wirbelsäule begann zu kribbeln, es zog sich den ganzen Rücken entlang bis zum Nacken. Andreas hob die Hand und strich mir eine Haarsträhne aus dem Gesicht. »Du hast da was, halt mal still.«

Meine Lungen machten sich bereit zur Schnappatmung. Ich war so nervös, dass ich nicht wusste, wie ich stillhalten sollte. Unwillkürlich schloss ich die Augen, als ich die Berührung an meiner Schläfe spürte. Ich hätte Stunden so weitermachen können.

Sanft zog er die Hand zurück. »Schau mal, eine kleine Spinne wollte bei dir einziehen.«

Langsam öffnete ich meine Augen, die direkten Kontakt mit seinen aufnahmen. Ein lauter Knall beförderte mich unsanft ins Hier und Jetzt. Die Garage lag im Dunkeln. Nur durch die Ritzen der Holztür drangen Lichtstrahlen.

Für einen Augenblick nahm ich Andreas' Umrisse wahr. Sein Brustkorb hob und senkte sich gleichmäßig, während mein Herz drohte, aus meiner Brust herauszuspringen. Ohne den Blick von dem Tor zu wenden, ertastete ich meinen Schultergürtel, um die Waffe zu ziehen. Mist! Ich hatte sie nicht dabei. Das war mir noch nie passiert. Sylt hatte mich offenbar in den Urlaubsmodus befördert. Die Situation, in der wir uns befanden, weckte jedoch alles andere als Urlaubsgefühle. Ich ärgerte mich über meine Nachlässigkeit.

Andreas schob sich an mir vorbei, um das Tor zu bewegen. Nichts! Es war offenbar verriegelt.

»Verdammter Mist!«, knurrte er. »Wir sind eingeschlossen!«

»Da wäre ich jetzt nicht draufgekommen«, entgegnete ich ärgerlich.

»Ich vermute, dass der Wind …«

Verständnislos starrte ich ihn an. Welcher Wind? Seit gestern hatte der Wind seinen Kampf um meine Frisur aufgegeben. Nicht einmal das Meer sang sein Lied des Angriffs.

Ich erträumte mir einen Strandspaziergang mit Andreas,

weit weg von diesem Zirkus. Andreas bewegte sich auf mich zu. Dabei versuchte er, in der Dunkelheit der Garage etwas zu erkennen.

»Die meisten Schuppen haben einen Seitenausgang. Schauen wir, ob das hier auch der Fall ist. Er tastete mit seiner Hand nach meinem Rücken, erwischte aber meinen Po. Die Geste verwirrte mich trotz der unheimlichen Situation. Ein Schauer ergriff mich und wanderte über mein Schambein in meine weich gewordenen Knie. Schade, dass dies hier kein Heulager war. Ich hätte ihn hineingezerrt.

Ich wusste nicht, ob ich so heftig reagierte, weil ich seit Jahren einen Männernotstand zu verbuchen hatte, oder ob ich mich grenzenlos an diesen Mann meiner Jugend verloren hatte. Es kostete mich einiges an Kraft, mich aus seiner Nähe zu lösen.

Wir erreichten den Seiteneingang, doch auch dieser war verschlossen. »Was machen wir jetzt? Warten, bis man uns vermisst? Keine gute Aussicht«, stöhnte ich.

»Ich hätte da eine Idee«, hauchte er mir ins Ohr. Er stand dicht neben mir. Selbst in der Dunkelheit leuchteten seine Augen unverschämt verführerisch. Er beugte sich zu mir herunter. Ich schloss erwartungsvoll die Augen und drehte mich dorthin, wo ich seine Lippen vermutete. Vulkanausbrüche kannte ich nur aus Dokumentationen, in meinem Inneren waren sie mir fremd. Als ich seinen Atem spürte, fürchtete ich um meinen bereits auf ein Minimum reduzierten Verstand.

Ein Lichtstreifen raste durch die Garage. War ich im Himmel? Aber was war das für ein Geräusch? Protestierten die Engel, oder hatte der Teufel die Hand im Spiel? Mir egal! Ich wollte ihn. Jetzt!

Andreas wandte sich ab und sah zum Tor.

»Störe ich euch? Ich dachte mir, dass ihr vielleicht rauswollt.«

Fine Wendtland versperrte in voller Breite die Tür. Das Sonnenlicht blendete mich, so dass ich blinzelte wie ein Eichhörnchen.

Andreas ging mit weitausholenden Schritten auf die Alte zu. »Haben Sie uns hier eingeschlossen?«

Fine Wendtland wich empört zurück. »Wie kommst du auf so eine Schnapsidee? Ich habe euch befreit. Ein bisschen dankbarer könntet ihr schon sein!«

Andreas legte den Kopf schief und betrachtete sie misstrauisch. »Warum duzen Sie uns? Haben Sie mir früher die Windeln gewechselt?«

Fine Wendtland gluckste. »Nee, hätte ich aber können!«

Andreas wirkte resigniert. Ich stand immer noch wie angewurzelt da. Mit wackligen Beinen bewegte ich mich auf die beiden zu. Fine Wendtland hatte die Güte, mir einen missbilligenden Blick zu schenken.

Ich machte mir meine Stellung bewusst und riss mich zusammen. »Frau Wendtland, was haben Sie hier zu suchen?«

»Ich habe euch das Tor geöffnet«, brummte sie verärgert, dann drehte sie sich weg, um nach Hause zu schlurfen.

»Merkwürdige Person«, murmelte Andreas nachdenklich und sah ihr nach.

»Wir kommen hier nicht weiter. Ich vermute, wir müssen auf die Berichte der kriminaltechnischen Untersuchung und der Pathologie warten.«

Ich trat hinaus, und Andreas folgte mir, dann verriegelte ich die Garage gewissenhaft. Ratlos blickte Andreas mich an.

»Wo wollen wir jetzt weitermachen?«

»Gar nicht, ich fahre aufs Revier«, kommentierte ich die zweideutige Frage.

Andreas hauchte ein leises »Schade«.

Ich zuckte zusammen. Auf diese Antwort war ich nicht vorbereitet gewesen.

Der Rückweg verlief wie der Hinweg schweigend.

Jenny

Ich hatte mir einen kleinen Tisch organisiert, auf den mein Laptop gerade so passte. Ich musste bei jeder Bewegung darauf achten, dass die Maus nicht über die Tischkante sauste. Wobei Bewegung etwas übertrieben war.

Ich starrte die leere Bildschirmfläche an. Ich musste einen Roman ins Französische übersetzen, doch es schien, als ob ich der Sprache plötzlich nicht mehr mächtig war. Erschwerend kam hinzu, dass mich der Inhalt des Buches nicht ansprach. In regelmäßigen Abständen kontrollierte ich mein Smartphone. Marcus dachte nicht daran, mich anzurufen. Oder war das Telefon kaputt?

Mir gelang kein vernünftiger Satz. Dabei musste ich mich anstrengen, denn ich hatte leichtsinnigerweise schon wieder einen neuen Auftrag angenommen. Ich hatte nicht die leiseste Ahnung, wie ich das bewerkstelligen sollte.

Kathi machte mit Luke die Insel unsicher. Hannah meldete sich auch nicht, um mir Bescheid zu geben, wann ich mein Haus beziehen durfte. Zu allem Überfluss bewohnte Luka nun gemeinsam mit uns dieses winzige Zimmer. Kathi war natürlich aus dem Häuschen. Sie kokettierte mit Luka, als gelte es, einen Preis zu gewinnen.

Die beiden hatten bis spät in die Nacht geplaudert. Es interessierte sie nicht, ob ich müde war. Wenn ich sie daran erinnerte, dass sie nicht alleine waren, flüsterten sie für einige Minuten. Das machte mich erst recht nervös, weil ich mich anstrengte, die Wortfetzen zu verstehen. Irgendwann war es mir gelungen, einzuschlafen, doch eine plötzlich eintretende Stille hatte mich hochschrecken lassen. Verwirrt hatte ich mich umgesehen. Der Platz neben mir war leer. Kathi hatte sich bei Luka eingekuschelt. Diese neue Situation hatte wiederum andere Geräusche verursacht. Ich hatte mir die Decke über die Ohren gezogen und mir geschworen, in der darauffolgenden Nacht am Strand zu pennen.

Das Dokument auf meinem PC wies immer noch keine Wörter auf. Ich seufzte verzweifelt. Ich musste mich unbedingt auf die Arbeit konzentrieren. Vielleicht ging es leichter, wenn ich Marcus anrief? Mein Telefon schwieg weiterhin.

Ich gab mir einen Ruck. Es konnte so nicht weitergehen. Dann hatte Marcus eben gewonnen. Ich brauchte jetzt seine liebevolle Stimme am Ohr, seinen Trost. Ich war unsicher, aber ich rang mich dazu durch, seine Nummer zu wählen. Gespannt lauschte ich dem Freizeichen, das mir unglaublich laut vorkam. Ich verließ meinen Stuhl, damit ich in Bewegung war, und fühlte mich dadurch stärker. Im Geiste ging ich die Worte durch, die ich ihm in den Hörer säuseln wollte.

Nach einer gefühlten Ewigkeit ertönte Marcus' Stimme. »Leider kann ich euren Anruf nicht entgegennehmen, hinterlasst …«

Anrufbeantworter! Frustriert legte ich auf. Das konnte meine verwirrte Seele nun überhaupt nicht gebrauchen.

Ich lief zum Fenster, um es zu öffnen. Dort, wo ich meine Tasche zum Lüften aufgehängt hatte, empfing mich gähnende Leere. Wo war meine Tasche? Ich beugte mich weit aus der Fensteröffnung heraus. War sie hinuntergefallen? Die Kletterpflanzen, die am Haus rankten, versperrten mir die Sicht. Mir blieb nichts anders übrig, als hinunter in den Garten zu gehen, um nachzuschauen, ob meine Tasche abgestürzt war. Ich schlüpfte in die Schuhe und machte mich auf den Weg in den hinteren Teil des Gartens.

Ratlos blickte ich an der wuchernden Pracht aus Efeu hinauf. Aber ich konnte nichts entdecken, was ansatzweise nach einer Tasche aussah.

Vorsichtig raffte ich die Ranken beiseite. Wie sich herausstellte, lagen noch andere Dinge in den Wirrungen der Zweige.

Ein Taschentuch mit Monogramm und ein Babyschnuller waren bereits eingewachsen. Ich fand etwas weiter oben auch ein Buch. Meine Arme wurden langsam zu kurz für die erweiterte Fundsachensuche.

Ich sah mich um. Lag hier vielleicht eine Trittleiter herum? Zwischen den Verästelungen entdeckte ich die Rankhilfe aus Holzlatten. Ich ruckelte kräftig daran. Es bewegte sich nichts. Also musste es doch möglich sein, hinaufzuklettern? Prüfend blickte ich umher. Ich war allein im Garten. Also riskierte ich den Aufstieg.

Nach jedem überwundenen Teilstück der Rankhilfe durchsuchte ich den Efeu nach meiner Tasche. Dabei ignorierte ich meine nachlassenden Kräfte. Auf der letzten Etappe entdeckte ich etwas Braunes. Ich freute mich bereits, dass meine sportliche Betätigung nicht umsonst gewesen war. Ich zog daran und wäre fast abgestürzt. Mit letzter Kraft klammerte ich mich an den struppig gewordenen Efeu.

Mein Fund entpuppte sich als alte Mappe. Weiß der Himmel, wie die dort hingekommen war. Ich ließ sie einfach fallen und biss die Zähne zusammen, denn ich hatte mir eine dicke Schramme zugezogen. Blut rann von meinem Oberarm. Zum Glück hatte ich das Fenster nicht geschlossen. Ich musste nur noch die eine Hürde schaffen, dann könnte ich mich in mein Zimmer wuchten.

Es krachte unter mir. Die vermeintlich sicheren Sprossen gaben geräuschvoll nach. Ich geriet in Panik. Schnell griff ich zur Fensterbank meines Zimmers und schaffte es, mich mit letzter Kraft daran hochzuziehen. Leider rutschte ich mit dem Oberkörper voran durchs Fenster. Unsanft landete ich auf dem Teppich und bleib stöhnend liegen. Ich starrte den Bodenbelag an. Warum hatte der eine andere Farbe?

»Wo kommen Sie denn her?«

Eine männliche Stimme erreichte meine Ohren. Für Sekunden traute ich mich nicht, aufzublicken. Als ich doch einen

Blick riskierte, fuhr mir der Schreck in die Glieder. Nur mit einem Handtuch bedeckt, stand dort ein Mann, der mindestens so verblüfft schien wie ich.

»Entschuldigung!«, stammelte ich verlegen. »Ich dachte, es wäre mein Fenster!«

»Ach so, Sie dachten, es wäre Ihr Zimmer!« Unverhohlener Spott lag in seiner Stimme. »Besitzen Sie keinen Schlüssel? Oder ist diese Aktion als Frühsport zu verstehen?«

»Nein, ist sie nicht!« Ich erhob mich aus der erniedrigenden Position. Beschämt betrachtete ich seinen nackten Körper. Gar nicht mal so übel.

Mit besorgter Miene eilte er auf mich zu. »Sie sind ja verletzt! Warten Sie, ich schau mir das mal an!«

Mit einem Satz war er bei mir. Er schob mich auf das Bett. Ich war nicht in der Lage, mich zu wehren. Verstört blieben meine Blicke an den Augen des Mannes hängen. *Er soll zuerst etwas anziehen!*, schoss es mir durch den Kopf.

»Ansehen … sind Sie Arzt, oder was?«, fragte ich erbost.

»Ja, bin ich«, antwortete er gelassen und lächelte. »Halten sie dies auf die Wunde, ich ziehe mir etwas über.«

Er gab mir ein sauberes Taschentuch und verschwand mit Hose und Shirt ausgerüstet ins Bad. Ich sah mich im Zimmer um. Es war ähnlich eingerichtet wie unseres, nur die Farbe Lila fehlte. Stattdessen war alles in Blau gehalten. Nach Veilchen roch es trotzdem.

Bewaffnet mit einer Ledertasche kam Mr. Unbekannt zurück. Er setzte sich neben mich auf das Bett. Sofort entfernte er das Taschentuch, welches ich krampfhaft auf meinen Oberarm gepresst hatte. Dabei berührte er zufällig meine Hand. Die Hand begann zu brennen. Hatte ich dort auch eine Verletzung?

»Mein Name ist Tim Schönberg. Ich bin wirklich Arzt, machen Sie sich keine Sorgen!« Gewissenhaft reinigte er die Wunde. »Vorsicht, es könnte ein wenig brennen.«

Er hatte es kaum ausgesprochen, da fuhr ein beißender

Schmerz durch meinen verletzten Arm. Ich verzog tapfer keine Miene, schließlich war ich eben noch die Bergsteigerin von Hörnum gewesen.

»Jenny Dreyfuss«, stieß ich gepresst hervor.

»Tut mir leid, ich wollte Ihnen nicht weh tun. Aber ich muss die Stelle desinfizieren. Es könnten Keime hineingeraten sein. Warum klettern Sie an Hauswänden herum? Bietet Sylt nicht genug andere Herausforderungen?« Er zwinkerte mir freundlich zu.

»Doch, bestimmt«, zischte ich, weil mein Arm höllisch wehtat. »Ich habe meine Tasche gesucht.«

»Im Efeu?« Er klang eine Spur zu spöttisch. Aber was erwartete ich? Schließlich war ich durch sein Fenster gefallen. Ich erklärte ihm, wie es dazu gekommen war. Da ich in seinem Zimmer gelandet war, hatte er ein Recht darauf.

»Es war eine teure Tasche, ich hänge sehr daran!«, schloss ich meinen ausführlichen Bericht.

Doktor Schönberg lächelte in sich hinein. »Sie hängt hoffentlich an Ihnen und nicht umgekehrt?«

Ich verstand nicht gleich, wie er es meinte. Nach Spitzfindigkeiten stand mir nicht der Sinn. Ich lachte ein Pflichtlachen. »Sie haben natürlich recht!«

Als er fertig war, riet er mir, nicht sofort in die Nordsee zu springen.

»Danke, ich werde mich daran halten«, stammelte ich. Mir war das Wasser ohnehin zu kalt.

Er sah mich prüfend an. »Sie sehen ein bisschen blass aus um die Nase. Geht es Ihnen nicht gut?«

Wie sollte es mir gutgehen? Ich war eben in das Zimmer eines Mannes eingedrungen. Mir war das unendlich peinlich. »Es geht schon. Ich habe Sie jetzt lange genug belästigt, bitte entschuldigen Sie meinen Überfall.« Ich sprang auf, als ob ich einen Stoß bekommen hätte, und eilte zum Ausgang, in der Hoffnung, dem Doktor nie wieder über den Weg laufen zu müssen.

»Warten Sie!« Mit einem Satz war er neben mir. »Ich bin dir gerne behilflich bei der Suche nach deiner Tasche. Im Klettern bin ich nämlich ganz gut!« Er schmunzelte jungenhaft. »Ich hoffe, du hast nichts dagegen, wenn wir uns duzen?«

»Nett von dir, aber meine Tasche kann mich mal, die hat mir genug Ärger eingebrockt!« Erleichtert nahm ich den Türgriff in die Hand.

Doch er hielt mich schon wieder auf. »Umso besser, dann lade ich dich auf einen Kaffee ein.«

Ich öffnete den Mund, um abzulehnen.

»Ich dulde keinen Widerspruch, du bist mir etwas schuldig.« Er lehnte mit dem Ellbogen am Türrahmen und grinste mich an.

»Eigentlich muss ich arbeiten ... Ach, jetzt ist es auch egal, ich komme mit!«

Wie ich dazu kam, seine Einladung anzunehmen, war mir unverständlich. Ich gab Marcus die Schuld, der mich immer noch versauern ließ. Tim schlug vor, zur Sansibar zu fahren. Die Idee fand ich großartig. Dort gab es sicher eine Menge zu erleben.

Ich verrenkte mir fast den Hals, als wir auf den großen Parkplatz zufuhren, auf dem die teuersten Karossen parkten. Von BMW über Porsche bis zum Hummer. Ich hatte noch nie so viele wertvolle Autos auf einmal gesehen. Tim gefiel meine Begeisterung offensichtlich. Er lächelte gönnerhaft und quetschte seinen VW Beagle in eine Parklücke.

»Da wären wir!«, verkündete er überflüssigerweise. Wir stiegen aus, um über den breiten Zugang zur Sansibar zu gelangen. Die mit Dünengras bewachsenen Dünen säumten unseren Weg. Ein lauer Westwind streichelte meine Haut. Aus der Holzhütte der berühmten Bar schlug uns Stimmengewirr entgegen.

Ich hatte viel von diesem Kultlokal gehört, aber die Eindrücke übertrafen meine Erwartungen bei weitem. Trotz des Sonnenscheins war die dunkle Hütte bis zur letzten Bank gefüllt. Draußen gab es zwar genügend Sitzgelegenheiten, aber selbst hier bekamen wir nur dank ausgesprochenen Glücks ein freies Plätzchen. Musik ertönte aus Lautsprechern, die so positioniert waren, dass die Gäste überall zuhören konnten. Mitten in den Dünen war hier ein Ort entstanden, der für alles mit Rang und Namen eine Oase der Gemeinschaft bedeutete.

An den meisten Tischen glänzten übergroße Gläser mit Aperol oder mit perlendem Sekt. Urlaubsfeeling der Extraklasse. Ich war zwar nicht im Urlaub, aber ich wollte einfach mal so tun. Fernab von Mordfällen in meinem Haus. Die Atmosphäre stimmte mich darauf ein, so dass ich die vergangenen Stunden vergessen konnte.

Tim stieß mich an. »Was möchtest du trinken? Immer noch Kaffee?«

»Nö, ich trinke Aperol, das muss hier unbedingt sein!« Ich schenkte ihm ein strahlendes Lächeln, dann wandte ich mein Gesicht der Sonne zu. Es dauerte eine Ewigkeit, bis die Bedienung an unseren Tisch kam.

Tim bestellte die Getränke. »Ich könnte auch etwas essen. Wie wäre es mit einem Fischbrötchen?«

Ich nickte und gab mein Einverständnis zu einem Matjesbrötchen. Die Getränke waren relativ schnell gebracht. Mit klingenden Gläsern tranken wir auf unser Kennenlernen. Nun konnte ich sogar darüber lachen.

»Welch ein bezaubernder Zufall!«, behauptete Tim. Er schien es ehrlich zu meinen und sah mir tief in die Augen. Die Schauer, die meinen Rücken hinunterliefen, ignorierte ich. Unterstützt durch den für mich ungewohnten Alkohol kicherten wir vergnügt, besonders wenn wir an meine verschollene Tasche dachten. Ich fühlte mich leicht und unbeschwert.

Tim erhielt einen freundschaftlichen Stoß. Eine langbeinige Blondine strahlte uns an. Ihre auffällig lackierten Fingernägel schien sie auf mich zu richten. »Na, Tim, ein weiteres *Für immer* ins Leben eingeritzt?« Sie lachte unverhohlen in meine Richtung.

»Man weiß nie, wie es kommt!« Er schmunzelte mich an. Ich fühlte mich mies. Warum, das konnte ich mir selbst nicht erklären.

Ich reckte mein Kinn. »Ich bin verlobt!«, tönte ich über das Gekicher der Blondine. Triumphierend registrierte ich das verdutzte Gesicht meines Doktors.

»Ich wünsche euch noch einen bezaubernden Nachmittag!«, säuselte der Störenfried. Mit einem glockenklaren Lachen schwirrte sie davon. Missmutig sah ich ihr nach. Ob der Nachmittag nun noch schön werden konnte? Ich bezweifelte es. Unsere Stimmung sank auf den Nullpunkt.

Kathi und Luka sorgten für Abwechslung. Fröhlich standen sie vor unserem Tisch. Drei der Tischnachbarn verabschiedeten sich, und den freigewordenen Platz beanspruchten die Turteltauben vom Dienst prompt für sich.

»Gibt es Neues von Hannah? Konnte der Mord aufgeklärt werden?« Kathi sprudelten die Worte nur so aus dem Mund, und sie beäugte meinen Begleiter neugierig. Offensichtlich gefiel ihr sein zunehmendes Interesse an ihren Fragen.

Eine Falte bildete sich auf seiner Nasenwurzel. Er sah uns verständnislos an. »Mord? Sind wir hier in Chicago?«

Kathi freute sich offenbar darüber, ihm die Geschichte bis ins kleinste Detail erzählen zu können.

Tim hörte gespannt zu. »Jenny, wie schrecklich, du musst wirklich einiges durchmachen. Ein Mord in deinem Haus, und dann ist auch noch deine Tasche verschwunden.«

Kathi glotzte mich an wie ein Kalb. »Deine Tasche? Aber die habe ich doch in die Lederreinigung gebracht! Ich wollte dir eine Freude machen.«

Ich schlug die Hände vors Gesicht. Auf diese Idee war ich gar nicht gekommen. Wie peinlich! »Du hast mir eine große Freude gemacht«, erwiderte ich trocken.

Ich hatte mich blamiert, war in Tims Zimmer eingedrungen, hatte mich verletzt. Und zu allem Überfluss war ich auf dem besten Weg, mich in Tim zu verlieben. Verlieben? Wo gingen meine Gedanken da nur hin? Ich musste unbedingt Marcus' Stimme hören. Wenn ich ihn schon nicht sehen konnte, dann wenigstens hören.

Ich schloss die Augen und stellte mir sein Gesicht vor. Er sah mich liebevoll an. Ich schmiegte mich gedanklich in die Arme des Mannes, mit dem ich in den vergangenen Jahren glücklich gewesen war. Mit dem ich die Chips geteilt hatte, meine Freuden und Sorgen, und nicht zuletzt ... die Liebe.

Ich sprang auf und entschuldigte mich bei den anderen damit, dass ich telefonieren müsste. Dann suchte ich nach einem ruhigeren Platz, wenn es hier überhaupt einen gab. Ich wollte mit meinem Traummann telefonieren. Ich spürte, dass mir die Blicke der anderen folgten.

Ungeschickt stapfte ich durch den Sand und verschanzte mich schließlich hinter einer Düne. Entschlossen stellte ich die Verbindung zu Marcus her. Die Enttäuschung stieg ins Unermessliche, als der Anrufbeantworter seine Stimme abspielte. Hinzu kam, dass er die Ansage geänderte hatte: »Ich habe keine Lust, ranzugehen!«

Schockiert starrte ich mein Smartphone an. Keine Lust? Galt diese Ansage mir? Es fühlte sich zumindest so an. Tiefe Traurigkeit überfiel mich. Wie hatte das geschehen können? Nutzte Marcus meine Abwesenheit vielleicht dazu, ein Leben ohne mich zu planen?

Ich bemerkte nicht, dass Kathi sich näherte. Wortlos setzte sie sich zu mir. Vorsichtig, als fürchtete sie, ich könnte weglaufen, nahm sie meine Hand. Hielt sie fest umschlossen.

Ich bin für dich da, schien sie mir sagen zu wollen. Dankbar erwiderte ich den Druck. Ich konnte sie nicht ansehen. Ein dicker Kloß verschloss meine Kehle. Kathi legte ihren Kopf an meine Schulter. Versonnen lauschten wir den Wellen am Strand.

»Du bist in das richtige Fenster gerutscht«, flüsterte Kathi vielsagend.

Ich löste mich aus der Kuscheleintracht. Verwirrt sah ich sie an. Kathi kicherte kaum hörbar. Ich spielte die Empörte und schlug spielerisch auf sie ein. »Rede nicht so ein Zeug!«

»Na gut!« Sie sah mich herausfordernd an. »Los, lassen wir die Jungs nicht unnötig warten.«

Ich hielt Kathi am Arm zurück. »Und du? Bist du auch in das richtige Fenster geplumpst?«

Kathis leuchtende Augen genügten mir als Antwort. Bei unserer Rückkehr erwarteten Tim und Luka uns ungeduldig.

»Wir haben überlegt, ob wir nicht dein Haus beobachten könnten. Bekanntlich kommen Täter immer noch mal zum Tatort zurück, um zu schauen ... ja, was eigentlich? Keine Ahnung, vielleicht finden wir etwas heraus!« Luka sah uns Beifall heischend an.

»Luka, du solltest es doch besser wissen. Glaubst du wirklich, Hannah wäre damit einverstanden?«, ermahnte ich den Spross der Ermittlerin.

»Ich sage ja nicht, dass wir es mit der Erlaubnis meiner Mutter tun sollen. Die bekommt sicher nichts mit!«, antwortete Luka grinsend.

»Unterschätz mal deine Mutter nicht, die ist recht pfiffig!«, warf Kathi ein. Es verwunderte mich, dass ausgerechnet Kathi unser Unternehmen bremste.

»Wir dürfen eben nicht zu viert rumlungern. Ich könnte mit Luka den Anfang machen. Kathi und Tim lösen uns ab«, schlug ich vor.

»Falsche Konstellation!«, rief Kathi dazwischen. »Ich beginne mit Luka. Ihr löst uns in zwei Stunden ab!«

Ich zuckte zusammen, als ich in die gespannten Gesichter um mich herum blickte. Ich wollte mir nicht ausmalen, wie es wäre, mit Tim auf Spionage zu gehen. Zögernd willigte ich ein. Es ging um mein Haus, und ich wollte so schnell wie möglich dort einziehen. Buddy, der brav unter der Bank gelegen hatte, schob seinen dicken Kopf vor. Ein Wink des Schicksals?

»Was machen wir mit Buddy? Es ist unmöglich, ihn mitzunehmen.«

Ein Hoffnungsschimmer erwachte in mir. Die ganze Aktion war doch zum Scheitern verurteilt. Mir sollte es recht sein, denn die Aussicht, mich mit Tim über Stunden auf Lauerstellung zu begeben, bereitete mir Unbehagen.

Kathi hatte jedoch eine Lösung parat. »Der bleibt bei euch, danach gibt es einen fliegenden Wechsel, wenn ihr Stellung bezieht!« Stolz strahlte sie in die Runde.

Auch das noch! Ich hatte mich zwar an Buddy gewöhnt, aber mit diesem Riesen allein sein?

Ich erhielt unerwartet Hilfe von Tim. »Ich schlage vor, ihr überlegt euch das Vorhaben noch mal. Wir sind keine Profis. Ich fürchte, das geht richtig in die Hose!«

»Aber eben waren doch noch alle dafür! Ich verstehe euch nicht.« Kathi schmollte.

Die Kellnerin rannte an uns vorbei auf den Nachbartisch zu. Ich erhob meine Stimme: »Ein Aperol, bitte!«

Die Kellnerin winkte mir zu und brachte rasch ein neues Glas.

»Du trinkst heute aber viel!«, meinte Kathi staunend und sah mich aus großen Augen an.

Ich zuckte kurz mit den Schultern. Kathi wusste, wie ich mich fühlte.

»Darf Buddy bei euch bleiben?« Kathi stand mit gekreuzten Armen vor unserem Tisch. Die vorherigen Einwände gab es offenbar nicht mehr.

Ich schnappte nach Luft. »Ähm …«

»Kein Problem, wir passen auf ihn auf!« Die rasche Antwort kam von meiner Zufallsbekanntschaft. Warum war er plötzlich nicht mehr dagegen? Hatten sich denn alle gegen mich verschworen?

Bevor ich meine Einwände kundtun konnte, war Kathi bereits mit Luka verschwunden. Buddy legte tröstend seinen Kopf in meinen Schoß. Gedankenverloren streichelte ich ihn.

Ich bemerkte, dass Tim mich ansah. Er hielt den Kopf schief und lächelte abwartend. »Ist es so schlimm, mit mir auf Beobachtungsposten zu gehen?«

»Nein, natürlich nicht!« Ich konnte ihm schließlich nicht sagen, dass ich ihn zu gefährlich für mein Liebesleben fand. Außerdem wollte ich selbst nichts davon wissen.

»Gehen wir mit Buddy an den Strand? Er würde sich sicher freuen«, meinte Tim.

Ich prüfte meinen Alkoholpegel, indem ich kurz aufstand. Dabei hatte ich das Gefühl, geradewegs in ein Karussell gestiegen zu sein. Ich beschloss, dass Bewegung das beste Gegenmittel wäre. Versöhnlich willigte ich ein.

Hannah

Es waren drei Tage vergangen, seitdem ich auf die Insel gekommen war. Ich wohnte immer noch im Revier. Langsam verzweifelte ich daran. Die Zusammenarbeit mit Andreas klappte zwar sehr gut, aber eine Wiederholung der Garagenromanze hatte es nicht gegeben. Wir schlichen umeinander herum, immer darauf bedacht, dass es zu keinem Köperkontakt kam. Als ob wir fürchteten, uns zu verbrennen.

Gestern Abend hatte das Faxgerät eine gute Nachricht überbracht, die uns erleichterte: Die Leiche war freigegeben. Die Gerichtsmedizinerin hatte, abgesehen von der Kopfverletzung, Glycosid Oleandrin im Blut der Leiche gefunden. Ein tödliches Gift des Oleanders, welches langsam zum Herzstillstand führte. Also doch Mord? Es bestand auch die Möglichkeit, dass es Selbstmord gewesen war. Doch wie war die Giftkapsel in den Magen des Mannes gelangt?

Erschwerend kam hinzu, dass wir noch keine Familienangehörigen, Freunde oder Bekannten des Toten ausfindig hatten machen können. Es gab keine Verwandten, die eine Trauerfeier organisieren konnten. Die Gemeinde Sylt musste sich darum kümmern. Mir konnte das egal sein. Mein Abzug von der Insel rückte in greifbare Nähe. Ich rief Poldi an, um ihm die Nachricht über die Freigabe mitzuteilen.

»Chef, ich habe hier nichts mehr zu tun. Ich könnte morgen wieder in Kiel sein!«

»Du bleibst, wo du bist. Der Fall ist für mich nicht abgeschlossen. Irgendwo rennt ein Mörder herum. Deine Aufgabe ist es, ihn zu finden!«

Ich stöhnte genervt. »Es gibt keine Anhaltspunkte, denen es sich lohnen würde nachzugehen. Außerdem, wer sagt denn, dass der Täter die Insel nicht längst verlassen hat?«

»Das sollst du ja herausfinden. Das Opfer ist vergiftet worden, das ist doch eindeutig. Mir ist es gleich, wie lange du brauchst.« Er schien ärgerlich zu sein, denn er unterbrach das Gespräch, indem er einfach auflegte.

Wütend riss ich die Berichte an mich und verschanzte mich in meinem Schlafbüro. Zumindest konnte ich Jenny die gute Nachricht überbringen, dass ihr Haus nun wieder frei war. Ich fürchtete nur, dass sie einen weiteren Mitbewohner aufnehmen musste, denn Kathi und Luka waren inzwischen wie siamesische Zwillinge. Sie gingen keinen Schritt ohne den anderen. Luka dachte nicht daran, sich einen Ferienjob zu suchen, solange er über Geld verfügte. Kathi war die Vernünftigere. Sie arbeitete inzwischen stundenweise in der Sansibar als Kellnerin. Luka hockte währenddessen in den Dünen, überwachte seine Liebste und ließ die Sonne seinen schönen Körper bräunen. Ich fürchtete, in der Erziehung einiges falsch gemacht zu haben.

Ich versuchte mich auf den Bericht zu konzentrieren. Die Kopfverletzung war nicht die Todesursache. Die Untersuchungen hatten ergeben, dass er vergiftet worden war. Offenbar sollte die Verletzung einen Unfall vortäuschen. Ich starrte die kahle Wand vor meinem Schreibtisch an. Wer würde so dilettantisch einen Mord begehen? Eigentlich müsste jeder wissen, wie leicht es war, einen Tod durch Vergiftung festzustellen.

Ich seufzte. Ich hatte keine Idee, wie ich weiter ermitteln sollte, und entschied mich dazu, die Nachbarn erneut zu befragen. Mit Fine Wendtland wollte ich beginnen. Andreas steckte seinen Kopf durch den Türspalt.

»Moin.« Er strahlte mich ausgeschlafen an. Als er in mein Gesicht sah, stutzte er. »Ist irgendwas? Geht es dir nicht gut?«

»Doch, ich möchte nur gerne wieder nach Hause. Mein Chef ist leider anderer Meinung«, maulte ich ungehalten.

»Ich dachte, es gefällt dir hier bei uns auf der Insel!«

Ich ignorierte den Spott in seiner Stimme. »Schon, aber ich fühle mich hier etwas überflüssig. Die Ermittlungen laufen ins Nichts.«

»Das kannst du so nicht sagen. Wir wissen jetzt, dass das Opfer an einer Vergiftung gestorben ist.«

»Das sagt aber nichts darüber aus, ob er es freiwillig getan hat oder einer Fremdeinwirkung erlegen ist.«

»Siehst du, hier kommt deine Spürnase ins Spiel. Wer außer dir könnte das herausfinden?« Andreas lächelte besänftigend.

»Das weiß ich auch.« Es wirkte so, als ob er mir schmeicheln wollte. Ich fühlte mich trotzdem auf den Arm genommen. Daher ging ich nicht weiter auf die Sprüche ein. »Ich fahre zu den Stuttgarterinnen, um ihnen die gute Nachricht zu übermitteln, dass sie ihr Haus beziehen können. Die haben nun wenigstens eine Bleibe, von der ich auch profitiere.«

Andreas sah sich in meinem Büro um. »Ist das dein Waschzeug?« Er zeigte auf meinen Minikoffer.

»Ja, warum?«

Andreas lächelte und schnappte sich unverhofft den Koffer. »Komm!« Er nahm meine Hand und rief in das andere Büro hinein: »Jürgens! Du hast für die nächsten Stunden das Kommando, ich bin weg!« Meine Hand fest umklammert, zog er mich ins Freie.

»Was hast du vor?«

»Beeil dich, der Zug fährt in wenigen Minuten ab!«

»Ich will aber gar nicht mit dem Zug fahren!«, protestierte ich alarmiert.

»Vertrau mir einfach und lass dich nicht so ziehen!«

Atemlos erreichten wir den Zug. Andreas schob mich hinein, und die Türen fielen mit einem lauten Knall zu. Der Zug rollte bereits. Ich war fassungslos. Was sollte das alles? Wollte er mich nach Hause bringen? Jetzt, da ich nicht mehr flüchten konnte, ließ er meine Hand los. Zu meiner Überraschung fühlte ich mich schutzlos. Es hatte gutgetan, Andreas' Wärme zu spüren. Ein Schauer lief mir über den Rücken, als ich bemerkte, dass ich sie zurückhaben wollte.

Verwirrt nahm ich neben ihm Platz. »Sagst du mir jetzt, wo es hingeht?«

»In meine Wohnung nach Klanxbüll.«

Ich verstand gar nichts mehr. Wollte er mich verschleppen? Ich hätte zugegebenermaßen nichts dagegen.

»Du musst die Insel mal verlassen, bevor du einen Inselkoller bekommst. Mir ging es am Anfang ebenso. Nicht nur wegen der überteuerten Mietpreise auf Sylt habe ich mich für eine Wohnung auf dem Festland entschieden.«

»Verstehe«, erwiderte ich nachdenklich und verstand irgendwie nichts. Ich musste an Jenny denken, der ich gerne die Nachricht über die Freigabe ihres Hauses persönlich überbracht hätte.

»Wir werden gegen Mittag zurück sein, dann kannst du immer noch den Mörder finden!«, sagte er tröstend.

»Ich wünschte, ich hätte ihn bereits.«

»Du warst früher schon so ungeduldig.« Andreas schmunzelte.

»Ich weiß. Darum habe ich mich auch für die Kripo entschieden, damit ich meine Ungeduld ausleben kann.«

Warum war ich in seiner Nähe nur so unsicher?

Wir stiegen in Klanxbüll aus. Andreas brachte mich in seine Wohnung, stieß die Badzimmertür auf und machte eine einladende Handbewegung.

»Madam! Ihr Bad, Ihre Dusche, zu Ihrem Wohlbefinden. Ich bin in der Küche, falls du mich brauchst!«

Ich war perplex, Andreas hatte mich tatsächlich nach Klanxbüll gebracht, damit ich mir eine heiße Dusche gönnen konnte. Dabei wäre mein Zimmer in der Pension Lydia doch bald frei. Andreas schob mich ins Bad und schloss hinter mir die Tür.

Skeptisch sah ich mich um. Das Zimmer glich allem anderen als dem Bad einer Junggesellenbude. Alles wirkte warm und gemütlich. Meine Sehnsucht nach einer ausgiebigen Dusche überzeugte mich, die Hüllen fallen zu lassen. Ich drehte den Wasserhahn auf und wartete, bis das Wasser die richtige Temperatur hatte.

Mit einem Handtuch auf dem Kopf suchte ich Andreas in der Küche.

»Ich fühle mich wie neu geboren! Danke für die tolle Idee.«

Mit einem Grinsen reichte er mir einen dampfenden Kaffee. »Steht dir gut, mein Handtuch.«

»Sehr witzig«, grummelte ich in meinen Kaffeebecher hinein. »Hübsche Wohnung hast du«, sagte ich schnell, damit wir nicht bei meinem Aussehen blieben. Ich hatte die Rechnung jedoch ohne Andreas gemacht. Bedächtig löste er meine Finger von der Tasse, die ich krampfhaft festhielt. Langsam stellte er sie neben seine. Wenn man sie zusammenstellte, ergaben sie Yin und Yang.

»Ich glaube, wir sind beim letzten Mal unterbrochen worden«, behauptete er leise. Er wiederholte die Geste, die er in der

Garage ausgeführt hatte, um eine nicht vorhandene Spinne zu entfernen. Dabei strich seine Hand über meine Wangen. Andreas hielt mich mit seinen Augen gefangen. Ein Zittern durchlief meinen Körper.

Verdammt, ich wollte ihn küssen. Ihn schmeckten und erkunden.

Als seine Lippen meine berührten, loderte ein Feuer in mir, das ich nur schwer unter Kontrolle halten konnte. Er hielt mich ein Stück von sich weg.

»Das wollte ich schon so lange tun. Ich glaube, ich habe mich in dich verliebt.«

Ich zitterte unter seinen Liebkosungen. Trotzdem gelang es mir, meine Stimme wiederzufinden.

»Hast mich aber lange zappeln lassen«, tadelte ich und lachte glücklich. Andreas' weiche Lippen schmeckten besser als jedes Dessert, honigsüß und erfrischend betörend. »Müssen wir gleich wieder mit dem Zug rüberfahren?«

Fast war ich versucht, den Tag einfach sausen zu lassen. Eine derartige Verfehlung hatte ich mir noch nie zu Schulden kommen lassen, aber auf Sylt tickten die Uhren anders.

Zum Glück nickte Andreas. Ein letztes Mal küsste er mich und sorgte dafür, dass die Engel im Himmel liebliche Lieder sangen. Gott, war ich verweichlicht. Die resolute Hannah Stein war in der Versenkung verschwunden. Es tat erstaunlich gut, kurzzeitig die Kontrolle abzugeben.

Dieses Mal ließ Andreas meine Hand nicht los. Wir warteten auf den einfahrenden Zug und tauschten immer wieder verliebte Blicke.

»Kommst du nach Dienstschluss mit zu mir aufs Festland? Ich könnte etwas kochen.« Er strahlte mich an, als ob er meine Antwort schon kannte.

Glückselig nickte ich ihm zu, bestand aber darauf, dass wir uns wie Erwachsene benahmen. Ich wusste selbst nicht, was ich darunter verstand, aber ich fand, dass es eine reife Leistung war, in Anbetracht meines aufgewühlten Inneren.

Der Westerländer Bahnhof war überfüllt mit Reisenden. Wir mussten uns zwischen Koffern und aufgeregten Kindern einen Weg bahnen. Am Revier verabschiedete ich mich von Andreas, um die geplante Umfrage in der Nachbarschaft durchzuführen. Ich steuerte auf mein Auto zu und fühlte mich ohne ihn wie ein verlorenes Blatt im Wind. Ich schüttelte den Kopf über meine plötzliche Hilflosigkeit.

Jenny

Die zwei Stunden mit Tim vergingen wie im Flug. Wider Erwarten empfand ich den Strandspaziergang als sehr angenehm. Wir plauderten über sein Vorhaben, eine Praxis in Husum zu eröffnen, und ich stellte mir das bevorstehende Jahr auf Sylt vor.

»Womöglich wirst du am Ende eine Insulanerin mit schwäbischen Wurzeln?«

»Wohl kaum. Ich werde mein Jahr hier mit Sicherheit genießen, aber danach gehe ich zurück!«

»Gefällt es dir hier nicht?«

Ich musste lachen. »So lange bin ich noch nicht hier, aber wie es im Moment aussieht …«

Ich dachte an den Toten in meiner Garage und den Umstand, mit Kathi und Luka ein Zimmer teilen zu müssen. Da war mir mein Arbeitsplatz in unserer Stuttgarter Wohnung um einiges lieber.

»Ich verstehe dich gut, dein Start als Sylterin war nicht unbedingt perfekt. Aber warte doch erst mal ab. Wenn die Lage sich entspannt, sieht alles ganz anders aus!«

Ich konnte mir kaum vorstellen, wie mein Aufenthalt jemals entspannt werden sollte. Zumal Marcus sich immer noch weigerte, mit mir zu sprechen.

Buddy hatte sich mit einer Pudeldame angefreundet und war nicht erfreut, als ich ihn rief, um ihn anzuleinen. Wir mussten unsere Vorhut ablösen. Ich fürchtete, dass Kathi und Luka ihre Aufgabe zu genau nahmen und in Schwierigkeiten gerieten.

»Es war ein schöner Ausflug mit dir, Tim. Danke.« Ich schmunzelte, als ich daran dachte, wie unser Kennenlernen abgelaufen war.

»Ich gebe das Kompliment gerne zurück. Aber wir haben ja noch die Detektivarbeit vor uns. Ich bin gespannt auf dein Haus.«

»Wenn ich es doch nur endlich von innen sehen könnte«, stöhnte ich verzweifelt.

»Es wird bestimmt nicht mehr lange dauern. Ehe du dich's versiehst, sitzt du an deinem Schreibtisch und lachst über die Situation, in der du jetzt noch steckst.« Er blieb stehen und sah mich eindringlich an.

Ich spürte, wie mein Puls einige Schläge schneller ging. Eilig wischte ich den Sand von meinen Füßen. Ich schlüpfte umständlich in die Schuhe. Tim gab mir die Hand, um mich zu stützen. Er zog es vor, seine Schuhe nicht anzuziehen, sondern ging barfuß über den Parkplatz und warf die Schuhe in den Kofferraum, bevor wir losfuhren.

Tim stellte sein Auto in einiger Entfernung zu meinem Haus ab. Wir schlenderten den Bürgersteig entlang und hielten Ausschau nach Kathi und Luka. Sie waren nirgends zu entdecken. Hatten sie es bereits aufgegeben? Suchend blieben wir auf dem gegenüberliegenden Bürgersteig stehen.

»Sie sind nicht da!«, stellte Tim sachlich fest.

»Ich halte die ganze Sache sowieso für Kinderkram«, brummte ich leise. Sehnsüchtig fiel mein Blick auf mein Haus. Es lag in der Sonne und wirkte wie verwunschen. Fast hätte man meinen können, es wartete nur darauf, mit neuem Leben erfüllt zu werden.

»Wirklich ein schönes Haus. Ich bin sicher, hier gibt es irgendwann glückliche Bewohner!« Überflüssigerweise flüsterte Tim. Wer sollte uns schon belauschen?

Ich vernahm ein Rascheln im Gebüsch. Unsicher drehte ich mich um. Plötzlich griff eine Hand nach meinem Arm, und ich schrie erschrocken auf. Bevor ich wusste, wie mir geschah, wurde ich hineingezogen. Der Überraschungseffekt war so gelungen, dass ich stürzte und mich auf der anderen Seite der Hecke wiederfand. Ich sah in Kathis geweitete Augen. Sie hatte den Zeigefinger auf die Lippen gelegt und deutete mir an, leise zu sein. Ich rappelte mich verstört hoch. »Was soll ...«

»Pst ... Die alte Fine hat uns weggescheucht, wir sollen hier nicht rumlungern.«

Ich war sauer, meine Hose ruiniert und die Verletzung, die Tim vor wenigen Stunden versorgt hatte, schmerzte höllisch.

»Kathi, bist du übergeschnappt? Was treibst du hier?«

Buddy war meinem Ausflug in die Hecke gefolgt, er freute sich, sein Frauchen wiederzusehen.

»Wo ist Luka?«

»Der ist mit dem Bus zu Hannah gefahren. Er will sie holen, weil er findet, dass Fine sich verdächtig benimmt!«

»So ein Blödsinn, lass uns aus dem Gebüsch raus.« Ich schüttelte Kathis Griff ab und krabbelte auf allen vieren zum Bürgersteig zurück. Mein Blick landete direkt auf den nackten Füßen von Tim. Lachend half er mir hoch.

»Klär mich mal auf. Sind das die Ermittlungstaktiken, oder warum raschelt es so laut im Gebüsch?«

»Sehr witzig«, konterte ich wütend.

Kathi hatte nun offensichtlich auch beschlossen, ihr Versteck zu verlassen, und trat ungeduldig neben uns. Ich stellte mir die Frage, wie Fine jemandem verdächtig erscheinen konnte. Vielleicht hatte es Kathi verstört, dass sie in der Lage war, ihre Hühner eigenhändig zu schlachten.

Hannah kam mit ihrer schwarzen Limousine angefahren.

Kaum hatte sie das Auto abgestellt, eilte sie mit großen Schritten auf uns zu.

»Moin«, begrüßte sie die Runde. »Ich habe gute Nachrichten für dich, Jenny! Du darfst die Pension Lydia verlassen und hier einziehen. Der Tatort ist freigegeben. Die ganze Aufregung war also umsonst. Hier gibt es nichts weiter zu beobachten!« Sie warf Luka einen ärgerlichen Blick zu, der ebenfalls ausgestiegen war.

Kathi erfasste die Situation sofort. »Er kann nichts dafür, Hannah. Ich habe ihn dazu überredet.«

Luka grinste seine Mutter siegessicher an. Ihm war es offenbar gleichgültig, dass Kathi die Verantwortung für ihn übernahm.

»Schluss jetzt, ich möchte nicht wieder zu so einem Einsatz gerufen werden. Bitte hört auf, auf eigene Faust zu ermitteln!«

Hannah wirkte trotz ihrer autoritären Art verändert. Ich musterte sie neugierig. Ihre Augen leuchteten auf eine Weise, die ich bei ihr vorher nie bemerkt hatte.

Hannahs Aufmerksamkeit galt nun Tim. »Darf ich fragen, wer Sie sind?«

Tim trat einen Schritt vor und reichte Hannah die Hand. »Doktor Tim Schönberg. Wenn ich es richtig sehe, sind wir demnächst Zimmernachbarn!« Er zwinkerte Hannah zu.

Unerwartet löste dieses Zwinkern bei mir Beklemmungen aus. Mir gefiel es nicht, dass Tim mit Hannah flirtete. Dass Tims Freundlichkeit an Hannah offensichtlich abprallte, tröstete mich wenig. Im Gegenteil, sie sah in Tim scheinbar einen weiteren Verdächtigen. Hannah befragte Tim professionell, machte sich Notizen und behielt dabei das Umfeld im Auge.

»Wie lustig, gehöre ich nun auch zu dem erlesenen Kreis der Verdächtigen?« Tim grinste Hannah unverhohlen an. Er schien sie nicht ernst zu nehmen.

»Ich bin nicht in der Stimmung, zu witzeln. Beantworten Sie bitte meine Fragen!« Hannahs feste Stimme ließ die anderen aufhorchen.

Kathi schlich um Tim herum, als ob sie in seinem Gesicht nach verdächtigen Zügen suchte.

»Ich bin rein zufällig hier. Wollen Sie jeden ins Kreuzverhör nehmen, der hier vorbeiläuft?«

»Selbstverständlich, Doktor Schönberg, da bilden Sie keine Ausnahme!«

Kathi zog die Schultern hoch. Hannah gab sich unnachgiebig. Sie ließ Tim nicht aus der Befragung entkommen.

»Ich muss zur Arbeit!«, verkündete Kathi fast erleichtert. »Begleitest du mich, Luka?«

»Gibst du mir ein bisschen Geld, Mutschi?«

Ohne ihren Sohn anzusehen, zog Hannah einen Zwanzigeuroschein aus ihrer Jackentasche. »Verschwindet, und macht keinen Blödsinn. Das nächste Mal kommt ihr nicht so leicht davon!«

Als die beiden verschwunden waren, musste Tim Angaben zu seiner Person und seinem Aufenthalt während der Tatzeit machen. Sein Gesichtsausdruck verhärtete sich. Er schien nicht erfreut, dass Hannah ihn in die Enge trieb.

»Sind wir fertig?«, fragte er ungehalten, als Hannah ihre Notizen verstaute. »Dann verabschiede ich mich jetzt.« Ohne mich noch eines Blickes zu würdigen, marschierte er in die Richtung, in der er sein Auto abgestellt hatte.

Betroffen blieb ich zurück. Ich sah zu Hannah. Sie folgte Tim mit zusammengekniffenen Augen. »Kennst du ihn schon länger?«

»Nein, ich habe ihn heute zum ersten Mal gesehen. Ob du es glaubst oder nicht, wir hatten einen schönen Nachmittag.«

»Schon gut, war nur eine Frage. Du kannst heute noch einziehen. Herzlichen Glückwunsch!«

Außerordentlich herzlich wirkte Hannahs Gratulation nicht auf mich. Verunsichert nahm ich den Schlüssel in Empfang. »Ich räume mein Zimmer sofort, dann kannst du es heute noch beziehen.«

»Morgen reicht mir. Ich fahre später auf das Festland«, erwiderte Hannah, und ihre Augen leuchteten. »Bis bald, Jenny!«

Hannah stieg in ihr Auto und brauste davon. Unschlüssig blieb ich stehen. Dann überquerte ich die Straße und ging auf mein Haus zu. Mechanisch entfernte ich die rot-weißen Plastikbänder, rollte sie zusammen und entsorgte sie im Mülleimer.

Obwohl ich mir in den vergangenen Tagen ausgemalt hatte, wie es wohl wäre, ins Haus zu gehen, schlenderte ich in den Garten und setzte mich auf die Bank. Von hier hatte ich einen unverbauten Blick auf die Nordsee.

Meine Nerven beruhigten sich nur langsam. Mir fehlte die Kraft, um mich fortzubewegen, also blieb ich einfach sitzen. Ich schloss die Augen und lauschte der Brandung, die inzwischen zugenommen hatte.

Die Gartenpforte quietschte leise. Ob Tim zurückkam? Mein Herz machte einen Sprung. Erwartungsvoll sah ich in die Richtung, aus der er kommen musste. Ich setzte ein Lächeln auf und fuhr durch meine Kurzhaarfrisur. Jetzt hörte ich Schritte. Schlurfende Schritte? Fine erschien an der Hausecke.

»Na, wen hast du erwartet? Mich sicher nicht?« Sie begrüßte mich mit gesenkter Stimme.

»Hallo, Fine!«, antwortete ich gelassen. »Ich habe niemanden erwartet«, log ich.

Ein heiseres Lachen entwich ihrer Kehle. »Mir machst du nichts vor, junge Dame. Ich habe dich beobachtet!«

Fine kam näher und ließ sich neben mich auf die Bank plumpsen. Sie sah mich nicht an, sondern ließ ihre Augen über das Wattenmeer streifen. »Ich mag diese Aussicht. Hier habe ich oft mit deiner Tante gesessen. Dabei haben wir über Land und Leute geplaudert. Manchmal auch über dich.« Fine wandte mir ihr Gesicht zu. Schimmerten da Tränen in ihren Augen?

»Es ist wirklich ein Traum, dieser Blick, dazu das Rauschen des Meeres. Bei gutem Wetter werde ich meinen Arbeitsplatz hierher verlegen.« Ich geriet ins Schwärmen. Endlich durfte ich ankommen, endlich mein Nest für das kommende Jahr bauen. Ein Glücksgefühl überkam mich. Ich konnte gut verstehen, dass meine Großtante die Insel nie verlassen hatte.

»Gut, dass du jetzt da bist!«, brummte Fine feierlich.

Neugierig betrachtete ich meine Nachbarin. »Kannst du mir etwas über den Toten erzählen?«

Ich bemerkte ein leichtes Nicken.

»Wer war er?«

Fine dachte nach, dann begann sie zu sprechen. »Er war so etwas wie der Lebensgefährte deiner Tante, das habe ich ja schon gesagt. Und er war nicht gut zu ihr!« Fine starrte hasserfüllt auf ihre Holzpantinen. »Ich habe ihr immer wieder gesagt, dass sie ihn in die Wüste schicken soll. Aber sie wollte davon nichts hören. Es gab Zeiten, da hat er sie sogar geschlagen.«

»Was?« Ich schluckte. Warum erfuhr ich das erst jetzt? »Sie hat nichts dagegen unternommen?«

Fine lachte bitter auf. »Sie war einsam, genau wie ich. Ich bin einige Jahre älter als sie. Sie wollte nicht allein sein!«

»Deshalb hat sie sich schlagen lassen?« Ich war entsetzt.

»Oder er hat sie mit Worten niedergemacht. Ihr fehlte das Selbstbewusstsein, um sich gegen ihn zu wehren.«

»Hat er sie finanziell unterstützt?«

»Da kann ich nur lachen. Er hat eine Menge ihres Vermögens unter die Leute gebracht.« Fine krallte ihre Finger so fest in die Schürze, dass ihre Knöchel weiß hervortraten. Deutlich war ihr Hass auf diesen Mann zu spüren. Die Unterhaltung fing an, beklemmend zu werden.

»Weiß die Kripobeamtin davon? Hast du ihr das Gleiche erzählt wie mir?«

Fine zuckte merklich zusammen. »Bin ich verrückt? Die verdächtigt doch ohnehin alles und jeden. Ich habe nichts ausgesagt. Da muss sie schon von allein draufkommen.«

»Du musst es ihr sagen, Fine. Sie sucht nach jemandem, der

den Toten kannte. Vielleicht kann deine Aussage helfen, den Schuldigen zu finden!«

»Schuldigen? Da ist keiner schuldig, der Mann hat bekommen, was er verdient hat. Basta!«

Fassungslos sah ich Fine an. Sie war mir noch unheimlicher geworden. Ich rang mit mir, ob ich Hannah informieren musste. Vielleicht könnte auch Tim ...? Nein, er wollte bestimmt nichts mehr mit mir zu tun haben. Er war überstürzt aufgebrochen, als Hannah mit der Befragung fertig gewesen war. Ich hätte auch Verständnis dafür, wenn er seinen Urlaub nicht mit diesen dubiosen Geschichten verplempern wollte.

Ich seufzte. »Fine, Fine, was mache ich denn nun mit dir?«

»Es bleibt dir überlassen, Jenny, aber ich weiß, dass es, selbst wenn die Stein etwas erfahren sollte, keinen Schritt weitergehen würde.«

»Da könntest du recht haben, aber ...«

»Nichts aber. Vergiss unser Gespräch am besten schnell wieder.« Fine rappelte sich hoch, um wortlos nach Hause zu gehen.

Es stimmte mich traurig, dass meine Tante so gelitten hatte. Leider konnte ich das nicht ungeschehen machen, aber ich wollte zumindest eine würdige Erbin sein.

Entschlossen lief ich zur Pension Lydia, um meine Sachen zu holen. Der Bully stand vollbeladen vor der Unterkunft. Offenbar hatten Kathi und Luka ganze Arbeit geleistet. Gemeinsam fuhren wir zu meinem Haus. Ich freute mich, den Bully auf dem Parkplatz vor der Garage abstellen zu können. Ausräumen wollte ich ihn am nächsten Morgen.

Unwillkürlich musste ich an Marcus denken, der mit unendlicher Geduld jede Ecke des Kofferraums gefüllt hatte, damit wir alles hineinbekamen. Ich holte tief Luft: Marcus! Er fehlte mir.

Im siebten Himmel

Hannah

Ich spürte einen leichten Luftstrom. Es interessierte mich allerdings nicht sonderlich, wo er herkam. Ich hatte traumhaft geschlafen, und ich weigerte mich, die Augen zu öffnen, denn ich hatte in der vergangenen Nacht einen wunderschönen Traum gehabt, den ich noch einmal zurückzuholen versuchte. Mit einem beseelten Lächeln rekelte ich mich in meinem Bett. Ich blieb auf dem Rücken liegen, öffnete die Augen und himmelte die Zimmerdecke an. Wo war ich?

Ich grinste glücklich. Ich hatte keinen Traum gehabt, es war Realität! Schon spürte ich Andreas' Hand auf meinem Bauch. Langsam streichelte er mich, bis er meine Brüste erreichte. Ich stöhnte auf.

»Guten Morgen, Schlafmütze. Wir müssen aufstehen!«, hauchte er mir ins Ohr.

Ein wohliger Schauer glitt über meinen Körper. Ich wandte ihm mein Gesicht zu und blickte in seine liebevollen Augen, die mich bewundernd ansahen. »Keine Ahnung, wann ich zuletzt so herrlich geschlafen habe … guten Morgen«, säuselte ich verpennt, aber glücklich.

Andreas grinste. »Wusstest du, dass du schnarchst?«

Mit einem Satz sprang ich auf und blieb auf der Bettkante sitzen. »Nein, du schwindelst! Ich schnarche nicht!«

Lachend zog Andreas mich zurück ins Bett. Er begann mich

zu küssen, vom Hals abwärts Richtung Bauchnabel. Schnell hielt ich ihn auf.

»Wir müssen zum Bahnhof!«

»Alles eingeplant«, murmelte er und küsste mich weiter.

Ich ließ mich fallen. Andreas war ein zärtlicher Liebhaber. Ich konnte gar nicht genug von ihm bekommen. Er flüsterte mir Worte ins Ohr und stellte Dinge mit mir an, die mich meinen Körper neu wahrnehmen ließen.

Später hatten wir ausreichend Zeit für ein ausgiebiges Frühstück.

»Ich muss mich noch mal mit Fine Wendtland unterhalten. Ich glaube, sie weiß mehr, als sie zugibt.«

Andreas sah mich nachdenklich an. »Hm, den Eindruck hatte ich nicht. Was sollte die alte Frau uns verheimlichen? Andererseits scheint sie mit allen Wassern gewaschen zu sein. Ich werde aus ihr nicht so richtig schlau.«

Ich trank meinen letzten Schluck Kaffee und stellte die Tasse laut ab. »Dann wollen wir uns mal schlau machen!«, rief ich unternehmungslustig. Ich gab Andreas einen Kuss auf den Mund und erhob mich. Danach stellte ich das Frühstücksgeschirr in die Spülmaschine, um noch einmal ins Bad zu verschwinden.

Als ich zurückkam, war Andreas schon startbereit. »Kommst du heute nach Dienstschluss wieder mit zu mir?«

Ich musste lachen, denn er sah mich mit erpresserischen Dackelaugen an. Nur dass seine nicht braun waren.

»Wenn du mich noch eine Nacht erträgst?«

»Und noch viele mehr!«

Ich musste an den Tag denken, an dem ich die Insel wieder verlassen würde. Könnte eine Fernbeziehung Bestand haben? Wie würde sich unsere Liebe auf Dauer entwickeln?

»Woran denkst du gerade?«

»An meine Ermittlungen«, log ich.

»Okay, dann lass uns losfahren. Ich brenne darauf, zu erfahren, ob die alte Fine mehr weiß, als sie zugibt!«

An der Haltestelle verschanzten wir uns hinter dem Wartehäuschen. Wir fühlten uns wie Teenager. Um ein Haar hätten wir es verpasst, einzusteigen. Lachend warfen wir uns auf die Sitze, und ich schob meine Hand in seine. Das gab mir ein wunderbares Gefühl von Geborgenheit. Verträumt ließ ich die nordfriesische Landschaft vorüberziehen. Das Wattenmeer dämmerte in der Morgensonne. Ich bemerkte, dass Andreas mich schmunzelnd beobachtete.

»Was ist?«, fragte ich irritiert.

»Nichts. Es ist nur schön, dich anzusehen.«

»Du übertreibst«, schimpfte ich mit gedämpfter Stimme.

»Nicht im Geringsten«, flirtete Andreas, dabei blitzten seine unwiderstehlichen Augen auf.

In nur wenigen Minuten würde uns der Alltag einholen. Ich kuschelte mich an ihn und genoss die Zweisamkeit.

Im Revier herrschte Hektik. Lars Jürgens kam auf Andreas zugeeilt. Rote Flecken hatten sich auf seinem runden Gesicht ausgebreitet. »Chef, in der Sansibar ist eine Schlägerei im Gange. Die haben dort heute Nacht gefeiert, in den frühen Morgenstunden ist die Sache ausgeartet. Wir müssen da hin.«

Andreas reagierte gelassen auf die Nachricht. »Okay, ich fahre gleich hin, um die Party zu beenden.«

»Ich glaube nicht, dass du allein etwas ausrichten kannst«, gab Lars Jürgens zu bedenken. »Die haben einen Arzt in der Mangel, den sie wohl nicht leiden können. Der Eigentümer der Sansibar hat alles versucht, um ihn aus den Händen der aufgeregten Masse zu befreien!«

Andreas sah Jürgens ungläubig an. »Masse? Wie viele sind es denn?«

»Mindestens zwanzig!«

Ich begann hellhörig zu werden. Ein Arzt? Könnte es sich um Doktor Schönberg handeln?

»Los, worauf warten wir? Ich komme mit«, verkündete ich fest. Ich konnte die Aufregung von Lars Jürgens gut verstehen, schließlich hatte Sylt keine Hundertschaften zur Verfügung. Die Handvoll Polizisten waren auf einen größeren Einsatz nicht vorbereitet.

Andreas fuhr mit mir, und zwei weitere Fahrzeuge, die mit jeweils drei Kollegen besetzt waren, begleiteten uns. Ob das genügen würde? Ich machte mir Gedanken, ob Luka und Kathi auch dabei waren, setzte das Blaulicht auf das Dach und trat aufs Gaspedal. Zum Glück waren die Straßen menschenleer, so dass wir schnell vor Ort ankamen. Ich verstellte den Dünenweg zur Sansibar mit meinem Dienstwagen. Es überraschte mich, dass kein Laut zu hören war.

Beim Erreichen der Bar fanden wir nur noch den Eigentümer vor. Wie ich es mir gedacht hatte, saß Doktor Tim Schönberg bei ihm. Er hatte einiges an Attraktivität verloren. Wie ein Häufchen Elend hockte er an einer Düne und sah ganz nach einer gebrochenen Nase aus. Sein Hemd hatte alle Knöpfe eingebüßt. Ich konnte mich einer gewissen Schadenfreude nicht erwehren. Ich mochte ihn nicht, konnte mir jedoch nicht erklären, woran das lag. Trotzdem war es meine Pflicht, mich um ihn zu kümmern.

»Wie geht es Ihnen, Doktor Schönberg?«

»Ich komm schon klar«, brummte er ungehalten.

Die uniformierten Kollegen suchten die Umgebung ab, ob es noch mehr Personen gab, die in die Prügelei verwickelt gewesen waren. Andreas sprach mit dem Wirt. Ich überließ Schönberg seinem Schicksal, um zu Andreas hinüberzugehen.

»Der feine Doktor da hat den Streit angefangen.« Bernd Schulz wies auf Schönberg.

»Wer waren die anderen Gäste?«, fragte ich.

»So ein Baulöwe hat seinen Geburtstag gefeiert, als der da

plötzlich anfing, die Gäste zu beschimpfen. Sie wären doch alles Aufschneider und Konsumgesteuerte. Zu guter Letzt hat er die Gäste als hohle Bande bezeichnet. Ich kann gut nachvollziehen, dass sie sich das nicht gefallen lassen wollten. Bevor ich eingreifen konnte, fielen sie über ihn her.« Bernd Schulz machte keinen Hehl daraus, dass es ihm nicht leidtat.

»Gut«, seufzte ich, »wenn Doktor Schönberg Anzeige erstatten will, muss ich von Ihnen die Personalien des Gastgebers haben!«

Andreas sah mich mahnend an. Ja, ich wusste, dass ich die ohnehin anfordern musste, aber ich fand, Schönberg war selbst schuld.

»Und was mache ich mit meinen ramponierten Strandmöbeln?«

»Aufräumen, eventuell Anzeige erstatten«, sagte ich mitleidslos. Schönberg war inzwischen aufgestanden und versuchte, den Sand aus seiner Kleidung zu schütteln. Ich bewegte mich auf ihn zu. Er sah wirklich mitgenommen aus. Ich berührte ihn leicht am Arm. »Doktor Schönberg, kommen Sie, wir bringen Sie ins Krankenhaus. Ihre Verletzungen müssen versorgt werden!«

Er wehrte meine Hand ab wie ein bockiges Kind. »Ich kann mich selbst behandeln. Dafür muss ich nicht ins Krankenhaus.«

»Wie Sie wollen, aber Ihre Nase sieht gebrochen aus. Also überlegen Sie es sich.« Ich ließ ihn stehen. Beim Weggehen rief ich ihm noch zu, dass er ins Revier kommen solle, wenn er mit der Eigenbehandlung fertig sei.

Ich hörte ihn schnaufen. »Bin ich schon wieder verdächtig?«

Ich wandte mich zu ihm um. »Dafür haben Sie selbst gesorgt«, entgegnete ich kühl. Ich ärgerte mich darüber, dass ich bei diesem Einsatz kein Stück weitergekommen war. Doktor Schönberg schien ein überheblicher Zeitgenosse zu sein. Mit Sicherheit war in seinem Leben einiges schiefgelaufen, aber für einen Mörder hielt ich ihn nicht.

Andreas sah mir liebevoll entgegen. Dabei wurde mir sofort

warm ums Herz. Meine Gedanken schweiften ab in die vergangene Nacht. Sofort sehnte ich mich nach einer Wiederholung.

Ich stellte mein Auto vor Jennys Haus ab. Ich fürchtete, dass die jungen Frauen noch tief und fest schliefen. Luka war auch kein Frühaufsteher. Ich wollte es trotzdem versuchen.

Ich bat Andreas, im Auto zu warten, gab ihm einen vielversprechenden Kuss auf den Mund und ließ ihn zurück. Bevor ich an der Haustür klingelte, ging ich in den hinteren Teil des Grundstücks. Zu meinem Erstaunen saßen alle drei mit einem Kaffeebecher in der Hand auf der Terrasse.

»Moin, Mutsch, du bist aber früh dran!« Mein Sohn begrüße mich überaus ausgeschlafen.

»Guten Morgen zusammen. Ich dachte mir, ich schau mal bei euch vorbei. Ihr seht aber nicht gerade verpennt aus. Rechtzeitig ins Bett gegangen?« Ich schmunzelte Luka an. Er wirkte gelöst, irgendwie glücklich.

»Nö, wir waren noch gar nicht im Bett«, tönte Kathi fröhlich.

Ich sah zu Jenny, die auf den zweiten Blick tatsächlich etwas blass um die Nase war. Mir schwante nichts Gutes. »Ihr wart nicht zufällig in der Sansibar?« Ich hielt die Luft an. Ich mochte mir nicht ausmalen, dass ausgerechnet Luka an der Prügelei beteiligt gewesen war.

»Doch«, sagte Kathi kleinlaut. Na super, dachte ich alarmiert. »Aber nur bis Mitternacht, danach haben wir hier mit Jenny die Hausbesetzung gefeiert.«

»Verstehe«, sagte ich erleichtert.

»Da war eine Prügelei, nicht?« Eine übermüdete Jenny meldete sich zu Wort.

»Woher wisst ihr das?« Sofort wurde ich misstrauisch.

Luka zeigte lässig auf ein Kofferradio. »Haben wir im Radio gehört!«

»Im Radio?«, fragte ich verärgert. Das ging aber schnell, so wichtig war also die Neuigkeit aus der Sansibar. Das könnte Poldi auf den Plan rufen. Er wollte bestimmt wissen, ob ich einen Zusammenhang mit dem Mord sah.

»Darf ich dir einen Kaffee anbieten, Hannah?« Kathi war bereits aufgesprungen, um mir einen Becher zu holen. Ich nahm die Einladung an und setzte mich auf einen Gartenstuhl. Versonnen betrachtete ich meinen Sohn. Er war in meiner Nähe, aber doch so fern. Ich vermisste ihn und die Gespräche, die wir führten, wenn wir allein waren oder einfach nur einen Film anschauten.

Luka schien meinen Blick richtig zu deuten. »Wollen wir heute Mittag zusammen essen, nur wir beide?«

Ich freute mich. »Ich versuche es zu ermöglichen. Ja, gerne.«

»Ich würde gerne nach List hinauffahren. Da könnten wir bei Gosch schlemmen.«

»Gute Idee, wo soll ich dich abholen?« Ich sah zu Kathi. Ebenso gut hätte ich sie fragen können, wo sie sich heute Mittag aufhielt.

»Da könnt ich doch mitkommen!«, rief Kathi begeistert. »Ich muss erst um fünfzehn Uhr arbeiten.«

»Kathi, ich möchte mit Mama ein paar Stunden alleine quatschen. Das verstehst du doch?«

Kathi zog einen Schmollmund. »Klar!«

Die Antwort wirkte nicht überzeugend. Ich wechselte lieber das Thema. »Hat Fine Wendtland sich mal blicken lassen?«

Jenny reagierte ein bisschen zu zurückhaltend, als sie meine Frage verneinte. Ich musterte sie eindringlich, und sie konnte meinem Blick nicht standhalten. Tief in meinem Inneren läuteten die Alarmglocken. Hier stimmte etwas nicht, aber was?

»Gestern Abend«, sagte Jenny und rückte endlich mit der Sprache heraus. »Sie kam kurz rüber, um mich zu begrüßen.«

Jenny wirkte verunsichert. Ich beschloss, nicht weiter nachzufragen. Es würde sich sicher bald eine Gelegenheit ergeben, um genauere Auskünfte zu erhalten. Ich trank den Kaffee aus und verabschiedete mich von der inzwischen doch erschöpften Meute.

»Luka, bist du sicher, dass du heute Mittag nicht verschläfst? Wir können auch morgen nach List fahren.«

Mein Herr Sohn schoss aus der Lethargie heraus. »Ich bin fit, heute wäre toll!«

Ich bin ja von Berufswegen ein misstrauischer Mensch, aber Luka überraschte mich. Warum war er so wild darauf, mit mir zu sprechen? Normalerweise fühlte er sich unwohl unter meiner Beobachtung. Mir fiel ein, dass er mich bisher nicht in seine neuen beruflichen Pläne eingeweiht hatte. Es blieb also spannend.

Siedend heiß fiel mir ein, dass Andreas im Wagen auf mich wartete. Eilig ging ich zu ihm. Als ich ins Innere des Wagens schaute, war Andreas verschwunden. Ich sah mich suchend um. Er war nirgends zu entdecken. Auch die Garage war fest verschlossen.

Ich entschied mich, Fine aufzusuchen. Zu meiner Überraschung fand ich vor ihrem Haus auch Andreas. Beide saßen auf der Holzbank im Vorgarten. Offensichtlich plauderten sie vertraut miteinander. Als ich näherkam, verstummten sie.

»Ich hoffe, dass ich nicht störe?«, fragte ich kühl.

»Ganz und gar nicht!« Andreas strahlte, während Fine Wendtland mich aus zusammengekniffenen Augen betrachtete. Andreas sprang auf. »Wir haben uns nur unterhalten, bis du zurück bist.«

»Worüber?«

»Über das Wetter«, gab Fine bereitwillig Auskunft.

»Frau Wendtland, können Sie mir bitte verraten, wie Sie zu dem Toten standen?«

Das Gesicht der alten Frau verfinsterte sich. »Gar nicht! Ich kannte ihn nur flüchtig.«

Ich horchte auf, nur flüchtig? Hatte sie nicht vor ein paar Tagen gesagt, sie hätte ihn nicht gekannt? Konnte ich noch mehr aus der wortkargen Alten herausquetschen? »Wie, flüchtig?« Ich ließ sie nicht aus den Augen.

»So gut wie gar nicht!«

Ich räusperte mich ungeduldig. »Frau Wendtland, das hatten wir schon. Genauer, bitte!«

Ich sah, wie Andreas sie anstupste. Er ermunterte sie, etwas zu sagen.

»Er war der Freund meiner Nachbarin.«

Jetzt war ich baff. Hatte Andreas das gewusst? »Warum haben Sie mir das nicht gleich gesagt?«

»Herrgott noch mal«, brauste sie auf. »Weil Sie jeden für verdächtig halten, der Ihnen über den Weg läuft. Ich habe keine Lust auf diese Spielchen!«

»Das hier ist absolut kein Spiel, Frau Wendtland. Es geht um einen Mord, der aufzuklären ist. Mit Ihrem Schweigen machen Sie sich verdächtig. Ist Ihnen das nicht bewusst?« Mein Blick fiel auf Andreas. »Hattest du eine Ahnung davon?«

»Fine hat es mir eben anvertraut.«

Fine Wendtland erhob sich mühevoll von der Bank. »Ich muss meine Medizin einnehmen. Wenn Sie bitte gehen wollen!« Ohne auf uns zu achten, schlich sie ins Haus. Ich hörte, wie sie die Tür verriegelte.

»Schade«, sagte Andreas.

»Was?«

»Ich hätte sie fast dazu gebracht, mir mehr zu verraten, aber dann hast du uns unterbrochen.«

»Darf ich dich daran erinnern, dass du nicht meinen Job machen sollst?«

Andreas blickte mich verärgert an. »Hier auf der Insel wird eine andere Sprache gesprochen, der du anscheinend noch nicht mächtig bist und vielleicht auch nie sein wirst!«

Sprachlos sah ich ihm nach, als er an mir vorbeiging, ohne mich anzusehen. Mit der Romantik war es offenbar erst einmal vorbei.

Ein Heim für Jenny

»Jenny! Aufwachen! Luka ist mit seiner Mutter nach List gefahren, mir ist langweilig!« Kathi schüttelte mich gnadenlos durch.

»Kathi, was ist denn los?«, knurrte ich verschlafen. Ich versuchte, mich unter der Decke zu verschanzen, aber meine Mitbewohnerin zog sie mit einem Ruck weg. Danach warf sie sich zu mir auf das Bett.

»Luka will mit Hannah sprechen, er plant, bei mir auf der Insel zu bleiben!« Kathi strahlte mich freudig an. »Wir wollen nie mehr voneinander getrennt sein«, schwärmte sie verzückt.

»Kathi, das freut mich für euch, aber was kann ich jetzt für dich tun?«

»Mir die Zeit vertreiben, ich komme um vor Nervosität!«

Ich war bis in die Nacht damit beschäftigt gewesen, meine Sachen einzuräumen. Dann waren zu vorgerückter Stunde Kathi und Luka bei mir eingefallen.

Kathi hatte ein Zimmer im oberen Stockwerk für sich gewählt. Das Bad daneben löste bei ihr wahre Begeisterungsstürme aus. Das niedliche Zimmer war mit hübschen Möbeln ausgestattet, so dass wir uns über die Einrichtung keine Gedanken machen mussten. Ein weiteres Zimmer im Obergeschoss wollte ich als Gästezimmer behalten. Mein Schlafzimmer war größer als das von Kathi und hatte sogar einen Terrassenausgang mit Meerblick. Schnell war auch klargeworden, wo mein Büro eingerichtet werden sollte. Ein lichtdurchfluteter Raum neben meinem Schlafzimmer bot sich dafür an. Auch von dort konnte ich das Meer sehen, bei geöffneten Fenstern sogar hören.

Luka hatte mir geholfen, meinen Schreibtisch aus dem Bus zu holen. Mit wenigen Handgriffen hatte ich ein perfekt eingerichtetes Arbeitszimmer geschaffen. Danach hatten wir die Nacht zum Tag gemacht, um unseren Einzug gebührend zu feiern. Erst als Hannah in unsere Runde geplatzt war, hatte ich bemerkt, dass es bereits früher Morgen war.

Ich wollte eigentlich nur noch schlafen, doch nun wurde ich hellhörig. Ich lehnte am Kopfende meines Bettes und sah sie fassungslos an. »Meinst du nicht, ihr solltet euch darum kümmern, eine Ausbildung abzuschließen, bevor ihr Traumtänzer daran denkt, auf der Insel sesshaft zu werden?«

»Traumtänzer? Du bist ja nur verbittert, weil dein Marcus sich nicht meldet!« Kathi sprang aus dem Bett und rannte nach oben.

Wenngleich ich nun meine Ruhe hatte, konnte ich trotzdem nicht wieder einschlafen. Ich mochte keinen Streit, schon gar nicht mit Kathi. Ich zermarterte mir den Kopf, wie es mir gelingen könnte, Kathi zu besänftigen. In der kurzen Zeit, die ich sie kannte, hatte es nie lange gedauert, bis sie sich wieder mit mir versöhnte. Aber vielleicht war ich doch zu weit gegangen? Ich vermisste Marcus unendlich. Warum ließ er mich nur so lange zappeln? Sollte ich ihn am Wochenende besuchen? Aber er musste ohnehin arbeiten, er hätte nicht viel Zeit für mich. Wenn er überhaupt noch Zeit für mich haben wollte!

Ich rollte mich schwerfällig aus dem Bett. Ich konnte mir vorstellen, dass ein Frühstück Kathi aus ihrem Zimmer hervorlocken würde. Also begab ich mich in meine neue Traumküche, um eine Mahlzeit zu zaubern, die gleichzeitig zweites Frühstück und Mittagessen war. Ich wusste zwar nicht, ob Kathi auf mein Friedensangebot eingehen würde, aber einen Versuch war es wert.

Nach einer halben Stunde hatte ich den Tisch gedeckt. Kaffee blubberte in der Maschine, und die Eier waren gekocht. Zögernd blickte ich zur Treppe hinauf. Wie konnte ich Kathi dazu überreden, herunterzukommen? Ich überlegte noch, ob ich zu ihr hinaufgehen sollte oder ob ein Rufen die gleiche Wirkung hätte, als es an der Tür klingelte. Hannah und Luka konnten es nicht sein, denn Luka besaß einen Schlüssel. Ungehalten machte ich mich auf, um zu öffnen. Eine Versöhnung mit meiner Freundin wäre mir lieber gewesen.

Mit Schwung riss ich die Eingangstür auf. Vor mir stand Tim. Ich erkannte ihn nicht gleich, denn ein Heftstreifen über seiner Nase verdeckte das Gesicht.

»Moin, Jenny. Ich wollte mal schauen, ob alles in Ordnung ist. Es tut mir leid, dass ich bei der Observierung ohne ein Wort verschwunden bin.«

Ich tat sein Verhalten mit einer Handbewegung ab. »Komm doch herein, willst du mit mir essen?«

Ein Leuchten huschte über sein entstelltes Gesicht. »Gerne, danke.«

Er putzte sich umständlich die Schuhe ab und trat ein. Ich zeigte ihm den Weg in die Küche.

»Schön hast du es hier. Du musst gar nicht viel machen, die Bude ist ja toll in Schuss.« Er sah sich in der Küche um und stieß einen anerkennenden Pfiff aus.

»Recht nett, die Hütte, ich weiß.« Ich lachte glücklich.

Unverhofft drückte er mich und gab mir einen Kuss auf die Wange. Verwirrt löste ich mich aus der Umarmung, die mir nicht unangenehm gewesen war.

»Wenn du in einem Jahr einen Käufer suchst … Ich hätte Interesse.«

Damit hatte ich nicht gerechnet. Ich hatte doch nicht die leiseste Ahnung, wie ich mein Leben in einem Jahr gestalten wollte. »Wir unterhalten uns im nächsten Jahr noch mal darüber«, antwortete ich.

Doch er ließ sich nicht beirren. »Ich beauftrage gerne einen

Notar, damit er einen Vertrag aufsetzt. Die ersten zweihunderttausend könntest du gleich bekommen!«

»Die ersten was?« Ich hatte nicht viel Ahnung von Immobilienpreisen, aber dass die Grundstücke auf Sylt kaum erschwinglich waren, wusste ich sicher. »Wie viel bist du denn bereit, mir zu bieten?«

»Noch mal hunderttausend nach der Übergabe. Ich bin der Meinung, du kannst damit in Stuttgart einiges erreichen. Überleg es dir in Ruhe.« Er blinzelte mir gönnerhaft zu.

»Im Moment weiß ich nicht einmal, ob ich die Insel jemals verlassen möchte. Mir gefällt es sehr gut hier.«

Tims Miene veränderte sich. Er wirkte verärgert. »Ich möchte ein Wochenendhaus kaufen, damit ich mich hierher zurückziehen kann.«

»Das ist eine gute Idee, Tim. Die hatte ich auch schon.«

»Ach, überleg doch, Stuttgart liegt nicht eben um die Ecke. Es wäre viel zu umständlich!«

Ich kam ins Grübeln. Er hatte mir eine stolze Summe geboten, ich wäre alle Sorgen los und könnte mir in meiner Heimat mit Marcus ein kleines Häuschen kaufen. »Vielleicht hast du recht. Ich überlege es mir.«

Tim lächelte mich vielsagend an. »Wir einigen uns bestimmt, du bist schließlich eine kluge Frau. Aber lass die Makler aus dem Spiel, die verdienen sich eine goldene Nase dabei!«, warnte er mich.

Während wir frühstückten, polterte es auf der Treppe. Gespannte horchte ich auf. Es hörte sich nicht nach Kathi an.

Buddy hatte anscheinend das Frühstück gewittert. Sabbernd blickte er mich aus flehenden Augen an. Unsere Party hatte den Tagesrhythmus des armen Tieres völlig durcheinandergebracht. Sicher musste er auch vor die Tür. Offensichtlich dachte Kathi nicht daran, ihm zu folgen. Ich begleitete Buddy zur Terrassentür und ließ ihn in den Garten. Ich hatte mich an das Tier gewöhnt. Seine Art, alles auf die leichte Schulter zu nehmen, gefiel mir am besten an dem großen Kerl. Lächelnd ließ ich Buddy im Garten zurück und die Tür offen, damit er wieder reinkommen konnte.

Als ich die Küche betrat, war Tim dabei, die Wände auszumessen. Er fühlte sich offensichtlich ertappt, denn er schob das Maßband sofort wieder in die Hosentasche.

»Nun«, sagte ich heiter, »wie viele Tapetenrollen muss ich für diesen Raum kaufen?«

»Das erledige ich selbst, wenn wir uns handelseinig geworden sind.« Er lächelte mich verschwörerisch an. Glaubte er wirklich, ich würde mein Haus verkaufen, bevor ich richtig eingezogen war?

»Du lässt nicht locker, was?«

»Nie!« Er grinste.

»Dann pass mal auf, dass du dir an mir nicht die Zähne ausbeißt. Hartnäckigkeit ist eine meiner besten Eigenschaften.« Ich lachte amüsiert. Etwas an unserem Geplänkel störte mich, ich konnte nur nicht sagen, was. Waren es die verhärteten Gesichtszüge von Tim, wenn ich ihn auf die Folter spannte? Waren es die Schmetterlinge, die er in mir hervorrief, wenn er mich lange ansah? Vielleicht störte es mich auch, dass er scheinbar sicher war, dass ich mein Haus verkaufen würde. Ich wechselte das Thema. »Wie ist das mit deiner Nase passiert?«

»Ach, ein paar Idioten wollten mir beweisen, dass sie stärker sind als ich. Nicht der Rede wert.«

Entsetzt sah ich ihn an. »Bist du bei der Polizei gewesen?«

»Ich bin gut in der Lage, auf mich selbst aufzupassen, alles halb so wild. Ich muss mich auch verabschieden, vielen Dank für das leckere Spätstück. Ich revanchiere mich in den nächsten Tagen dafür.«

Er erhob sich vom Stuhl, und ich begleitete ihn zur Tür. Für einen Augenblick sah er mich durchdringend an. Erneut zog er mich zu sich heran und gab mir einen zärtlichen Kuss.

Ich war so überrascht, dass ich mich nicht zur Wehr setzte.

Wohlige Schauer liefen über meinen Körper, als Tim abrupt von mir abließ und in den Vorgarten verschwand. Atemlos blieb ich zurück.

Buddy trotte auf mich zu. Offenbar hatte er etwas Interessantes unter der Rasenfläche gefunden. Er war voller Erde, die er hingebungsvoll auf die Fliesen im Wohnzimmer verteilte. Dabei freute er sich seines Lebens.

»Buddy, du Ferkel, wie schaust du nur aus!«, schimpfte ich. Trotzdem musste ich lachen, weil er obendrein schuldbewusst durch seine Fellfalten schielte. Ich schickte ihn auf seine Decke, um mich dann um Kathi zu kümmern.

Ich stieg die Stufen hinauf. Ich fühlte mich irgendwie schuldig. Ich hoffte, wir konnten unseren Streit beilegen. Zaghaft klopfte ich an die Zimmertür, die einen Spalt geöffnet war. Kathi lag nicht im Bett, sondern starrte aus dem Fenster, das zur Straße gerichtet war.

»Was wollte Tim?«, fragte sie, ohne sich umzudrehen.

»Unwichtig.«

Erstaunt drehte Kathi mir ihr Gesicht zu. Sie hatte offensichtlich geweint. Langsam ging ich auf meine Freundin zu, doch sie kam mir zuvor. Sie stürmte auf mich zu, umarmte mich und schluchzte auf. »Sorry, Jenny, ich wollte nicht so gemein sein!«

»Ich auch nicht, Kleines.«

»Du hattest aber recht!«

Ich lächelte versöhnt. »Du aber auch. Ich vermisse Marcus unendlich.«

Kathi löste sich aus der Umarmung. »Trotzdem flirtest du ganz schön mit dem Doktor.«

»Merkt man das so sehr?«, fragte ich erschrocken. Unsere Augen trafen sich, und sofort kicherten wir los.

»Ich bin so erleichtert, dass du mir nicht mehr böse bist, Jenny.« Kathi fuhr sich durch die Haare. »Wollen wir nun frühstücken?«

»Vor allem verlangt Buddy nach einer Mahlzeit. Er hat in der Zwischenzeit den Garten umgegraben.«

Kathi rannte an mir vorbei und stürmte ins Untergeschoss. Kurz darauf hörte ich sie kreischen. »Buddy! Was hast du denn angestellt?«

Ich folgte ihr seufzend. Dabei hoffte ich inständig, dass Buddy nicht noch mehr Schmutz gemacht hatte als ohnehin schon. Meine Sorge war begründet. Der Gute hatte es sich auf dem Sofa gemütlich gemacht, nicht ohne die Gartenerde darauf zu verteilen.

»Kathi, ich fürchte, du hast gerade deine Tagesaufgabe gefunden.«

Kathi wirbelte herum. »Das sehe ich! Daran muss ich nicht erinnert werden.«

Kathis Temperament drohte erneut mit ihr durchzugehen. Mahnend hob ich eine Augenbraue. Sofort beruhigte sie sich.

»Lass uns erstmal frühstücken!«, sagte ich, und wir gingen in die Küche.

Die Eier waren zwar kalt geworden, aber sie schmeckten trotzdem. Kati aß mit großem Appetit. Sie benötigte ihre Energie schließlich für die anstehenden Reinigungsarbeiten.

»Sag schon, was wollte Tim?«

»Vorbeischauen. Er hat sich entschuldigt, weil er gestern einfach abgehauen ist.«

Kathi schnaubte verächtlich. »Der Feigling. Wenn es drauf ankommt, zieht er den Schwanz ein!«

»Er will mein Haus kaufen, wenn das Jahr vorbei ist«, murmelte ich unsicher.

Kathi riss die Augen auf. »Er will dein Haus kaufen? Hat der denn so viel Geld?«

»Keine Ahnung. Er hat mir sofort nach Vertragsabschluss zweihunderttausend geboten. Bei Übergabe weitere hunderttausend!«

Kathi gab merkwürdige Geräusche von sich, es klang im

zweiten Moment wie ein Lachen. Sie fand nur schwer Worte. »Spinnt der? Das ist viel zu wenig!«

»Seit wann kennst du dich mit Immobilien aus?«

Kathi beugte sich über den Tisch. »Du weißt ziemlich wenig über mich.«

Ich konnte nicht glauben, dass in Kathis naiver Welt Immobilienkenntnisse Platz hatten, und grinste sie mitleidig an.

»Ich habe eine Ausbildung zur Immobilienkauffrau gemacht. Ob du es glaubst oder nicht. Leider habe ich nach der Prüfung gekündigt, aber das ist nicht wichtig. Fakt ist, Tim will dich für dumm verkaufen!«

»Es wäre doch möglich, dass er auch keine Ahnung hat, wie die Immobilienpreise hier sind«, gab ich nachdenklich zurück.

»Das weiß abgesehen von dir jedes Kind. Dafür braucht man kein Abi!«

Wenn ich darüber nachdachte, musste ich Kathi recht geben. Ich war in dieser Beziehung etwas naiv. Vielleicht hatte Tim mich auch mit seinem Charme um den Finger gewickelt?

»Ich glaube zwar nicht, dass Tim mich betrügen will, aber du hast recht. Ich sollte sein Angebot rechtlich prüfen.«

»Du bist dir also sicher, dass Sylt nicht deine Heimat werden soll?«

»Nein!«

Kathi grinste mich an. »Na, siehst du. Lass dir Zeit mit deiner Entscheidung. Fang erst mal an, dich einzuleben!« Kathi wirkte auf mich plötzlich sehr erwachsen. Zumindest hatte sie mich auf den Boden der Tatsachen gebracht.

»Danke, Kathi, ich werde es mir überlegen. Versprochen.«

Meine Freundin strahlte mich an. »Ich bleibe auch, solange du mich ertragen kannst.«

Ich lächelte zufrieden. »Du bist herzlich willkommen. Wenn Luka bleiben will, müsst ihr euch allerdings irgendwann an den laufenden Kosten beteiligen.«

»Klar, das mache ich sowieso. In der Sansibar gibt es viel Arbeit, die mir auch noch Spaß macht.«

»Du hast einen tollen Beruf erlernt. Stell dir mal vor, wie gut du hier als Maklerin verdienen könntest!«

Kathi lachte fröhlich. »Dann könnte ich dich gleich mit versorgen!«

»So weit wollen wir es lieber nicht kommen lassen«, scherzte ich.

Als das Geräusch eines Schlüssels im Schloss der Eingangstür ertönte, horchten wir auf. Luka schien zurückzukommen. Erwartungsvoll blicken wir zur Küchentür. Luka erschien mit einem wenig glücklichen Gesichtsausdruck. Seine Mutter folgte ihm. Auch Hannah schien bedrückt.

»Moin«, brummte Luka und sah Kathi an.

Wir zogen es vor, abzuwarten. Sicher würde Luka uns jeden Moment vom Ergebnis der Aussprache mit Hannah erzählen. So war es dann auch.

»Meine Mutter ist nicht so begeistert, dass ich auf der Insel mein Glück versuchen möchte. Arbeitstechnisch gesehen. Dass wir uns lieben, findet sie gut!« Zerknirscht sah Luka uns an. »Aber sie gewährt mir ein halbes Jahr für eine Testphase, wobei sie mich ein bisschen finanziell unterstützen will.«

Kathi freute sich. Sie verstand offensichtlich nicht, warum Luka so niedergeschlagen wirkte. »Das ist doch super! Du kannst dir einen Job suchen. Dann werden wir sehen, wie es dir gefällt. Vielleicht hast du später doch noch Lust auf ein Studium oder eine Ausbildung!«

»Vorausgesetzt, mein Herr Sohn ist gewillt, für seinen Lebensunterhalt zu arbeiten«, mischte sich Hannah ein.

»Es wird ihm nichts anderes übrigbleiben«, sagte ich sanft. »Setzt euch doch, soll ich euch frischen Kaffee machen?«

»Gute Idee! Danke, Jenny.« Hannah setzte sich seufzend auf einen Stuhl. Luka rutschte zu Kathi auf die Eckbank. Sofort begannen sie zu turteln. Hannah wirkte immer noch besorgt.

»Tim will Jennys Haus kaufen«, platzte Kathi heraus. Blitzschnell hatte Kathi Hannahs volle Aufmerksamkeit.

»Das ist ja mal eine Neuigkeit. Hat er gesagt, warum so plötzlich?« Eine steile Falte bildete sich auf Hannahs Nasenwurzel.

Kathi richtete ihren Oberkörper auf. Sie war jetzt ganz in ihrem Element. »Er war heute Mittag hier. Er will es unbedingt! Aber sein Angebot ist absolut nicht fair.«

»Kathi«, ermahnte ich meine übereifrige Freundin, »du übertreibst! Ich werde über einen Verkauf erst nachdenken, wenn das Jahr um ist. Vorher bleibt alles so, wie es ist.«

Ich erntete einen skeptischen Blick von Kathi. »Vorhin hat es aber ganz anders geklungen.«

»Quatsch. Ich will auch nicht mehr darüber diskutieren«, sagte ich.

»Ich dachte, er sei ein normaler Urlauber«, meinte Hannah vorsichtig. Offensichtlich wollte sie mich nicht noch zusätzlich reizen.

»Ich weiß es nicht. Darüber haben wir nie gesprochen, weil ich davon ausgegangen bin, dass er Urlaub macht.«

Ich zog die Kaffeekanne aus der Maschine. Konzentriert ließ ich das heiße Getränk in die Becher fließen. Ich sah niemanden an, als ich mich setzte. Ich war verwirrt. Tim ein fragwürdiger Urlauber? Und Marcus wollte nicht mit mir reden. Was sollte ich von alldem halten?

Unter dem Vorwand, arbeiten zu müssen, zog ich mich in mein Büro zurück. Ich hatte nicht gelogen, meine Aufträge lagen unbearbeitet neben meinem PC. Doch es war fraglich, ob es mir gelingen würde, die Übersetzungen fertigzustellen. Im Wohnzimmer sah ich zu Buddy. Er hatte es sich wieder auf dem Sofa gemütlich gemacht. Ob Kathi den Schmutz beseitigen konnte? Vor allem fragte ich mich, wie lange die Muttererde einwirken musste, bis sie endgültig die Oberhand über das Sofa gewann.

Hannah

Jenny hatte sich ins Büro zurückgezogen, und ich hielt es für besser, mich auch zu verabschieden. Luka schenkte mir einen treuherzigen Blick, als ich die Küche verließ. Mein Sohn zog es momentan vor, seine Zukunft ohne Ausbildung beziehungsweise Studium zu gestalten. Es störte mich unglaublich, aber ich sah keinen Weg, ihn umzustimmen. Ich kannte ihn gut, schließlich war er mein Kind. Wenn ich ihn zwingen würde, etwas zu tun, wozu er keine Lust hatte, würde er mir entgleiten. Er machte ohnehin, was er wollte. Das Gespräch, um das er mich gebeten hatte, war nur pro forma gewesen. Kathi war ein nettes Mädchen, ohne Frage, aber ob sie Luka beeinflussen konnte? Auf jeden Fall hatte ich ihm mit dem halben Jahr ein Ultimatum gesetzt. Ich konnte nicht ewig für meinen erwachsenen Sohn aufkommen, und ich hoffte, dass Luka bald aus seinem Trott erwachte.

Ich hatte meinem Sohn auch von Andreas erzählt. »Siehst du, Mutsch, du weißt selbst, wie es ist, wenn die Liebe ins Spiel kommt. Da muss man handeln, sonst ist die Beziehung schneller vorbei, als man gucken kann«, hatte er gesagt. Der Schlawiner. Mich mit meinen eigenen Waffen zu schlagen, das sah Luka ähnlich.

»Ich gebe meinen Beruf beim LKA aber nicht gleich auf, nur weil mich Amors Pfeil getroffen hat«, hatte ich geantwortet.

Aber Luka war stur geblieben: »Ich doch auch nicht. Darum ist es schlau, den beruflichen Weg erst einzuschlagen, wenn ich weiß, wo ich hingehöre.«

Wenn ich darüber nachdachte, wie viele Pfeile Luka in seinem kurzen Leben schon getroffen hatten, musste ich schmunzeln. Die meisten seiner Liebschaften kannte ich nicht einmal. Luka war wie sein Vater: kein Kostverächter.

Ich lenkte meinen Dienstwagen nach Westerland, um aufs

Revier zu fahren. Ich wusste nicht, ob es mir lieber wäre, Andreas zu treffen oder nicht. Es blieb mir nichts anderes übrig, als es dem Schicksal zu überlassen. Wenn ich nur bald nach Kiel abgezogen werden würde! Ich sehnte mich nach der Routine meiner Arbeit dort und seufzte. Denn ich sehnte mich auch nach Andreas, mehr als mir lieb war.

Auf dem Westerländer Polizeirevier herrschte entspanntes Schweigen. Jürgens gähnte herzhaft, als ich die Bude betrat. Ertappt klappte er schnell den Mund zu.

»Na, Jürgens, spät geworden gestern Abend?«

Aus der anderen Ecke des Büros ertönte ein hässliches Lachen. »Wie bei so manchem anderen auch!«, gluckste der Kollege Bertram Hohlwege.

Mein Blick schnellte in dessen Richtung. Ein kahlgeschorener Kopf ruhte auf seinen Schultern. Sein Hemd ließ vermuten, dass dort ein durch Training erlangtes Sixpack versteckt war. Genauso konnte es aber auch bedeuten, dass Bertram eine Vorliebe für reichlich fettes Essen hatte. Ich fixierte ihn mit meinen Augen. Unbeirrt hielt ich Bertrams Blick stand. »Was meinten Sie gerade?« Langsam ging ich auf ihn zu. »Könnten Sie mir bitte erklären, worauf Sie anspielen?«

Ich hatte nicht die geringste Lust, mich auf Plänkeleien einzulassen. Aber jetzt gab es für mich keinen Rückweg mehr. War es bis hierher durchgedrungen, dass ich die Nacht bei Andreas verbracht hatte? Hatte Andreas etwa …? Der konnte was erleben!

Bertram Hohlwege räusperte sich. Er fühlte sich scheinbar unwohl in seiner Haut. »Der Kollege Schulz«, er zeigte lässig in dessen Ecke, »hat eine Urlauberin an Land gezogen. Er ist etwas müde, da er nun mal keinen Urlaub hat!«

Bertram zwinkerte mir verschwörerisch zu. Hieß das, dass ich nun zum Klub der Verschwörer gehörte? Anstatt mich darauf einzulassen, verzog ich mich in mein Büro. Zum wiederholten Mal wälzte ich die Akten zu meinem Fall. Ich drehte mich mit den Ermittlungen im Kreis. Die Befragung der Nachbarschaft hatte genauso wenig ergeben wie ein erneutes Gespräch mit Fine Wendtland. Wie hatte mein Chef gesagt? *Misch dich unters Volk, halt die Augen auf!*

Ich hatte die Augen offen, denn immer wenn ich sie geschlossen hielt, tauchte Andreas' Gesicht auf. Luka hatte ich zwar eingeweiht, aber den Streit hatte ich verschwiegen. Es klopfte zaghaft an der Tür.

»Was ist?«, rief ich ungehalten.

Die Tür schwang auf … und Pat strahlte mich an. »Du hast aber schlechte Laune. Ist es so eine Strafe, hier auf der Insel zu leben?«

Ich riss die Arme hoch und jubelte. »Pat! Wo kommst du denn her?« Ich ging auf meine Freundin zu, um sie zu umarmen.

»Ich dachte, ich schaue mal nach dem Rechten. Du meldest dich ja nicht. Ich nutze meine freien Tage, um hier bei dir zu sein.«

Ich hielt sie ein Stück von mir weg. »Hat Poldi dich geschickt?«, fragte ich misstrauisch.

Pat lachte. »Nee, der weiß nichts davon, was ich mit meiner Freizeit anfange!«

Misch dich unters Volk! Ich würde mir den Rat zu Herzen nehmen. »Komm.« Ich hakte mich bei Pat ein. »Wir gehen an die Promenade. Dort gibt es sicherlich ein Bierchen oder Kaffee und Kuchen!« Vergnügt führte ich Pat hinaus. Im Flur trafen wir auf einen erstaunten Andreas. Ich nickte zum Gruß, ging aber an ihm vorbei.

Plötzlich hielt mich sein fester Griff am Handgelenk zurück. Er zog mich zu sich heran. Seine Augen blickten tief in meine. »Sehen wir uns heute Abend?« Fast flehend hing er an meinen Lippen.

»Ich habe Besuch bekommen«, stotterte ich.

Warum stotterte ich? Eine Erkenntnis, die mich zusätzlich verunsicherte.

Andreas lockerte seinen Griff. »Schade«, hauchte er mir ins Ohr.

Ich gab mir einen Ruck und küsste ihn flüchtig. Zumindest war das erste Eis gebrochen.

»Darf ich dich mit Pat bekannt machen? Eine Kollegin und langjährige Freundin!« Bevor ich mich zu Pat wandte, spürte ich deutlich ihren fragenden Blick im Nacken.

Die beiden begrüßen sich brav und gleichzeitig neugierig.

»Ich melde mich später«, sagte ich zu Andreas. Ich musste zugeben, dass mich dieses kurze Treffen mit ihm deutlich erleichterte. Vielleicht bekamen wir es ja doch hin, Dienstliches von Privatem zu trennen.

Die Sonne hatte gute Laune. Sie zeigte ihr strahlendes Lächeln und wärmte unsere Haut.

»Du, Hannahlein, ist es weit bis zur Sansibar? Ich möchte gerne dorthin!«

»Kein Problem, wir nehmen den Dienstwagen.« Ich führte sie auf den Polizeiparkplatz.

Pat sah sich begeistert um. »Schön ist es hier. Das könnte ich mir auch mal für länger gönnen.«

Ich lachte. »Stell doch bei Poldi einen Antrag«, schlug ich vor.

Pat fuhr mit der Hand durch die Luft. »Lieber nicht. Seitdem du auf Sylt ermittelst, ist seine Laune nicht auszuhalten. Lea tritt auf der Stelle, was die Ermittlungen zu der Leiche in der Förde anbelangt.«

Ich hütete mich davor, zu behaupten, dass ich den Fall längst abgeschlossen hätte. Immerhin kam ich hier auf Sylt auch nicht voran. Manchmal war es eben wie verhext. »Soll ich um Verstärkung bitten?«

Pat kicherte. »Nur das nicht. Poldi grummelt schon wegen der hohen Kosten, die du auf der Insel verursachst. Du kennst ihn ja.«

»Nur zu gut!« Ich lachte ausgelassen. Es war schön, dass Pat da war. Ihr gelang es immer, mich zum Lachen zu bringen.

»Aber er will mich nicht von Sylt abziehen. Dann muss er damit zurechtkommen.«

Pat plumpste auf den Beifahrersitz. »Wann erfahre ich endlich, wer der gutaussehende Mann war, den wir im Flur getroffen haben?« Sie blinzelte mir zu.

»Andreas. Hatte ich euch nicht miteinander bekannt gemacht?«, fragte ich sachlich, um Zeit zu gewinnen.

Pat boxte mir gegen den Arm. »Ich möchte die richtige Antwort!« Sie drohte mir spielerisch mit der Faust, um anzudeuten, dass sie mir einen weiteren Hieb versetzen wollte.

Ich druckste herum. Schließlich hatten wir einen unschönen Streit erlebt. Allerdings hatte die Geste vor wenigen Minuten eine Gänsehaut auf meinem Körper erzeugt.

»Ungelegte Eier. Ich kann noch nicht viel darüber sagen«, murmelte ich verlegen.

»Auch Eier, die noch nicht gelegt sind, haben eine Zukunft!«, sagte Pat in einem Singsang, der sich wie ein Lied anhörte.

»Ich kenne ihn von früher, als ich an der Polizeischule war. Das war vor deiner Zeit.«

»Richtig, du hast damals eine Ehrenrunde gedreht. Übrigens ein genialer Trick, um mich kennenzulernen!«

Pat grinste. Ihr Wissensdrang war damit jedoch noch lange nicht befriedigt. Mit einem Satz rutsche sie näher an mich heran. »Es ist was Ernstes, stimmt's?«

Pat kannte mich zu gut, ich hatte ihr noch nie etwas vormachen können. Die Wirkung ihrer Frage war bedeutsam. Als ob sich ein Pfeil direkt in mein Herz bohrte, kam die Gewissheit: Ich war hoffnungslos verliebt in diesen Mann.

»Ich glaube ja«, flüsterte ich kaum hörbar.

»Wie bitte?« Pat spielte die Schwerhörige.

»Jaaa!«, rief ich ihr befreit entgegen.

»Na also, warum nicht gleich so.« Pat lehnte sich gegen ihren Sitz, ohne mich aus den Augen zu lassen.

»Er ist für mich etwas ganz Besonders. Ich bin noch gar nicht in der Lage, es in Worte zu fassen. Es ist lange her, dass meine Gefühle dermaßen Achterbahn gefahren sind.« Mich überraschten meine eigenen Worte so sehr, dass ich rot anlief. Nicht weil ich mich vor Pat schämte, sondern weil eine heiße Welle meinen Körper durchflutete.

»Ich freue mich für dich, Hannah. Da hatte deine Versetzung scheinbar einen Grund. Du solltest auf Andreas treffen!« Pat hatte schon immer einen Hang zum Schicksalsglauben gehabt, sie war auf der Suche nach einer höheren Macht. Eigentlich passte es gar nicht zu der knallharten Kripobeamtin, die sie sonst war.

Pat löcherte mich mit Fragen, die ich nicht unbedingt beantworten wollte. Trotzdem war sie meine Freundin, und es tat gut, mit ihr darüber zu reden.

Beschwingt stiegen wir auf dem Parkplatz der Sansibar aus.

Pat geriet ins Schwärmen. »Wahnsinn! Es ist wunderschön hier. Danke, dass du mich hergebracht hast.«

Lächelnd sah ich sie an. »Ich habe mir gedacht, dass es dir gefallen wird.«

Da wir noch nicht zu Mittag gegessen hatten, beschlossen wir, keinen Kuchen zu wählen. Aber ein Bier gönnten wir uns. Da ich auf der Insel dienstlich unterwegs war, bestellte ich ein Alkoholfreies.

»Wie läuft es in Kiel?«

Pat schnaubte verächtlich. »Lea lässt die Chefin raushängen. Sie ist teilweise unausstehlich.«

»Nicht dein Ernst, sie ist doch sonst nicht zickig?«

»Genau die richtige Bezeichnung. Zickig! Ich habe sie mehrfach darauf angesprochen, aber sie lässt mich jedes Mal abblitzen. Wir reden kaum noch miteinander.«

Fassungslos starrte ich Pat an. Ich konnte nicht glauben, dass Lea eine solche Wandlung vollzogen hatte. Ich stöhnte auf. »Es wird höchste Zeit, dass ich nach Hause komme.«

»Unsinn. Die beruhigt sich wieder, und du genießt die Zusammenarbeit mit Andreas. Wer weiß, wie ihr mit der Entfernung zwischen Sylt und Kiel klarkommt.«

Ich lachte bitter auf. »Irgendwann müssen wir uns auf die Probe stellen. Je früher, desto besser.«

»Hannah, Hannah. Immer gleich auf die harte Tour, nicht?«

»So ist es besser. Bevor es anfängt weh zu tun.«

»Leg mal deinen Schutzmantel ab, damit machst du es auch nicht leichter«, befahl Pat entschlossen.

Etwas weckte meine Aufmerksamkeit. Wachsam überprüfte ich die Umgebung. Doktor Tim Schönberg verschwand mit einer langbeinigen Blondine hinter einer Wanderdüne. Ich reckte mich, um besser sehen zu können. Am liebsten wäre ich ihnen nachgegangen.

»... und dann habe ich deinen Teppich entsorgt ...«

Ich sah Pat irritiert an. »Du hast was? Warum?«

Pat lachte sich kringelig. »Erde an Hannah! Kannst du bitte deinen Job für einige Stunden vergessen?«

Ich verstand sie nicht gleich. »Was ist mit meinem Teppich passiert?«

»Nichts.« Pat lachte immer noch. »Das war lediglich ein Test, ob du mir zuhörst.«

»Wie du siehst, funktioniert noch alles.«

Ich erhob mich langsam. Pat deutete ich mit einer Handbewegung an, auf mich zu warten. Ich musste Doktor Schönberg folgen. Meine Nase verriet mir, dass irgendetwas faul war. Mit langen Schritten begab ich mich zum Strandabschnitt hinter der Sansibar.

»Mist!« Ich ärgerte mich, ihnen nicht früher gefolgt zu sein. Doktor Schönberg war mitsamt seiner Begleitung wie vom Erdboden verschluckt. Frustriert ging ich zurück.

Pat erwartete mich mit fragendem Blick. »Verdächtige Personen auf Sylt? Hast du sie erwischt?«

»Natürlich nicht, die sind weg.«

»Frau Stein, Sie lassen nach!«, witzelte Pat.

Mir war nicht zum Lachen zumute. »Ich kann mich irren, aber hier stinkt es.«

»Bestimmt der Fisch, der in der Pfanne brutzelt!«

Warum nahm Pat alles auf die leichte Schulter? Sie war doch sonst immer die Erste, wenn es etwas zu ermitteln gab.

Ich klärte sie während des Essens über die laufenden Ermittlungen auf. Jetzt hörte sie mir aufmerksam zu, ohne mich zu unterbrechen. Sie schob sich ein übergroßes Salatblatt in den Mund. »Die Wendtland hat keine Verwandtschaft? Niemand, mit dem sie Kontakt pflegt?« Kauend sah sie mich an.

»Laut ihren eigenen Angaben nicht. Ihre verstorbene Nachbarin war ihre einzige Freundin.«

»Das gibt es doch nicht. Jeder hat irgendjemanden!«

Ich grinste. »Du solltest Fine Wendtland mal kennenlernen. Sie ist eine Einsiedlerin, wie sie im Buche steht. In den Fünfzigerjahren stehengeblieben.«

»Merkwürdig. Sylt ist doch sehr modern, davon müsste sie doch ein bisschen was abbekommen haben?«

»Fine nicht. Sie lässt sich nicht mitziehen.«

»Ich möchte sie bei Gelegenheit kennenlernen«, sagte Pat in Gedanken versunken.

Unauffällig gab ich ihr einen Stoß. Doktor Schönberg kam allein vom Strandgang wieder. Er wirkte verschwitzt, als ob er einen Dauerlauf hinter sich hätte. Warum kam er ohne seine schöne Begleitung zurück?

Offenbar bemerkte er uns nicht, als er an uns vorbeiging und auf den Parkplatz zusteuerte. Ich trieb meine Freundin zur Eile. Sie verstand sofort, vertilgte den letzten Bissen und rief laut: »Zahlen bitte!« An mich gewandt, fügte sie hinzu: »Wir wollen einen Strandspaziergang machen?«

»Worauf du einen lassen kannst!«

Ich zahlte unter Pats Protest die gesamte Rechnung. Dann hakten wir uns ein, um ans Meer zu schlendern. Als wir den

Strand erreichten, zogen wir unsere Schuhe aus. Wir ließen uns vom Wind treiben. Sandkörner massierten unsere Füße.

Nach einer Weile blieb Pat stehen. Ohne zu zögern entledigte sie sich ihrer Kleidung. Dann stürzte sie in Unterwäsche in die Nordsee. Mit kräftigen Kraulzügen entfernte sie sich vom Strand. Ich schüttelte lachend meine Mähne, die ein Haargummi hätte vertragen können. Pat war in ihrem Element. Ich hockte mich in den Sand, um auf meine Freundin zu warten. Auch wenn der Strand fast menschenleer war, hatte ich nicht das Bedürfnis, meine Unterwäsche zur Schau zu stellen. Pat war in diesen Dingen freizügiger.

Ich hielt unterdessen die Umgebung im Auge. Ich hatte noch immer ein ungutes Gefühl. Es lag etwas in der Luft. Ich wusste nur noch nicht, was es war. Pat spottete oft über meine Eingebungen. Meistens war sie dann überrascht, wenn ich recht hatte.

Ich vernahm eine Art Wimmern. Die Brandung, gepaart mit einem leichten Ostwind, täuschte mein Gehör. Mein Blick schweifte über das Meer. Pat war nicht in Not geraten, sondern näherte sich mit kräftigen Zügen dem Strand, die Wellen im Rücken. Zwischendurch winkte sie mir unbeschwert zu.

Langsam erhob ich mich aus dem Sand. Automatisch klopfte ich die feinen Sandkörner von meiner Hose. Unterdessen ließ ich meine Blicke weiter schweifen. Ungefähr dreihundert Meter weiter wehte Seegras in der lauen Brise vor sich hin. Aus der Ferne sah es aus, als ob ein blonder Haarschopf herausragte.

Blonder Haarschopf? Ich nahm meine Beine in die Hand und rannte los. Meine Lungen brannten. Es war ein Unterschied, ob ich auf Waldboden oder Kies joggte. Der Strand verschlang meine Füße bei jedem Schritt. Ich versuchte, etwas Genaueres zu erkennen, aber mein Ziel war immer noch zu weit entfernt.

Hinter mir hörte ich Pat rufen. Ihre Worte drangen nur fetzenweise an meine Ohren. Ich bemühte mich nicht, sie zu verstehen, und setzte meinen Weg unbeirrt fort. Das Seegras flog auf und landete sanft wieder im Sand, veränderte jedoch nicht die Position.

Ich hatte mich nicht getäuscht! Langsam kam eine Hand zum Vorschein, die zu winken schien. Ich ignorierte meine Atemnot und rannte schneller. Im Lauf holte ich mein Handy hervor, um einen Notruf abzusetzen.

»Gott sei Dank, ich rufe mir hier die Kehle heiser!« Die Blondine empfing mich wenig erfreut. »Haben Sie mich denn nicht gehört? Ist ein Mensch so wenig wert?«

»Wie ist Ihr Name?« Ich ignorierte ihre Beschimpfungen und ertastete ihren Puls. »Ich bin Hannah Stein, Hilfe ist unterwegs!«

»Silva«, hauchte sie, bevor sie ohnmächtig zusammensank.

Pat erschien tropfend neben mir. Sie schien ebenfalls einen Sprint hingelegt zu haben. Außer Atem schnappte sie nach Luft. »Was ist denn hier passiert?«

»Ruf noch mal bei der Rettung an, ich habe nur einen Notruf abgegeben. Die brauchen Hinweise, wo wir zu finden sind!«

Ich schlug der Bewusstlosen leicht ins Gesicht. Sie schien keine sichtbaren Verletzungen zu haben. Ihre blonden Haare bildeten inzwischen eine Einheit mit dem Dünensand.

Nur langsam kam sie zu sich. Ich entdeckte blaue Flecken an ihren Handgelenken. Neben ihrem Kopf lagen Büschel von Haaren, die den Kampf gegen den Wind noch nicht verloren hatten. Silva öffnete die Augen.

»Können Sie mir sagen, wie das passiert ist?«

»Nein, ich erinnere mich nicht«, antwortete sie schwach.

»Waren Sie mit Doktor Schönberg unterwegs?«

Verwirrt sah sie mich aus trüben Augen an. »Wer ist das?«

»Wie sind Sie hierher gekommen?«

»Ich glaube, ich war laufen.«

»Daran erinnern Sie sich?«

»Nein.«

»Das hat keinen Sinn. Sie muss zuallererst ins Krankenhaus«, sagte Pat besorgt.

»Ich schnappe mir den Schönberg! Du bleibst hier. Wenn der Krankenwagen kommt, weichst du ihr nicht von der Pelle. Versuch, etwas aus ihr herauszubekommen!« Ich wartete keine Antwort ab, sondern lief augenblicklich los.

»Zu Befehl, Chefin! Schönen Urlaub noch.«

Es tat mir leid, dass die Dinge sich ausgerechnet jetzt zuspitzten. Pat hätte sicher gerne ein paar Tage zum Ausspannen gehabt. Hatte ich es doch gewusst, der Schönberg. Der war mir die ganze Zeit so komisch vorgekommen.

Ich schwang mich ins Auto, um zur Pension Lydia zu fahren. Natürlich wusste ich, dass ich meine persönlichen Gefühle im Zaum halten sollte. Leider gelang es mir dieses Mal nicht. Ich war wütend auf Schönberg. Er spielte mit mir und seinen Mitmenschen. Ich musste an Jenny denken. Sie schien verknallt in ihn zu sein. Ich war überzeugt, dass er Silva das angetan hatte. Meine Wut stieg ins Unermessliche und verrauchte nicht, als ich den Parkplatz der Pension erreichte.

Schwungvoll warf ich die Wagentür zu. Ich atmete einige Male tief durch, um mich zu beruhigen. Die Wirtin blickte kurz auf. Als sie mich erkannte, widmete sie sich wieder den Unterlagen, die sie durchsah. Erstaunt schaute sie hoch, als ich mit dem Autoschlüssel ungeduldig auf den Tresen klopfte. »Ist etwas nicht in Ordnung, Frau Stein?«, fragte sie.

»Alles bestens, danke.« Ich zeigte meinen Dienstausweis vor. »Ist Doktor Schönberg im Haus?«

»Ich weiß nicht, er hat heute früh das Haus verlassen. Ich habe nicht bemerkt, ob er wieder zurück ist.« Der erfahrenen Wirtin war deutlich anzusehen, dass sie verunsichert war.

Ich ging nicht weiter darauf ein. »Wie ist die Zimmernummer?«

Zögernd nannte sie sie mir. Ich nahm zwei Stufen auf einmal, um ins obere Stockwerk zu gelangen. Ohne zu zögern, klopfte ich an der Tür des Arztes.

Schönberg öffnete sichtlich verärgert. Er wirkte verschlafen. »Was gibt's denn?«

Ich blieb ihm die Antwort schuldig und schob mich an ihm vorbei ins Zimmer. Sofort ließ ich meine Blicke im Raum umherschweifen. Es war aufgeräumt. Ich konnte nichts Verdächtiges entdecken. Ich wandte ihm nun mein Gesicht zu. »Wo waren Sie heute Mittag gegen 13 Uhr?«

»Warum fragen Sie mich das?«

»Antworten Sie auf meine Frage nicht mit Gegenfragen, Doktor Schönberg.«

»Bin ich schon wieder verdächtig? Ich war hier in meinem Zimmer.«

Ich fing seinen Blick auf und ließ ihn nicht ausweichen. Seine Augen flackerten. Menschen, die logen, zeigten oft diese Reaktion. »Sie lügen, Doktor Schönberg.«

»Was? Wie kommen Sie darauf?«

»Weil ich Sie gesehen habe, in der Sansibar!«

Er rieb sich die Augen. »Ach, stimmt. Ich war dort, aber nur kurz! Danach bin ich wieder hierher gefahren.«

»Nur kurz?«

»Ja!«

»Lange genug, um Silva in den Dünen zurückzulassen?« Innerlich kochte ich vor Wut. Dieser Schauspieler machte einen auf ahnungslos.

»Hätte ich sie mitnehmen sollen? Die geht mir schon genug auf die Nerven.«

»Da lassen Sie Silva lieber verletzt und geschlagen liegen, was?«

»Nein, natürlich nicht! Ich habe Silva nicht angerührt. Auch wenn sie es gerne gehabt hätte. Wir waren vor langer Zeit ein Paar. Seitdem unternimmt sie so einiges, um mich an ihren Busen zu drücken. Ich kann dem aber gut widerstehen.«

»Und bei Jenny Dreyfuss wäre das anders?«, fragte ich provozierend.

»Ja«, hauchte er. »Aber ich schätze, das gehört nicht hierher. Hab ich recht?«

Ich blieb ihm die Antwort schuldig.

Mein Handy vibrierte in meiner Hosentasche. Pat. »Also, die ist verschlossen wie ’ne Auster. Sie bleibt dabei, dass sie sich an nichts erinnern kann. Ich bin im Nordseekrankenhaus. Dort warte ich, bis die Untersuchungen abgeschlossen sind.« Pat hatte nicht darauf gewartet, dass ich mich meldete. Sie sprach einfach drauflos.

»Verstehe, danke. Rühr dich dort nicht weg. Ich bin bald bei dir.« Ich unterbrach die Verbindung mit einem Seufzen.

»Wie heißt Silva mit Nachnamen?«

»Densch.«

»Wissen Sie, ob Frau Densch Familie hat? Wo finde ich die?«

»Schwer zu sagen«, meinte er und räusperte sich. »Ich glaube, ihre Eltern leben nicht mehr.«

»Praktisch für Sie, nicht wahr?« Ich ließ Schönberg nicht aus der Zange.

Sein makelloses Gesicht lief rot an. »Hören Sie endlich damit auf, mich unentwegt zu beschuldigen. Ich bin ein angesehener Arzt.«

»Weiter im Text. Hat Frau Densch andere Angehörige?«

»Eine Tante. Die lebt allerdings in Bolivien.«

Tolle Aussichten. Ich kam nicht weiter. »Halten Sie sich zu unserer Verfügung, und verlassen Sie die Insel nicht!« Ich rauschte an Schönberg vorbei, um an die frische Luft zu gelangen.

»Ihnen auch einen schönen Tag!«, rief er mir hinterher.

Pat eilte auf mich zu, als ich das Nordseekrankenhaus betrat.

»Not-OP!«, rief sie mir entgegen.

»Gibt es was Neues?«

Pat zuckte mit den Schultern. »Milzriss durch einen dumpfen Schlag.«

»Dieser Mistkerl«, zischte ich.

»Hat dieser Schönberg gestanden?«

»Der ist aalglatt. Es ist nichts aus ihm rauszuquetschen. Für alles hat er eine Ausrede.«

Pat reichte mir einen Pappbecher mit heißem Kaffee. »Hab ich dir besorgt. Ich dachte mir, du kannst ihn brauchen!«

Pat dachte immer im Voraus. Dankbar nahm ich den Kaffee entgegen. Er schmeckte scheußlich, aber das gehörte zum Tagesgeschäft.

»Es sieht ganz danach aus, dass Frau Densch keine weiteren Verwandten hat. Sagt zumindest der feine Doktor!«

»Die Ärzte lassen uns nicht zu ihr. Sie meinen, mit der Befragung könnten wir frühestens morgen beginnen«, sagte Pat bedauernd.

Ich warf den Kaffee in den Mülleimer. »Dann lass uns gehen. Schauen wir, ob es irgendwo einen genießbaren Kaffee gibt.«

Jenny auf der Suche nach dem Glück

Ich war gut mit meiner Arbeit vorangekommen. Zufrieden lehnte ich mich in meinem Chefsessel zurück und sah sehnsuchtsvoll aus dem Fenster. Der freie Blick über das Wattenmeer beflügelte mich. Es war auffällig ruhig im Haus. Kathi war wie so oft mit Luka unterwegs. Die beiden hatten sich wirklich gesucht und gefunden.

Ich stieß mich ab und rollte samt Stuhl rückwärts durch mein Büro. Übermütig streckte ich die Arme in die Luft. Das Leben konnte so schön sein. Wenn Marcus nur nicht so stur wäre. Im Laufe des Tages hatte ich mehrmals auf seine Mailbox gesprochen. Null Reaktion. Meine traurige Stimmung war inzwischen der Wut gewichen. Warum war er so nachtragend? Ich hatte ihm schließlich die Hand gereicht, indem ich ihm auf den Anrufbeantworter gesäuselt hatte. Noch einmal würde ich ihm nicht den Gefallen tun. Jetzt war er am Zug.

Ich sprang auf, um mir die Laufschuhe anzuziehen. Ich brauchte eine frische Brise. Buddy hatte offenbar ein neues Lieblingsfrauchen gefunden, denn er wich mir nicht mehr von der Seite. Ob Kathi zu sehr mit ihm geschimpft hatte, wegen der Aktion heute Mittag? Sicher hätte er auch Spaß an einem Strandspaziergang.

Als ich Buddy das Halsband umlegte, wedelte er vor lauter Vorfreude mit dem Schwanz. »Nicht wahr, du hast auch Lust, draußen rumzutoben?«

Zur Bestätigung sprangen mich gefühlte hundert Kilogramm an.

Als ich durch den Garten ging, traf ich auf Fine. »Auf den Hund gekommen?«, spottete sie leise. Fine hatte stets ein Gespür für Veränderungen. Sie wusste meistens schon Bescheid, bevor der Betroffene es nur ahnen konnte. So auch bei Buddy.

Ich lachte herzlich. Ich hatte mich an Fine gewöhnt. Ihre knurrige Art, die Dinge beim Namen zu nennen, gefiel mir. »Sieht ganz danach aus. Aber bei mir muss er auch Regeln einhalten. Spätestens beim nächsten Zoff ist er wieder bei Kathi!«

»Dabei dachte ich, Untreue gäbe es nur bei Menschen«, stichelte Fine. Trotzdem gelang ihr ein verhaltenes Lächeln. Ihre Hand mit den krummen Fingern tätschelte Buddys Kopf. Fine bot mir frischen Feldsalat aus ihrem Garten an. Freudig nahm ich eine Handvoll von dem Grünzeug an und legte es auf der Terrasse ab, um danach endlich mein Vorhaben umzusetzen.

Über den schmalen Pfad hinter meinem Grundstück erreichte ich den Strand. Buddy ging sofort eigene Wege, für ihn gab es offensichtlich einiges zu erkunden. Ich hing meinen Gedanken nach, in denen ich mir Marcus herbeiträumte. Der Wind war aufgefrischt, und der warme Sommerwind strich über meine Haut. Gute Voraussetzungen, um den Kopf freizubekommen. Ich ließ ihm freie Hand und spürte, wie Marcus' Konterfei vor meinem inneren Auge verschwand. Ich fühlte mich frei, aber nicht einsam.

Buddy hatte in der Zwischenzeit eine neue Leidenschaft entdeckt. Übermütig jagte er den frechen Möwen nach. Ich musste herzhaft lachen. »Buddy, du kannst dich anstrengen, wie du willst, fliegen ist dir nicht vergönnt.«

Immer wenn er glaubte, sein Ziel erreicht zu haben, flogen die Möwen auf. Es schien, als ob sie ihn auslachten.

Beschwingt ging ich weiter. Nach einer Weile setzte ich mich ins Dünengras und lauschte der Brandung. Mit geschlossenen Augen genoss ich mein Leben. War es das erste Mal, dass ich mich so leicht fühlte? Hatte Sylt eine so große Wirkung auf mich? Es fiel mir schwer, es in Worte zu fassen. Fest stand, dass sich in mir etwas bewegte. Eine Stimmung, ein Glücksgefühl. Obwohl Marcus hunderte von Kilometern entfernt war.

Plötzlich entdeckte ich neben mir im Sand etwas Eigenartiges. Beim genaueren Hinsehen erkannte ich ein blondes Haarbüschel. Ich sprang angeekelt auf. Jetzt erkannte ich auch Spuren von mehreren Fußabdrücken. Ich mochte mir nicht ausmalen, was hier vor meiner Ankunft geschehen war. Plötzlich hatte dieser Ort für mich seinen Reiz verloren. Eilig marschierte ich weiter.

Spontan entschied ich mich, der Pension Lydia einen Besuch abzustatten. Wobei Lydia nicht der Grund war, vermutlich zog es mich zu Tim. Dann könnte ich ihm gleich mitteilen, dass ich mein neues Zuhause nicht aufgeben würde.

Die Wirtin hatte offensichtlich schlechte Laune. Sie begrüßte mich widerwillig und sah mich misstrauisch an. »Wenn Sie die Polizei im Schlepptau haben, möchte ich Sie bitten, gleich wieder zu gehen. Mein Haus hat einen guten Ruf zu verlieren. Langsam reißt mir der Geduldsfaden!«

Ich starrte sie verständnislos an. »Ich habe niemanden im Schlepptau, da können Sie unbesorgt sein. Ist Doktor Schönberg auf seinem Zimmer?«

Lydia verdrehte die Augen. »Ja, aber ich glaube, er will nicht gestört werden.«

Nach kurzem Zögern, beschloss ich, mich davon nicht abhalten zu lassen. Ich bedankte mich höflich und stieg mit Buddy die Treppe hinauf. Zuerst versuchte ich es mit einem leisen Klopfen. Als Tim nicht reagierte, hämmerte ich kräftiger.

Ein Husten gefolgt von einem Fluch drang durch die Zimmertür. Gespannt hielt ich die Luft an. Als Tim die Tür aufriss, zuckte ich zusammen. Er schien geschlafen zu haben und sah mich zerzaust und grimmig an. Doch als er mich erkannte, erhellte sich seine Mine. »Jenny! Wie schön, komm doch herein. Entschuldige meinen Schlabberlook, du hast mich aus dem Schaf geholt.«

Ich haderte mit mir. »Soll ich später wiederkommen?«

»Auf keinen Fall.« Zur Bestätigung zog er mich in das Zimmer. »Ich freue mich, dass du da bist!«

Buddy bettete seinen schweren Körper auf den Bettvorleger. Tim öffnete ein Fenster. Wahrscheinlich, um den Schlafmief rauszulassen.

»Ich weiß eigentlich gar nicht, warum ich hier bin«, begann ich unsicher zu erzählen. »Aus einer Eingebung heraus bin ich bei dir gelandet.«

Tim lächelte. »Das ist doch ein gutes Zeichen!«, meinte er. Seine Laune schien sich gebessert zu haben, er wirkte wie ein neuer Mensch. Ich bildete mir ein, dass es an mir lag.

Das Zimmer verfügte über keine weiteren Sitzgelegenheiten, also setzte ich mich aufs Bett. »Tim, ich muss dir sagen, dass ich mein Haus nicht verkaufen will. Vielleicht bleibe ich sogar auf Sylt. Aber das wird sich im kommenden Jahr entscheiden.«

»Das kann ich nur zu gut verstehen, Jenny. Es ist wirklich ein kleines Schmuckstück. Trotzdem finde ich es für mich schade.«

Ich betrachtete neugierig sein Profil. »Warum bist du so wild darauf, es zu kaufen?«

Tim sah mich durchdringend an. Fast liebevoll streifte mich sein Blick. »Sieh mal, Jenny«, begann er leise. »Als du in mein Zimmer gefallen bist, da habe ich mein Herz verloren – oder gewonnen, wie man es nimmt. Dann hast du mir von einem Verlobten erzählt. Irgendwie war das ein Schock für mich. Ich habe mich in dich verliebt. Diese Liebe schien verloren, bevor sie richtig angefangen hatte. Da liegt es doch nahe, etwas von dir zu behalten. Mir gefiel der Gedanke, in dem Haus zu wohnen, in dem lauter Erinnerungen von dir stecken, wenn du die Insel wieder verlässt.« Traurig sah er mich an.

Ich bekam kaum noch Luft. Tim wollte das Haus kaufen, um

mir auf ewig nahe zu sein? Welch eine Liebeserklärung! Etwas widersprüchlich für einen Mann mit gebrochener Nase. Ich wusste immer noch nicht, wie er zu der Verletzung gekommen war. Durch die entstandene Stille hörte ich nur noch Buddys Schnarchen.

Ich räusperte mich geräuschvoll. »Die kecke Blondine neulich. Was meinte sie damit, als sie sagte: ›Wieder ein *Für immer* ins Leben eingeritzt?‹? Hattest du was mit ihr?«

Tim winkte gelassen ab. »Nein, aber sie wollte etwas von mir. Das kennt man doch, abgewiesene Frauen sind unberechenbar! Zumal viele Frauen sich erhoffen, einen Arzt an Land zu ziehen.«

»Du musst ihr doch Hoffnungen gemacht haben?« So ganz konnte ich Tims Schilderung nicht glauben.

Er schnaubte verächtlich. »Ich habe sie kurz nach meiner Ankunft auf Sylt zu einem Drink eingeladen. Mehr war nicht.«

Tim rückte näher an mich heran. Sein Atem streichelte meinen Hals. Ein Beben schien von meinem Körper Besitz zu ergreifen. Plötzlich spürte ich Tims Hände überall, so dass ich glaubte zu schweben. Mit geschlossenen Augen gab ich mich den Zärtlichkeiten hin.

»Jenny ... Jenny ... du bist so wunderschön«, hauchte Tim dicht an meinem Ohr.

Ich riss die Augen auf und sah ihn an, als ob ich ihn zum ersten Mal wahrnehmen würde. Verwirrt fragte ich mich, wie ich hierhergekommen war. Träumte ich einen gemeinen Traum? Spielte meine Phantasie mit mir Katz und Maus? Nein! Ich war auf meinen eigenen Beinen in diese Pension gekommen, hatte wie eine Wilde an die Zimmertür gehämmert, um mich wie selbstverständlich auf Tims Bett zu setzen. War ich von Sinnen? Er musste das ja falsch verstehen.

Eine Träne lief über meine Wange. Krampfhaft versuchte ich, mich wiederzufinden. Jetzt erst bemerkte ich, dass Tim mich immer noch hingebungsvoll streichelte und mich mit Küssen daran hinderte, etwas zu sagen. Übelkeit überkam mich gleichzeitig mit quälender Atemnot. Tim verstand Letztere offenbar als Erregung. Er küsste mich fordernd.

Ich löste mich mit einem Ruck aus seinen Fängen und stieß ihn empört von mir. »Tim! Das geht nicht!« Mit einem Satz war ich an der Tür. Flehend sah ich Tim an. *Versteh mich bitte!*, wollte ich ihm signalisieren.

Plötzlich war er neben mir. Ein fester Griff umklammerte mein Handgelenk. »Geh bitte nicht!«, raunte er. Seine Augen hatten sich verändert, ich fürchtete mich.

Ein Schrei entwich meiner Kehle. Mit aller Kraft riss ich mich los. Ich hätte kaum eine Chance gehabt, Tim zu entkommen, wenn mein Aufschrei ihn nicht abgelenkt hätte. Ich nutzte den Moment und stürmte auf den Hausflur. Stolpernd überwand ich die Treppe, um endlich ins Freie zu gelangen. Ich hielt die Hände auf mein Gesicht gepresst. Schwer atmend fiel mir ein, dass ich Buddy vergessen hatte. Ich konnte unmöglich zurückgehen. Verzweifelt überlegte ich, wie ich an den Hund kommen sollte, ohne Tim über den Weg zu laufen. Wie hatte ich nur so dumm sein können?

Erleichtert hörte ich, wie Buddy die Treppe herunterpolterte. Sofort kam er hechelnd auf mich zu.

»Mein Süßer, es tut mir leid, dass ich dich vergessen habe. Verzeih mir!«, jammerte ich aufgelöst. Ich zog Buddy am Halsband und eilte kopflos zum Strand. Ich wollte den gleichen Weg nehmen, den ich gekommen war.

Während meine Schritte schneller wurden, drehte ich mich suchend um. Verfolgte Tim mich? Langsam zweifelte ich an meinem Verstand. Hatte ich ihn provoziert, mich zu küssen?

Hannah

Ich versuchte mich irgendwie zu beruhigen. Der Schönberg hatte es faustdick hinter den Ohren. Aber irgendwann würde er einen Fehler machen, dann war ich am Zug. Ich musste geduldig bleiben, obwohl es mir zunehmend schwerer fiel. Ich ging mit Pat in die Einkaufsstraße, um dort ein Café aufzusuchen.

»Ich glaube nicht, dass Silva Densch ihre Erinnerung verloren hat. Offenbar will sie jemanden decken«, plauderte Pat drauflos. »Aber warum? Sie lässt sich krankenhausreif schlagen und will den Täter nicht kennen beziehungsweise kann sich nicht erinnern?«, sinnierte Pat laut vor sich hin.

»Der Schönberg steckt dahinter. Da kann er mir sonst was auftischen!«, sagte ich und schnaubte verächtlich.

»Silva Densch hat es den Ärzten verwehrt, eine DNA-Probe zu nehmen. Warum wohl?«

Ich sah Pat entsetzt an. Davon hatte ich noch nichts gewusst. »Wann hat sie das gesagt?«

»Gleich, als ich es angeordnet habe.

»Mir fehlen die Worte. Will sie nicht wissen, wer ihr die Verletzungen zugefügt hat?«

»Mir schien sie sehr ängstlich«, sagte Pat.

»Gleich morgen früh sind wir wieder bei ihr!«, bestimmte ich. Ich war mir allerdings nicht sicher, ob es etwas bringen würde.

Die Kellnerin brachte uns einen Kaffee. Der Duft versprach, dass es dieses Mal ein guter war. Doch die Freude währte nur kurz, da mein Handy klingelte. Beunruhigt erkannte ich auf dem Display das Gesicht meines Sohnes.

»Luka, was gibt's?«

»Mama, du musst sofort ins Krankenhaus kommen. Jenny hat mir zwar verboten, dich anzurufen, aber Kathi ist völlig durch den Wind. Jenny ist am Strand überfallen worden, man hat ihr ziemlich übel mitgespielt!«

»Jenny? Ich komme!« Ich kramte einen Schein aus meiner Hosentasche und warf ihn auf den Tisch. »Pat, wir müssen los!«

Meine Freundin reagierte sofort. Ohne Fragen zu stellen, sprang sie aus dem Stuhl, um mir zu folgen. Ich eilte mit großen Schritten zum Parkplatz.

»Sag schon, was ist passiert?« Pat war jetzt neben mir.

»Jenny ist im Nordseekrankenhaus!«

»Ach du Scheiße, hatte sie einen Unfall?«

»Wohl kaum, sie ist am Strand gefunden worden.«

Pat stöhnte auf. »Die Insel ist ein gefährliches Pflaster. Hier ist mehr los als in Kiel!« Pat war genauso fassungslos wie ich.

Im Nordseekrankenhaus herrschte reger Betrieb. Ich nutzte meinen Dienstausweis, um schneller an Informationen zu kommen. Die Wartenden ließ ich einfach hinter mir und ignorierte ihre Proteste. Danach rannten wir zur Notaufnahme. Leider kamen wir hier nicht weiter, weil Jenny noch im Behandlungsraum war. Kathi hockte Arm in Arm mit Luka auf dem Fußboden der Station. Als sie uns erblickten, stürmte Kathi auf mich zu.

»Hannah, du musst etwas tun, sie lassen mich nicht zu ihr!«, jammerte sie aufgelöst.

Ich nahm sie kurz in den Arm. »Das ist ganz normal. Während der Untersuchung können wir nicht zu ihr. Sobald ein Arzt kommt, wissen wir Genaueres. Wisst ihr, wie das passiert ist?«

Kathi schluchzte auf. »Ein Fußgänger hat sie am Strand gefunden und sofort die Rettung alarmiert. Sie war nicht bei Bewusstsein und kam erst im Krankenhaus zu sich. Ihr fehlt die Erinnerung, sie hat keine Ahnung, wie sie hierhergekommen ist. Doch sie hat gleich darum gebeten, mich zu benachrichtigen. Ich bin mit Luka hergeeilt. Nun warten wir hier schon gefühlte hundert Stunden.«

»Hast du Jenny noch sehen können?«

»Ich hab mich dazwischen gedrängelt und konnte sie kurz

sehen, bevor man mich hinausbefördert hat. Ich habe ihr zugerufen, dass wir auf sie warten und dich informieren werden. Da hat Jenny verstört gerufen, dass ich dich nicht benachrichtigen soll.«

Kathi redete recht konfus. Ich war mir nicht sicher, ob ich alles richtig verstanden hatte.

»Sie wollte nicht, dass du mich rufst? Warum nicht?«

Kathi zuckte resigniert mit den Schultern. »Keine Ahnung, aber Luka hielt es für besser, dich anzurufen.

»Genau richtig, Luka«, sagte ich zu meinem Sohn.

In diesem Moment kam ein Arzt aus dem Untersuchungsraum. Ich steuerte auf ihn zu, zeigte meinen Dienstausweis und zwang ihn, mich anzuhören. »Gibt es Ergebnisse der Untersuchung?«

»Tut mir leid, ich darf Ihnen keine Auskunft geben!«

Ich schnappte nach Luft, während Wut in mir aufstieg. »Ich verlange eine ausführliche DNA-Untersuchung. Ich will wissen, wie Frau Dreyfuss zu diesen Verletzungen gekommen ist.«

»Glauben Sie mir, Frau Stein, das wollen wir alle. Sie ist die zweite Frau, die heute in dieser Verfassung bei uns eingeliefert worden ist. Wenn Sie mich jetzt bitte entschuldigen!«

Pat setzte ihren Stinkefingerblick auf, hielt sich jedoch zurück. Kathis verzweifeltes Gesicht rührte mich. Ich wusste inzwischen, wie wichtig Jenny für sie geworden war.

Frustriert warteten wir eine weitere Stunde, bis endlich eine freundlich lächelnde Ärztin auf uns zusteuerte, die sich als Doktor Sauer vorstellte. »Tut mir leid, dass Sie so lange warten mussten. Ich kann Entwarnung geben. Frau Dreyfuss hat keine inneren Verletzungen. Sie steht zwar immer noch unter Schock, aber sie ist stabil. Wenn Sie wollen, dürfen Sie für einen Moment zu ihr.«

Erleichtertes Aufatmen. Kathi fing an zu weinen, die zermürbende Wartezeit hatte ihren Tribut gefordert. Ich lächelte ihr aufmunternd zu.

»Wann ist mit dem DNA-Ergebnis zu rechnen?«

»Ich habe es dringlich gemacht. Ich vermute, morgen früh haben wir die Berichte.«

Doktor Sauer wies uns darauf hin, dass wir nicht alle auf einmal das Krankenzimmer stürmen sollten. Kathi nickte mir zu, um anzudeuten, dass ich als Erste zu Jenny gehen sollte.

»Ich bleib nicht lange, Kathi. Danke!«

Obwohl ich in den vergangenen Jahren viele Krankenzimmer von innen gesehen hatte, war mir mulmig zumute. Ich erschrak, als ich Jennys zierlichen Körper in der weißen Krankenhausbettwäsche entdeckte. Ich stellte mich an ihr Bett und nahm ihre Hand in meine. Sie fühlte sich kalt an. Ihr blasses Gesicht hatte kleine Schnittwunden und blaue Flecken davongetragen. Unschöne blaugrüne Spuren an den Handgelenken zeugten davon, dass sie sich zur Wehr gesetzt hatte.

Ihre Augenlider flackerten, dann sah sie mich aus trüben Augen an. Zaghaft erwiderte sie meinen Händedruck, und Tränen liefen aus ihren Augenwinkeln.

»Jenny«, flüsterte ich ergriffen, »wer hat dir das angetan?«

Jenny formte ihre Lippen, um etwas zu sagen, aber ihre Stimme versagte. Endlich gelang ihr ein Krächzen. »Ich weiß es nicht.«

»Kannst du dich an irgendetwas erinnern?«

Sie schloss die Augen, um mir ein Nein zu signalisieren. »Ich war bei Tim. Danach kann ich mich an nichts erinnern.«

Ich zuckte zusammen. Tim Schönberg! Was hatte er mit Jennys Verletzungen zu tun? »War es Doktor Schönberg?«

Jenny schüttelte vorsichtig den Kopf. »Ich glaube nicht.«

Ich musste mich sehr zusammennehmen, damit Jenny meine Wut nicht bemerkte. Sanft gab ich ihr einen Kuss auf die Stirn, um mich zu verabschieden. »Kathi wartet draußen. Sie will dich unbedingt sehen. Erhol dich, ich komme bald wieder.«

Ich war kurz davor, auszuflippen. Ich rauschte aus dem Krankenzimmer zu den anderen, die bereits ungeduldig warteten.

»Kathi, du kannst jetzt zu ihr. Pat, du kommst mit, wir schnappen uns den Schönberg.«

Mit langen Schritten verließ ich das Nordseekrankenhaus. Pat hatte offensichtlich Mühe, mir zu folgen. »Hat Jenny gesagt, dass es der Schönberg war?«

»Nein«, sagte ich gepresst. »Jenny kann sich auch an nichts erinnern, nur daran, dass sie vorher bei ihm gewesen ist!«

»Hannah? Du bist aber diensttauglich? Ich habe Angst, dass du zu viele Emotionen in die Ermittlungen bringst. Lass mich das lieber machen.«

»Ich bin völlig bei der Sache«, behauptete ich fest. Trotzdem war ich froh, Pat dabeizuhaben. »Der kommt mit aufs Revier, diesmal kommt er mir nicht so leicht davon!«

»Na, da wollen wir mal das Beste hoffen. Er hat sicher wieder ein Alibi, so dass wir ihn nicht dingfest bekommen!« Pat sah mich skeptisch an.

Dieses Mal fragte ich nicht bei der Wirtin, ob Schönberg auf seinem Zimmer war. Ich stürmte die Treppe hinauf und klopfte so lange, bis ein erstaunt dreinblickender Doktor Schönberg die Tür öffnete.

»Sind wir verabredet?«, fragte er provokant.

Ich schob mich an ihm vorbei und stellte ihn sofort zur Rede. »Wann haben Sie Ihr Zimmer heute Nachmittag verlassen?«

»Ich? Gar nicht. Ich habe mich erkältet und hüte das Bett.« Zur Bestätigung schniefte er zweimal laut.

»Ich habe eben Jenny Dreyfuss in der Klinik besucht. Da haben Sie ja ganze Arbeit geleistet!«

»Es tut mir leid, aber ich kann Ihnen nicht ganz folgen.«

Ich holte ein Teströhrchen hervor und verlangte eine Speichelprobe.

»Was wollen Sie damit beweisen?« Bereitwillig steckte er das Stäbchen in den Mund und gab es mir grinsend zurück.

»Wir wissen schon, was wir tun«, sagte ich herausfordernd.

Ich hörte, wie Pat die Luft einsog. Mir war klar, dass ich hoch pokerte, aber ich wusste, dass ich auf der richtigen Spur war.

»Hören Sie! Wir haben hier auf meinem Bett fast Sex gehabt, da wimmelt es von meinen Spuren an ihrem Körper. Das ist lächerlich.« Er wirkte zornig.

Aus mir wich sämtliche Hoffnung, Schönberg verhaften zu können. Verdammter Mist, Jenny, warum hast du dich auf diesen Typen eingelassen? Ich prüfte mit skeptischen Blicken das Zimmer. Es musste doch etwas Auffälliges zu finden sein. Alles war sauber und für meinen Geschmack zu aufgeräumt für jemanden, der mit einer Erkältung das Bett hütete

»Sagen Sie mir lieber, wie es Jenny geht! Ihren Schilderungen nach muss ich sehr besorgt sein«, dröhnte Schönbergs Stimme in meine Gedanken.

»Den Umständen entsprechend gut«, brummte ich und sah mich weiter um.

»Darf ich Jenny besuchen?«

»Nein. Frau Dreyfuss will keinen Besuch!«, antwortete Pat angesäuert. »Ich möchte Ihre Arzttasche sehen.«

Doktor Schönberg lachte freudlos. »Glauben Sie wirklich, ich habe im Urlaub meine Tasche bei mir?«

»Dann sind Sie kein guter Arzt«, konterte ich.

»Warum nicht, weil ich mir eine Auszeit gönne? Sie sollten sich einmal zuhören. Klingt irgendwie komisch! Jeder hat ein Recht auf Freizeit.«

Dieses Arschloch. Er wusste über meine persönliche Beziehung zu Jenny Bescheid, konnte sich denken, dass ich befangen war. Das durfte mir nicht noch mal passieren. Pat warf mir einen warnenden Blick zu. Wir verstanden uns ohne Worte, und ich schaltete einen Gang zurück.

»Da haben Sie sicher die richtige Wahl getroffen«, lenkte ich ein.

»Doktor Schönberg, Sie haben die Möglichkeit, uns jetzt auf das Revier zu begleiten, oder Sie zeigen mir sofort Ihre Arzttasche. Sie können sicher sein, dass Sie so schnell nicht wieder Ihr Bett hüten werden. Da gibt es andere Unterkünfte mit Vollpension!«

Pat hatte mit ihrem Stinkefingerblick zugeschlagen! Ich traute mich kaum zu atmen, es roch verdächtig nach Eskalation. Pat trat nah an ihn heran. Ihre beeindruckende Körpergröße gab ihr ein sicheres Auftreten.

Schönberg hob beschwichtigend die Hände. »Schon gut, ich hole die Tasche.«

Während der feine Doktor im Bad verschwand, starrte ich meine Freundin an und erntete ein verschmitztes Grinsen. Dennoch hielt sie sich nicht lange damit auf, mir verschwörerische Blicke zuzuwerfen, sondern folgte Schönberg ins Bad. Sie wollte verhindern, dass er wichtiges Beweismaterial verschwinden ließ.

»Bitte, sehen Sie sich den Inhalt gerne in Ruhe an. Ich fürchte nur, Sie werden nichts davon verstehen.«

Pats Blick wanderte zu mir und dann zurück zu Schönberg. »Stimmt, Sie haben den Nagel auf den Kopf getroffen. Darum beschlagnahme ich Ihre Tasche. Übermorgen dürfen Sie sie bei uns auf dem Revier abholen!«

Schönberg schien wütend. »Dazu haben Sie kein Recht«, donnerte er aufgebracht.

»Da können Sie einen drauf lassen. Aber Sie wollten doch sowieso Urlaub machen. Die Gelegenheit ist günstig!« Pat klemmte sich die Tasche unter den Arm. »Hannah, bist du so weit? Wir gehen.«

»Sie wissen, wie es läuft, Doktor Schönberg. Halten Sie sich zu unserer Verfügung. Gute Besserung«, sagte ich knapp.

»Aber mir vorwerfen, dass ich zu weit vorpresche«, maulte ich, als wir den Bürgersteig vor der Pension Lydia erreichten. »Gut gebrüllt, Löwe. Das hast du gut gemacht!« Ich lachte meine Freundin an, als wir in das Auto stiegen.

»Danke. Wer kann, der kann!«, erwiderte Pat erhaben.

Ich fuhr zum Revier und ließ die verdutzte Pat dort aussteigen. »Ich will Jenny noch mal besuchen. Bei der Gelegenheit schaue ich, ob Silva Densch sich inzwischen an irgendetwas erinnern kann. Lässt du bitte den Inhalt der Tasche prüfen? Ich weiß, du bist eigentlich nicht im Dienst!«

»Ich mache es trotzdem«, sagte Pat lachend. »Willst du heute Abend aufs Festland fahren, oder leistest du mir Gesellschaft?«

»Wir machen heute einen Frauenabend. Ich freu mich auf dich.« Ich zwinkerte Pat vielsagend zu, um dann vom Parkplatz zu fahren. Ich sorgte mich um Jenny und musste sie unbedingt sehen. Auch in der Hoffnung, ihr einige Auskünfte entlocken zu können.

Nordseekrankenhaus

Jenny

Die Welt schien in Watte gepackt. Dumpfe Stimmen drangen an meine Ohren, aber ich verstand nicht, was sie sagten. Ich versuchte, die Augen zu öffnen. Fehlanzeige. Lediglich ein Flackern der Lider bekam ich zustande. Schwer fielen sie wieder zu und hüllten mich in Dunkelheit. Nur die Stimmen schwiegen nicht. Rief da jemand meinen Namen?

»Jenny! Ich bin hier, Kathi! Schau, Luka ist auch hier!«

Reflexartig riss ich die Augen auf. Gleißendes Licht blendete mich. Qualvoll kniff ich die Lider zusammen und versuchte ein zweites Mal, etwas zu erkennen. Nun war die Helligkeit nicht mehr so schmerzhaft. Dafür pochte es in meinem Kopf, als ob ein Hammer darin sein Unwesen triebe. Kathi war da. Dieses Wissen gab mir Sicherheit. Unter Schmerzen drehte ich mich in die Richtung, aus der ihre Stimme zu kommen schien. Kathi weinte. Die Arme, wer hatte ihr etwas angetan?

»Kathi«, flüsterte ich angestrengt. »Nicht weinen, ich bin für dich da.«

Kathi heulte auf. »Mir hat doch niemand etwas getan, du liegst hier im Krankenhaus. Sag uns, wer das war!«

Ich versuchte, mich auf meinen Körper zu konzentrieren, und bereute es sofort. Er fühlte sich an wie ein einziger Schmerz. Wie war ich hier gelandet?

»Kannst du dich wirklich an nichts erinnern?«

»Ich glaube nicht. Das Einzige, woran ich mich erinnere, ist, dass ich bei Tim gewesen bin. Scheiße … ich hätte Marcus beinahe betrogen.« Ich horchte meinen Worten. Hatte ich es wirklich ausgesprochen? Tim war sauer gewesen, als ich ihn verlassen hatte.

Dann fiel es mir ein. Buddy! »Wo ist Buddy? Habe ich ihn am Strand vergessen?«

Ich spürte Kathis Hand auf meiner ruhen. »Er war die ganze Zeit bei dir. Er hat wie wild gebellt und damit die Aufmerksamkeit eines Spaziergängers auf dich gelenkt. Der rief sofort die Polizei und einen Rettungswagen. Kannst du dich denn an gar nichts erinnern?« Kathi sah mich besorgt an.

Entkräftet schloss ich die Augen. Ich wusste nicht, wie ich ins Krankenhaus gekommen war. »Kathi?«, hauchte ich.

»Ja?«

»Wann kann ich hier raus?«

Kathi lächelte mich sanft an. »Zuerst musst du wieder zu Kräften kommen, aber ich denke, dass du bald nach Hause darfst.«

Bald! Das konnte vieles bedeuten. Ich wollte sofort in mein Bett. Mühevoll streckte ich die Beine aus dem Krankenbett.

Kathi protestierte sofort und schob mich zurück auf mein Kissen. »Ein bisschen Geduld musst du noch aufbringen.« Sie lachte leise.

»Ich will einen Arzt sprechen«, verlangte ich verzweifelt.

»Frau Doktor Sauer wird zur Visite bei dir vorbeischauen. Warum bist du so unruhig? Versuch dich zu entspannen!«, ordnete Kathi an.

»Das werde ich, wenn ich hier rauskomme. Ich mag keine Krankenhäuser.« Ich stöhnte genervt auf.

»Jenny, sei nicht ungerecht. Alle hier sind sehr bemüht um dich. Ich bin jedenfalls froh, dass man sich um dich kümmert.«

Kathi hatte sicher recht, konnte mich aber trotzdem nicht überzeugen, länger in diesem Krankenhaus zu bleiben. Ich bekam einen riesigen Schreck, als ich an meine Arbeit dachte. Wenn ich nicht bald zurück an meinen Arbeitsplatz kam, würde ich in Verzug geraten.

»Ich muss arbeiten …«, jammerte ich verzweifelt.

»Jetzt mach mich nicht wütend. Wir sind alle froh, dass du wieder gesund wirst, da ist doch die Arbeit Nebensache!« Kathi war ärgerlich geworden und funkelte mich böse an. »Wir haben uns große Sorgen um dich gemacht.«

Ich sank tiefer in mein Kissen. »Du hast ja recht, trotzdem will ich hier raus.«

Jetzt lächelte Kathi mir besänftigend zu. »Das wirst du auch bald können«, flüsterte sie.

Ein zaghaftes Klopfen unterbrach unsere Unterhaltung. Hannah steckte ihren Kopf zur Tür herein. Als sie uns erblickte, eilte sie an mein Krankenbett. »Mensch, Jenny, bin ich froh, dich im wachen Zustand zu sehen.« Sie setzte sich vorsichtig auf die Bettkante. »Wie geht es dir?«

»Sie will hier raus«, antwortete Kathi für mich. Dabei konnte sie einen vorwurfsvollen Blick nicht vermeiden.

Hannah grinste mich erleichtert an. »Das sind doch gute Nachrichten. Dann bist du auf dem Weg der Besserung«, behauptete sie.

Kathis Unmut richtete sich nun gegen Hannah. »Sie ist noch nicht wieder gesund, sie bleibt hier!«

»Jawohl, Schwester Rabiata«, konterte ich untergeben.

»So ist es gut!« Kathi erhob sich und verkündete, einen Kaffee organisieren zu wollen. Sie warf Hannah einen bedeutungsvollen Blick zu und verließ das Krankenzimmer.

»Was ist passiert?«, bohrte Hannah nach.

Ich erzählte ihr von den letzten Stunden, an die ich mich erinnern konnte.

»Du hast Schönberg besucht?«

Ich nickte verhalten.

»Hat er dir das angetan?«

»Ich glaube nicht, wir haben uns geküsst ...« Erschrocken brach ich ab. Marcus. Ich hätte ihn beinahe betrogen.

»Was geschah danach?«

»Ich bin gegangen«, sagte ich wahrheitsgemäß. Abrupt setzte ich mich auf und starrte Hannah entsetzt an. »Er hat gesagt ...«

»Was hat er gesagt, Jenny? Bitte versuche, dich zu konzentrieren!« Hannah hing an meinen Lippen. Ich spürte, dass ich einer Ohnmacht nahe war.

»... dass ich es bereuen würde, wenn ich gehe.«

Plötzlich spürte ich meine schmerzenden Handgelenke. Unweigerlich schossen Tränen in meine Augen. Wenn ich mich doch nur erinnern könnte!

Hannah sah mich besorgt an. »Ich bekomme schon noch heraus, was genau passiert ist. Mach dir keine Gedanken, du musst dich erst richtig erholen. Die Ärztin meinte, dass es gut möglich sei, dass die Erinnerung zurückkommt.«

Ich war mir in diesem Moment nicht so sicher, ob ich das überhaupt wollte. »Marcus hat sich immer noch nicht gemeldet«, brachte ich mühsam hervor. »Ich verstehe das nicht. Ob ihm etwas passiert ist?«

»Das glaube ich nicht«, stieß Kathi abfällig hervor, die in diesem Moment mit Kaffee beladen das Zimmer betrat. Sie hatte offensichtlich die letzten Worte gehört. »Dann hättest du es bestimmt erfahren.«

»Er weiß aber auch nicht, dass Jenny im Krankenhaus ist«, gab Hannah zu bedenken.

»Wenn er an sein Telefon gehen würde, wüsste er es«, schimpfte Kathi.

Ich versuchte, mich damit abzufinden, dass Marcus für mich verloren war. Ich durfte mich mit diesem deprimierenden Gedanken nicht weiter belasten. Schließlich hatte ich genug andere Sorgen. Unweigerlich tauchte Marcus' Gesicht vor meinem inneren Auge auf. Er lächelte mich an und streichelte mich mit seinen Blicken. Ich stöhnte auf. Unsere Liebe durfte sich nicht einfach so in nichts auflösen. Schmerzlich kam ich jedoch zu der Erkenntnis, dass es längst geschehen sein musste.

Ich spürte Hannahs Hand auf meiner. »Es wird sich alles aufklären. Werde erst mal wieder gesund.«

Ich nickte unter Tränen.

Die Ärztin erschien im Krankenzimmer. Ärgerlich sah sie Hannah an. »Ich dachte eigentlich, dass ich mich klar ausgedrückt hätte. Frau Dreyfuss braucht Ruhe. Stress tut ihr im Moment gar nicht gut«, zischte sie ungehalten.

»Jenny will das Krankenhaus verlassen. Wir sind bemüht, ihr das auszureden«, erklärte meine Freundin.

Wo war ich nur gelandet? Alle redeten, als ob ich gar nicht anwesend wäre. Dabei war ich doch die Person, um die es ging.

Endlich sah die Ärztin mich an. »Frau Dreyfuss, wenn es Ihnen morgen besser geht, verhandeln wir neu über Ihre Entlassung. Bitte gedulden Sie sich noch.« Dabei lächelte sie mich freundlich an.

Ich setzte mich auf. Leichter Schwindel benebelte meinen Kopf. »Habe ich irgendwelche Verletzungen, die mich daran hindern, in meinem Bett gesund zu werden? Wenn nicht, will ich sofort nach Hause!«

Doktor Sauer bemühte sich, mich umzustimmen. Sie hielt aufgrund meines Erinnerungsvermögens eine Entlassung für unverantwortlich.

»Wo muss ich unterschreiben? Ich will hier raus!«, unterbrach ich den Vortrag der Ärztin.

Alle sahen mich an, als ob ich den Verstand verloren hätte. Dabei wog die Tatsache, dass Marcus mich nicht mehr liebte, viel schwerer. Und dieses Problem konnte ich am besten weinend unter meiner eigenen Bettdecke lösen. Entschlossen schob ich die Beine über die Bettkante. Ich hoffte inständig, dass ich nicht ohnmächtig würde. Dann könnte ich mein Vorhaben fürs Erste vergessen.

Doktor Sauer seufzte verständnislos. »Also gut, ich mache Ihre Entlassungspapiere fertig. Sie müssen mir aber versprechen, dass Sie sich sofort melden, wenn es Ihnen schlechter geht!«

»Versprochen«, hauchte ich erleichtert. Ich sah mich nach meinen Klamotten um. Hannah und Kathi rührten sich nicht, um mir bei der Suche behilflich zu sein. In ihren Gesichtern las ich Entsetzen. »Nun guckt nicht so, ich sterbe nicht. Helft mir lieber, mich anzuziehen.«

»Pah … Wenn du das nicht selbst kannst, gehörst du nicht nach Hause!«, sagte Kathi.

»Ich weiß nicht, wo meine Klamotten sind. Anziehen kann ich mich schon alleine«, fluchte ich.

Doktor Sauer verließ kopfschüttelnd das Zimmer.

»Jenny, ich verstehe dich nicht«, sagte Hannah besorgt. »Warum bleibst du nicht wenigstens diese eine Nacht hier?«

Ich sah sie mit eisernem Blick an. »Weil ich es nicht will!«

Hannah seufzte. »Ich muss los, meine Freundin Pat wartet auf mich.« Sie drehte sich entschlossen um und verließ das Krankenzimmer.

»Viel Spaß!«, rief ich ihr hinterher.

Kathi schnaubte wütend. »Du bist unvernünftig, Jenny Dreyfuss. Ich hoffe, du musst deinen Sturkopf nicht später bereuen.«

Bereuen! Dieses Wort löste bei mir eine Welle der Angst aus. Hatte Tim nicht auch gesagt, ich würde es bereuen, wenn ich ihn stehen ließe? Hatte Tim vielleicht doch etwas mit dem Überfall zu tun? Ich erschauderte bei dem Gedanken, ließ es mir Kathi gegenüber jedoch nicht anmerken. Sie war schon besorgt genug.

Ich schlüpfte in meine Jeans. Die routinierten Handgriffe fielen mir schwer. Fix und fertig hockte ich auf der Bettkante.

»Ich sage doch, es ist viel zu früh, um das Krankenhaus zu verlassen!«, schimpfte Kathi. Sie sah mich vorwurfsvoll an.

Ich warf ihr einen warnenden Blick zu, der sie dazu ermunterte, weiter auf meinen Nerven herumzutrampeln. »Glaub nicht, dass ich Mitleid mit dir habe«, sagte sie streng.

»Musst du nicht«, antwortete ich leise.

Kathi ließ verzweifelt die Schultern hängen. Sie schenkte mir ein schiefes Grinsen. Versöhnlich lächelte ich meine Freundin an. Ich wusste schließlich, dass sie sich um mich sorgte. Kathi gab mir einen Kuss auf die Wange. »Ich pass schon auf dich auf, ob du willst oder nicht!«

Mir kamen vor Rührung die Tränen. Kathi kennengelernt zu haben, war ein absoluter Glücksfall gewesen.

Als es an der Tür klopfte, warteten wir gespannt darauf, wer mich jetzt noch besuchen wollte. Tim schob sich durch die Tür, beladen mit einem Blumenstrauß und einem Plüschteddybären. Kathi schnappte nach Luft. Ich starrte ihn unverwandt an, während Kathi als Erste die Sprache wiederfand.

»Was willst du hier?«, fauchte sie ihn böse an.

Tim ließ sich nicht beirren. Mit großen Schritten kam er auf mein Bett zu. »Ich habe mir Sorgen gemacht!«, behauptete er verlegen.

Er reichte Kathi die Blumen. »Besorgst du bitte eine Vase?«

»Ich werde euch nicht alleine lassen«, zischte sie ihn an.

Tim war dies offensichtlich egal. Er legte die Blumen auf den Nachtschrank, so dass ich sie sehen konnte. Dann begrüßte er mich mit einem Kuss.

Erschrocken wich ich zurück. »Was fällt dir ein? Verlass augenblicklich mein Zimmer!«, sagte ich erbost.

Tim hob beschwichtigend die Hände. »Schon gut, Jenny. Wie ich sehe, geht es dir besser. Ich musste mich einfach vergewissern, ob es dir gutgeht. Ich dachte, wir …«

»Es gibt kein Wir!«, schrie ich ihn an.

Kathi schob ihren Körper zwischen uns, um zu demonstrieren, dass sie auf mich aufpasste.

»Melde dich doch bitte, wenn es dir wieder richtig gutgeht.

Ich möchte die angefangene Beziehung gerne aufrechterhalten.«

»Es gibt keine Beziehung, das müsste dir eigentlich klar sein!«, schnaubte ich verächtlich an Kathi vorbei.

»Verfluchter Weiberkram«, brummte Tim. Dann verließ er das Zimmer.

Kathi brauste auf. »Was erlaubt der sich? Hat er nicht schon genug angerichtet?«

Fassungslos starrte sie die verschlossene Tür an. Ich zupfte leicht an ihrem Blusenärmel. »Lass uns endlich gehen«, flüsterte ich.

»Wir müssen noch auf die Entlassungspapiere warten«, erinnerte sie mich fürsorglich.

Nach zwei Stunden Wartezeit verließ ich auf Wackelbeinen das Nordseekrankenhaus. Kathi hatte ein Taxi bestellt. Erleichtert fiel ich in den Sitz und überließ es ihr, dem Fahrer die Zieladresse zu nennen. Ich schloss die Augen, um mich von der Außenwelt abzuschotten, und öffnete sie erst, als wir vor meinem Haus hielten. Kathi bezahlte die Fahrt, während ich aus dem Wagen krabbelte. Die frische Nordseeluft tat ungemein gut. Gleichmäßige Atemzüge halfen mir, nicht vor Schwäche in die Knie zu gehen. Verdammt, was war nur mit mir los? Ich war doch sonst nicht so ein Weichei.

Kathi knallte die Tür des Taxis zu und eilte an mir vorbei, um das Haus aufzuschließen. Beim Eintreten empfing mich sofort die heimelige Atmosphäre, die ich mit Kathi zusammen geschaffen hatte. Ein Mantel der Geborgenheit legte sich um meine Schultern. Ich hatte es doch gewusst. Nur zu Hause fand ich meine Mitte zurück. Schlagartig hatte ich das Gefühl, es würde mir besser gehen. Kathi war trotzdem erbarmungslos. Sie schickte mich ins Bett, nicht ohne mir zu versprechen, mir ein Abendessen zuzubereiten.

»Wo ist eigentlich Luka? Habt ihr euch gestritten?«, fragte ich besorgt, bevor ich ins Schlafzimmer ging.

Kathi wich mir aus. »Der musste etwas erledigen. Er kommt morgen, um nach dir zu sehen. Jetzt aber los ins Bett«, befahl meine treue Freundin.

Dankbar lächelte ich ihr zu und tat, was sie verlangte.

Frauenabend

Hannah

Ich wollte das Krankenhaus nicht verlassen, ohne bei Silva Densch vorbeizuschauen. Ich musste mich vergewissern, ob sie ihre Erinnerungen zurückerlangt hatte. Auch wenn ich mir bei Frau Densch nicht sicher war, ob sie wirklich nicht wusste, wer sie so zugerichtet hatte.

Sie hatte ihren Kopf zum Fenster gerichtet. Als ich eintrat, veränderte sie ihren Blickwinkel nicht. Es machte den Anschein, als hätte sie mich nicht gehört. Rücksichtsvoll blieb ich an der Tür stehen und räusperte mich kurz, um mich bemerkbar zu machen. Frau Densch zeigte keine Reaktion.

»Frau Densch? Darf ich kurz reinkommen?«

Auf dem Nachtschrank stand ein übergroßer Blumenstrauß. Wer hatte ihr die Blumen gebracht? Gab es doch Freunde oder Verwandte, die sich um sie kümmerten? In ihrer Hand hielt sie eine Schachtel ungeöffneter Pralinen. Die Luft im Raum war verbraucht.

Ich entschloss mich, an ihrem Bett vorbeizugehen und ein Fenster zu öffnen. Dabei behielt ich Frau Densch im Auge. Auch jetzt schien sie mich nicht wahrzunehmen. Merkwürdig.

Ich bat die Bettnachbarin, uns einen Moment allein zu lassen, damit ich ungestört mit der Patientin sprechen konnte. Sofern ein Gespräch überhaupt zustande kommen sollte. Die Dame im Bett neben Frau Densch nickte mir verständnisvoll zu. Sie schlüpfte in ihren Morgenmantel und verließ kurz darauf den Raum. Ich setzte mich auf den Stuhl, der an Silvas Bett stand, und betrachtete sie eine Weile, ohne ein Wort an sie zu richten. Geduldig warte ich ab.

Plötzlich sah mich Silva Densch aus verständnislosen Augen an. »Wo kommen Sie denn her?«

Ich lächelte. »Durch die Tür. Ich möchte mich erkundigen, wie es Ihnen inzwischen geht.«

»Gut, denke ich. Wie geht es Ihnen?«

Als ob das eine Rolle spielte. Trotzdem antwortete ich wahrheitsgemäß. »Geht so, einer Freundin von mir ist das Gleiche widerfahren wie Ihnen. Auch sie kann sich nicht erinnern, was passiert ist. Mich beunruhigt das Ganze sehr. Ich hatte gehofft, Sie könnten mir weiterhelfen.«

»Leider nein«, sagte Silva leise.

»Von wem sind denn die wunderschönen Blumen?« Ich zeigte auf ihren Nachtschrank.

Verdutzt sah Silva die Blumen an. »Keine Ahnung. Die standen vorhin noch nicht da.«

Ich war froh, dass die junge Frau sich dazu aufraffen konnte, zumindest einige Sätze zu sprechen. Ich hoffte, mehr aus ihr herauszubekommen. »Haben Sie eine Ahnung, wer Ihnen die Blumen geschickt hat?«

»Nein, ich kenne niemanden auf der Insel«, flüsterte sie gedankenverloren.

»Aber Sie kennen Doktor Schönberg?«

»Nur flüchtig.«

Es war mir nicht entgangen, dass Frau Densch mir auswich. Ich forschte weiter nach. »Haben Sie ihn erst auf Sylt kennengelernt?«

»Ich habe ihn kurz getroffen, ja.«

»Was bedeutet ›kurz‹?«

»Nichts Besonderes.«

Ich musste mich zusammenreißen. Allmählich nervte mich

die Einsilbigkeit der Patientin. »Verstehe.« Ich ergänzte: »Rufen Sie mich bitte an, wenn Ihnen doch noch etwas einfällt.« Ich tippte mit dem Zeigefinger auf meine Visitenkarte, die auf dem Nachtschrank lag.

»Mach ich«, murmelte Frau Densch. Sie sah mich nicht mehr an, sondern verharrte in der gleichen Position, in der ich sie vorgefunden hatte.

»Gute Besserung, Frau Densch!« Ich bewegte mich langsam zur Tür, in der Hoffnung, dass Silva Densch mich noch einmal zurückrief. Fehlanzeige.

Im Schwesternzimmer erkundigte ich mich, ob jemand gesehen hatte, von wem die Blumen kamen. Eine Lernschwester gab bereitwillig Auskunft. »Die sind mit einem Lieferservice gekommen. Ich selbst habe sie in eine Vase gestellt. Frau Densch hat sich sehr gefreut.«

»Sie freute sich?«, fragte ich ungläubig. Demzufolge konnte sie sich doch an die Blumen erinnern. »War eine Karte dabei?«

»Nein. Ich weiß das so genau, weil ich extra nachgeschaut habe, um sie ihr zu geben. Sie ist so unendlich traurig. Die Blumen haben ein Lächeln auf ihr Gesicht gezaubert.«

Ich zückte mein Notizbuch. »Welche Firma hat die Blumen geliefert?«

»Oh, wäre das wichtig gewesen? Ich habe nicht darauf geachtet.« Die Schwester sah mich mit schuldbewusster Miene an.

Ich seufzte. »Versuchen Sie sich zu erinnern. Alles ist wichtig in diesem Fall.«

Ein Leuchten huschte über das zierliche Gesicht der Lernschwester. »Ich habe das Papier in unserem Papierkorb hier im Schwesternzimmer entsorgt.«

Unaufhaltsam wühlte sie sich durch den Müll. Ich war ihr gefolgt, um die Aktion zu beaufsichtigen. Leider entdeckte ich außer Kaugummipapier und Brötchentüten nichts Auffälliges.

»Schwester Sandra, was machen Sie denn da? Haben Sie nichts Gescheiteres zu erledigen als hier im Papierkorb zu wühlen?«, ertönte eine resolute Stimme. Die Stationsschwester schob ihren breiten Körper durch die Tür. Sie erinnerte mich unweigerlich an Schwester Hildegard aus der Schwarzwaldklinik.

Schwester Sandra schnellte mit hochrotem Kopf aus ihrer Wühlaktion hervor. »Doch ...«, stammelte sie. »Ich bin nur Frau Stein bei den Ermittlungen behilflich.«

»Indem Sie den Papierkorb durchforsten?«, erwiderte die Stationschefin trocken.

Geduldig klärte ich die verständnislose Hildegard auf, um der Lernschwester zu Hilfe zu kommen.

»Der Korb wurde längst entleert«, sagte sie. An mich gewandt fügte sie hinzu: »Sie können im Hinterhof die Container durchsuchen, da müsste alles wieder ans Tageslicht gelangen. Sie müssen nur beharrlich bleiben.«

Ich bedankte mich bei Sandra für ihre Unterstützung. Zur Stationsschwester sagte ich: »Glauben Sie mir, ich bin beharrlich. Danke für den Hinweis!«

Ich ließ die beiden verdutzten Pflegerinnen stehen und rauschte aus der Krankenstation. Ich hätte mir eigentlich denken können, im Müll eines Krankenhauses Unmengen an Verpackungsmaterial für Blumensträuße zu finden. Sylt verfügte über einige Läden dieser Art. Entsprechend viel Papier aus verschiedenen Blumenläden kam zum Vorschein. Mir blieb nichts anderes übrig, als am nächsten Tag alle in Frage kommenden Geschäfte aufzusuchen.

Zur Sicherheit ging ich zurück ins Krankenhausgebäude, um rasch ein Foto des Straußes aufzunehmen. Silva Densch rührte sich nicht, als ich erneut ihr Zimmer betrat. Auch vom Blitzlicht meines Handys blieb sie unberührt. Wie sie so dalag, tat sie mir unendlich leid. Aber für Mitleid bekam ich kein Gehalt. Ich musste meine Gefühle hinten anstellen.

Mir fiel es zunehmend schwerer, meine Emotionen aus dem Fall herauszuhalten. Vielleicht lag es auch an den Schmetterlingen in meinem Bauch, die sich immer dann einschlichen, wenn ich an Andreas dachte. Eine verliebte Kommissarin passte so gar nicht zu den Ermittlungsarbeiten. Sie lieferten mir jedoch eine Abwechslung, die ich dringend benötigte.

Pat wartete ungeduldig in der Pension Lydia auf mich. »Wo bleibst du nur so lange? Ich sitze hier auf glühenden Kohlen!«

»Gibt es Neuigkeiten vom Arztkoffer?« Erwartungsvoll blickte ich sie an.

Pat schnaubte verächtlich. »Alles sauber, der Koffer ist genauso aufgeräumt wie der Typ selbst. Der lässt sich nicht packen!«

»Scheiße!«, entfuhr es mir.

»Du sagst es.« Pat lümmelte sich auf das Bett und sah mich fragend an. »Wie geht es nun weiter?«

Wenn ich das nur wüsste, dachte ich ärgerlich. Silva Densch war verschlossen wie eine Auster. Ich hoffte, dass Jenny sich doch noch an die Vorfälle erinnern konnte, aber die Frage war, wann dies geschehen würde.

»Wir genießen nun unseren verdienten Dienstschluss. Morgen ist auch noch ein Tag«, verkündete ich optimistisch.

»Das ist doch mal 'ne Ansage, ich komme um vor Hunger!«, jammerte Pat. »Wollen wir zur Sansibar? Ich könnte mir an meinem letzten Abend nichts Schöneres vorstellen«, schwärmte sie mit leuchtenden Augen.

»Gute Idee, ich telefoniere kurz mit Andreas.«

Andreas war wenig begeistert, als ich ihm meine Entscheidung mitteilte, auf der Insel zu bleiben. Aber er zeigte sich trotzdem verständnisvoll und freute sich auf den nächsten Abend. Ich war froh, dass wir nicht mehr miteinander stritten, weil das nicht in mein Schmetterlingskostüm hineinpasste.

Ich bemerkte, dass Pat mich beobachtete. Verwirrt sah ich sie an. »Dich hat es ziemlich erwischt, stimmt's?«

Ich lachte verlegen. »Da könntest du recht haben. Lass uns endlich gehen, damit du den Abend noch genießen kannst.«

Pat sprang auf, strich durch ihre Haare und schlüpfte in ihre Schuhe.

Die laue Sommernacht hatte viele Urlauber in die Sansibar gelockt. Munteres Stimmengewirr untermalt von leiser Musik nahm uns in Empfang. Wir ergatterten einen schönen Platz direkt an einer Düne. Pat zog sofort ihre Schuhe aus, um ihre Füße im Sand zu vergraben. Glücklich schaute sie in die muntere Runde von Touristen und Einheimischen. »Ist das herrlich hier«, murmelte sie verzückt.

Ich freute mich, dass es ihr gefiel.

Herausfordernd blickte sie mich an. »Erzähl mal von deinem Schatz.«

»Da gibt es nicht viel zu berichten, wir haben uns doch erst ein wenig kennengelernt.«

»Ein wenig? Ich glaube, ihr kennt euch inzwischen genauer. Du hast immerhin bei ihm übernachtet.« Pat grinste mich an.

Heiße Schauer liefen über meinen Rücken, als ich an die aufregende Nacht mit Andreas dachte. Ich wollte nicht mit Details rausrücken und vermied den Blick meiner Freundin.

»Aha!«, prustete Pat vergnügt. »Es ist also was Ernstes! Sonst hättest du mir alles erzählt. Macht er dich verrückt?« Sie unterdrückte ein Kichern.

Ich musste nicht lange über die Frage nachdenken. Ja, er hatte mich in seinen Bann gezogen, ohne dass ich etwas dagegen tun konnte. Er stellte meine Gefühle und mein Leben auf den Kopf. »Ziemlich«, gab ich leise zu.

»Ich habe dich nicht verstanden!«, rief Pat, obwohl sie direkt neben mir saß.

Ich holte Luft. »Ja!«

»Na also!« Pat lachte fröhlich. »Ich freue mich für dich, Hannah. Es wurde Zeit, dass ein Mann dir den Kopf verdreht.«

»Finde ich auch«, murmelte ich glücklich. Ich ließ meinen

Blick über die zufriedenen Menschen schweifen, die genau wie wir den Sommerabend ausklingen ließen.

Plötzlich entdeckte ich eine mir bekannte Person. Ich reckte mich und stieß Pat an. Sie folgte meinen Blicken, dann ließ sie einen leisen Pfiff vernehmen. »Dieser Mistkerl hat die Dreistigkeit, hier mit einer Brünetten rumzuflirten.«

Schönberg! Am liebsten hätte ich ihn mir geschnappt. »Ich werde aus dem nicht schlau. Er hat Dreck am Stecken, so viel ist sicher.«

»Warte ab, er ist schon dabei, Fehler zu machen. Es dauert nicht mehr lange, dann hast du ihn. Schade, dass ich morgen abreisen muss«, meinte Pat bedauernd.

Mein Kopf schnellte in ihre Richtung. »Soll ich Poldi bitten, dich hierher zu versetzen?«

»Das wird er nicht erlauben, da müssten wir schon dickere Fische an Land ziehen«, antwortete Pat.

»Ich weiß nicht, ist der Fisch nicht schwerwiegend genug?« Ich sah Pat nachdenklich an.

Plötzlich versetzte sie mir einen Seitenhieb. »Sieh dir das an, er verschwindet mit ihr hinter den Dünen!«

Tim Schönberg schlenderte unmittelbar an uns vorbei. Er hatte nur Augen für die hübsche Frau, die sich offenbar geschmeichelt fühlte. Sie kicherte albern und zwinkerte Schönberg keck zu.

»Das glaube ich jetzt nicht.« Ich war wütend. Ging er gerade mit seinem nächsten Opfer an den Strand?

»Er scheint sich seiner Sache sehr sicher zu sein«, sagte Pat.

»Die Suppe werden wir ihm versalzen!« Ich sprang auf, ging an der verdutzten Bedienung vorbei, die in diesem Moment Zeit für eine Bestellung hatte, und zog Pat am Ärmel hinter mir her. Wir mussten genügend Abstand wahren, damit er uns nicht bemerkte, wollten uns aber auch nicht abhängen lassen. Aus sicherer Entfernung konnten wir beobachten, wie er die Frau küsste. Er führte sie zu einer Düne, scheinbar um den Blicken anderer Strandspaziergänger zu entkommen.

Pat hielt mich zurück. »Wir dürfen nicht zu früh eingreifen, der bringt es fertig und spielt den überraschten Liebhaber!«, warnte sie mich.

»Ich weiß«, zischte ich. »Ich will trotzdem nicht riskieren, dass wir ein weiteres Opfer zu verbuchen haben.«

Ich zwang mich zur Ruhe.

Im nächsten Augenblick stürmte Schönberg aus seiner vermeintlichen Deckung. Mit langen Schritten ging er davon. Allein! Ich schnaubte verächtlich. Er hatte es tatsächlich wieder getan.

Ich rannte mit Pat zur Biegung, die zur Düne führte. Um Schönberg wollte ich mich später kümmern. Atemlos standen wir vor der erstaunten Frau. Sie zupfte sich gerade die Haare in Form.

»Hallo«, sagte sie in gedämpfter Tonlage. »Kann ich euch behilflich sein?«

»Wir dachten, Sie brauchen unsere …«, keuchte Pat.

»Wie kommen Sie darauf? Sehe ich so hilflos aus?« Die Fremde lachte heiser.

Ich zückte meinen Dienstausweis und stellte mich vor. »Wir dachten, Sie seien in Gefahr. Der Mann, der Sie fluchtartig verlassen hat, kannten Sie ihn gut?«

»Ach, gut ist zu viel gesagt, aber er ist sehr charmant.«

»Wie ist Ihr Name?«

»Katja Densch. Warum ist das wichtig?«

»Densch? Haben Sie eine Verwandte mit dem Namen Silva?«

Katja Densch schien zu überlegen und knabberte an ihrer Unterlippe. »Ich kenne niemanden mit diesem Namen. Warum ist das wichtig?«

Ich nahm ihr den überraschten Gesichtsausdruck nicht ab. Pat anscheinend auch nicht, denn sie stöhnte genervt auf.

»Was haben sie mit Tim Schönberg zu tun?«, fragte Pat geradeheraus. Dabei baute sie sich vor Katja Densch auf, als wollte sie sie mit ihrer Körpergröße einschüchtern. Mit mäßigem Erfolg.

Katja Densch lenkte mit einem theatralischen Seufzer ein. »Ich bin mit meinem Mann hier auf Sylt. Er darf nichts von Tim erfahren. Es würde ihm das Herz brechen.«

»Oder Ihre Versorgung bedrohen?«, fragte ich ärgerlich.

Katja Densch richtete sich auf. Wie eine Katze in Lauerstellung observierte sie mich. Ihre Augen sprühten förmlich Funken, als sie erwiderte: »Was bilden Sie sich ein, ich liebe meinen Mann! Ich möchte ihn nie verlieren. Tim ist ein Abenteuer, weiter nichts.«

»Wo finden wir Ihren Mann?« Pat hatte offensichtlich beschlossen, die Densch noch mehr zu provozieren.

Die mandelförmigen grünen Augen der Dame verdunkelten sich. Mit einem Satz war sie Pat auf den Leib gerückt. Sie krallte ihre Fingernägel in Pats rechten Arm. »Unterstehen Sie sich …«, zischte sie gefährlich leise.

»Sofort loslassen«, befahl Pat. »Sonst nehme ich Sie fest wegen Widerstands gegen die Staatsgewalt. Dann werden wir sehen, ob Ihr Mann Sie freikaufen kann. Oder Doktor Schönberg.«

Als ob Katja Densch sich verbrannt hätte, löste sie den Griff. Sofort traten Tränen in ihre Augen. Diese Dame setzte sich gekonnt in Szene. Irgendwie gefiel mir ihr Schauspiel. Ein kurzer Blickwechsel mit meiner Freundin genügte, um mich zu vergewissern, dass auch sie genug gehört hatte. Ich reichte der erstaunten Katja Densch mit dem üblichen Spruch meine Visitenkarte. Dann stapften wir durch den Sand zurück zur Sansibar.

»Das ist doch verrückt«, schimpfte Pat. »Die Sache wird langsam kompliziert. Ich frage mich, was als Nächstes kommt!«

Sie sprach mir aus der Seele. Auch ich kam langsam an meine Grenzen. Scheinbar verfügte hier jeder über ein Alibi oder Ausreden, die nicht nachvollziehbar waren. Steckten etwa alle unter einer Decke? Oder waren die Frauen die Marionetten Schönbergs?

»Es ist aber auch zu dumm, dass der Arztkoffer keine Spuren aufweist. Schönberg hat entweder akribische Vorkehrungen getroffen, um keine Spuren zu hinterlassen, oder er ist tatsächlich unschuldig!«, überlegte Pat laut vor sich hin.

»Ganz ehrlich, wenn der ein Unschuldslamm ist, lasse ich mich irgendwo in die Einöde versetzen und schnappe mir Verkehrssünder und Ladendiebe«, erwiderte ich wütend.

Pat fing schallend an zu lachen. »Ich nehme dich beim Wort«, sagte sie nach Luft schnappend.

Ich knuffte sie und kicherte jetzt ebenfalls. Einigermaßen entspannt erreichten wir unseren Platz an der Düne. Er war noch nicht neu besetzt, so dass wir endlich taten, wozu wir hergekommen waren: unseren Frauenabend genießen. Ich behielt die Menschenmenge im Auge. Schönberg entdeckte ich nicht mehr.

»Die Katze lässt das Mausen nicht! Oder wie soll ich deine Blicke in die Meute verstehen?«, neckte Pat mich.

Ich fühlte mich erwischt. »Entschuldige bitte, ich bin jetzt ganz bei dir!«

»Wer es glaubt ...« Meine Freundin lachte. Denn auch sie konnte nicht richtig abschalten. Dazu waren wir zu sehr mit unserem Beruf und diesem Fall verbunden. Nach einigen Flaschen Bier gelang es uns endlich, über private Dinge zu sprechen.

Als wir zurück in der Pension Lydia waren, schrieb ich eine Gute-Nacht-SMS an Andreas. Prompt kam die Antwort:

Vermisse dich, träum was Schönes.

Ich lächelte mein Display an, als ob mein Handy mir das Liebste auf Erden war. Amüsiert wurde ich dabei von Pat observiert.

»Grins nicht so«, forderte ich sie auf.

Pat setzte eine gespielt ernste Miene auf. »Zu Befehl, Chefin!«

»Blöde Kuh!« Ich lachte vergnügt.

Unser Frauenabend verwandelte sich in wenigen Minuten in ein Schnarchkonzert. Die Ereignisse des Tages forderten ihren Tribut. Ich wurde mit himmlischen Träumen belohnt, in denen Andreas die Hauptrolle spielte.

Jenny

Ich hatte in der Nacht einigermaßen gut geschlafen. Trotzdem drehte ich mich wie gerädert aus meinem Bett. Ich hörte Geräusche, die aus der Küche zu kommen schienen. War Kathi etwa schon aufgestanden? Normalerweise schlief sie bis mittags wie ein Murmeltier. Ich vergewisserte mich mit einem Blick zur Uhr, dass ich diesmal nicht die Langschläferin war. Erstaunt stellte ich fest, dass es bereits dreizehn Uhr war.

Mit bleiernen Gliedern huschte ich unter die Dusche. Ich drehte die Temperaturregelung höher. Das heiße Wasser belebte meine Sinne. Ich zog mir bequeme Klamotten an, denn ich hatte nicht vor, den ganzen Tag im Bett zu verbringen. Ich hörte förmlich schon, wie Kathi mit mir schimpfte. Schließlich hatte sie sich vorgenommen, mich zu pflegen. Pah, ich brauchte keine private Krankenschwester. Den Zahn wollte ich ihr gleich ziehen. Ich stellte mich darauf ein, dass diese Operation nicht leicht werden würde. Ein Streit mit meiner hitzigen Freundin war mir so sicher wie das Amen in der Kirche.

Ich ersparte mir den Föhn und ging mit feuchten Haaren in die Küche. Kathi empfing mich zunächst freudig. Als sie sah, dass ich mich von meinem Schlafanzug getrennt hatte, warf sie mir einen vorwurfsvollen Blick zu.

»Du hast nicht vor, heute an den Schreibtisch zu gehen, oder?« Misstrauisch sah sie mich an.

Aber da konnte ich sie beruhigen. Meine schmerzenden Glieder würden gnadenlos protestieren, wenn ich mich hinter den PC klemmte. Das war selbst mir bewusst. Ich lächelte sie an. »Keine Sorge, ich arbeite heute nicht.«

»Morgen auch nicht!«, befahl Kathi resolut.

»Das duftet köstlich da in der Pfanne, gibst du mir etwas ab?«

»Dummerchen, für wen glaubst du, stehe ich hier in der Küche?«

»Für Luka?«

Kathi winkte ab. »Der treibt sich auf dem Festland rum, keine Ahnung, was er vorhat.« Kathi sah mich nicht an, sondern rührte in der Pfanne. »Essen ist gleich fertig, du kannst dich schon setzen.«

Ich steuerte auf den Schrank zu, in dem ich die Teller aufbewahrte, doch Kathi zeigte mit dem Finger auf die Sitzecke. »Du setzt dich hin. Ich kann es nicht leiden, wenn mir jemand vor die Füße läuft.«

Es blieb mir nichts anders übrig, als zu gehorchen. Kathi hatte Reis gekocht, dazu gab es eine Gemüsepfanne, die herrlich duftete. Gespannt wartete ich ab, bis sie den Tisch gedeckt hatte.

»Soll ich …«

»Nein! Du sollst gar nichts«, kommandierte Kathi.

Ich entspannte mich und beobachte, wie sie mit flinken Bewegungen die Mahlzeit auf den Tisch beförderte. Beherzt griff ich zu. »Was machen wir heute?«, fragte ich mit vollem Mund.

»Ich glaube, du hast mich nicht richtig verstanden«, meckerte Kathi, ebenfalls mit vollem Mund. »Du ruhst dich aus, sonst nichts!« Ihr mahnender Blick ließ keine Widerworte zu.

»Danke, Liebes«, flüsterte ich gerührt.

Kathi sah mich besänftigt an. »Keine Ursache«, sagte sie genauso leise und schaute auf ihren Teller. Irgendetwas stimmte nicht mit ihr. Ob sie Krach mit Luka hatte? Besorgt beobachte ich sie.

»Was?«

»Nichts«, beschwichtigte ich sie.

»Bei mir ist alles in Ordnung. Du bist hier das Sorgenkind!«, sagte sie.

Ich gab es auf, weiter nachzuforschen. Wenn Kathi sich in den Kopf gesetzt hatte, ihre Geheimnisse zu hüten, tat sie es bedingungslos.

Die warme Mahlzeit weckte die Lebensgeister in mir, und ich fühlte mich von Minute zu Minute besser. Ich war dankbar, dass Kathi mich nicht auf den Überfall ansprach. Es ängstigte mich, dass ich mich nicht erinnern konnte. Darüber zu reden machte es für mich nicht besser.

»Ich muss gleich für ein paar Stunden arbeiten. Leider habe ich es nicht geschafft freizubekommen. Dafür habe ich aber in den nächsten Tagen unbegrenzt Zeit. Ich muss mich also darauf verlassen können, dass du keine Dummheiten machst.«

Kathi räumte den Tisch ab. Ich hütete mich davor, ihr behilflich zu sein. Kathi schien extrem kampflustig zu sein, daher nickte ich brav und versprach, mich nach dem Essen hinzulegen.

Versprechen zu geben ist die eine Sache, sie zu halten eine ganz andere. Als meine fürsorgliche Freundin das Haus verlassen hatte, stand ich unentschlossen im Wohnzimmer. Mein Blick wanderte zwischen meinem Büro und meinen Autoschlüsseln hin und her. Ich hatte vor ein paar Tagen eine Buchhandlung in der Westerländer Einkaufsstraße entdeckt. Ich brauchte ein Buch, das mich fesseln und zur Ruhe bringen würde. Ein neuer Thriller musste her, den ich nicht mehr aus der Hand legen konnte. Ich wusste, dass mein Lieblingsautor einen neuen Roman herausgebracht hatte.

Also ergriff ich die Schlüssel und machte mich auf nach Westerland. Wie sehr ich die starken Arme meines Freundes vermisste, wurde mir bewusst, als ich auf meine gereinigte Tasche sah. Der Duft seines Aftershaves war verflogen. Nun roch die Tasche nach neuem Leder. Wehmütig ließ ich sie einfach an der Garderobe hängen.

Nur mit meiner Geldbörse bewaffnet verließ ich das Haus, nicht ohne schlechtes Gewissen Kathi gegenüber. Nur ungern gestand ich mir die erneut aufkommende Schwäche ein. Trotzdem war ich sicher, meinen kurzen Einkaufsbummel bewältigen zu können.

Ich erlaubte mir, meinen Bus auf dem Parkplatz des Polizeireviers abzustellen. Sollten sie mir doch ein Ticket an die Windschutzscheibe heften. Ich hatte dadurch den Vorteil, keine langen Wege zurücklegen zu müssen, was meiner nicht vorhandenen Fitness zugutekam. Ich sah mich nicht um, sondern ging zielstrebig auf die Buchhandlung zu. Ich begann zu schwitzen. Fahrig löste ich mein Tuch und band es um meine Hüften. Nur noch wenige Schritte bis zum Lädchen. Ich atmete erleichtert durch und schwor mir, nach dem Kauf der Lektüre sofort den Weg nach Hause anzutreten.

Mit zitternden Beinen betrat ich die Buchhandlung. Wenige Sekunden später verharrte ich innen am Schaufenster. Stocksteif sah ich hinaus auf die Straße. Träumte ich, oder schlenderte Marcus dort die Friedrichstraße entlang? Ich rieb mir die wie Feuer brennenden Augen, die mich seit dem Überfall quälten. Ich musste mich zusammenreißen. Als ich wieder auf die Straße sah, war niemand zu sehen, der Marcus auch nur im Geringsten ähnelte. Mich erfassten Selbstzweifel. Ich hätte auf die Ärztin hören sollen. Wahrscheinlich vermisste ich Marcus so sehr, dass ich unter Wahnvorstellungen litt.

Mensch, Marcus, warum tust du mir das an?

Im Zeitlupentempo bewegte ich mich auf die Regale mit den Thrillern zu. Auf den ersten Blick erkannte ich das Cover des neuen Werkes meines Lieblingsautors und ging damit zur Kasse. Später ärgerte ich mich darüber, dass ich nicht darauf geachtet hatte, dass es in Folie verschweißt war. Wie viele Menschen mochten dieses Exemplar wohl bereits in ihren Händen gehalten haben? Nun war es egal.

Ich war erleichtert, in meinen Bus steigen und den Heimweg

in Angriff nehmen zu können. Meine Kräfte ließen mehr und mehr nach. Ich umklammerte das Lenkrad mit feuchten Händen. Mein Hals fühlte sich trocken an. Das Schlucken fiel mir schwer. Hätte ich doch nur auf Kathi gehört! Warum war ich so leichtsinnig gewesen? Die Straße verengte sich vor meinen Augen. Ich sah sie nur noch schemenhaft, so dass ich es mit der Angst bekam. Das einzig Richtige wäre, jetzt anzuhalten und Hilfe zu rufen.

Ich griff in die Jackentasche, um zu prüfen, ob ich mein Handy dabeihatte. Fehlanzeige! Vorsichtig fuhr ich mit höchster Konzentration weiter und hielt nach einer Möglichkeit Ausschau, anzuhalten. Fast wäre ich an der Einfahrt meines Grundstücks vorbeigefahren, so sehr mühte ich mich ab, etwas zu erkennen. Mit Schwung schlug ich den Lenker ein und rollte vor die verwaiste Garage.

Schwer atmend steckte ich den Haustürschlüssel ins Schloss. Mit einem Klick sprang die Tür auf. So schnell es mir möglich war, schlüpfte ich hinein.

Ich legte mich auf mein Bett und schlief in wenigen Sekunden erschöpft ein. Ich hatte einen undurchsichtigen Traum. Marcus erschien mir immer wieder. Aber es war kein schöner Traum. Er befand sich ganz nah bei mir, nur dass ich ihn nicht erreichen konnte. Dafür erreichte er mich, auf eine erstaunlich unangenehme Weise.

Ich war froh, diesem Traum entfliehen zu können, als ich die Augen öffnete.

Warum träumst du so einen Mist?

Fluchtartig verließ ich mein Bett, um meine Gedanken zu ordnen. Dabei erinnerte ich mich, dass ich mein Buch in der Küche auf dem Tisch liegen gelassen hatte. Ich kochte mir einen Tee und trug beides ins Wohnzimmer zum Sofa. Ich liebte Bücher, darum schlug ich mit Ehrfurcht die erste Seite auf. Ein neues Buch war für mich stets ein neues Abenteuer, in das ich versank und mit dem ich die Welt um mich herum vergessen konnte. Ein kleiner Zettel rutschte heraus und landete auf dem Teppich. Ich nahm ihn in die Hand und erstarrte.

Verlass die Insel, sonst wirst du es bereuen!

Schlagartig spürte ich, wie mein Nacken sich versteifte. Vom Kopf bis zu den Füßen krabbelte eine Gänsehaut über meinen Körper. Misstrauisch sah ich mich im Wohnzimmer um. Plötzlich hatte ich das Gefühl, beobachtet zu werden. War die Haustür verschlossen? Alle Fenster zu? Gehetzt rannte ich zur Tür und prüfte, ob sie verriegelt war. Danach zog ich alle Vorhänge zu und schaltete die Deckenleuchten ein. Wer wusste davon, dass ich dieses Buch hatte kaufen wollen? Ich hatte es niemandem erzählt. Noch dazu hatte niemand wissen können, welches Buch ich im Laden greifen würde.

Ich lachte erleichtert auf. Plötzlich war ich überzeugt, einem makabren Scherz des Thrillerautors auf den Leim gegangen zu sein. Einem meiner Meinung nach sehr unsympathischen Scherz. Nun verspürte ich keine Lust mehr, mich auf das Buch einzulassen, ich spielte sogar mit dem Gedanken, es umzutauschen. Dabei liebte ich diese Bücher.

Ich schlürfte den Tee, ohne den Blick vom Buchcover abzuwenden. Es schien auf mich zuzukommen, die Umrisse des Covers verschwammen vor meinen Augen. Ich stöhnte auf. Was um Himmels willen hatte derjenige, der mich überfallen hatte, mir verabreicht? Meine Sinne waren auf unheimliche Weise getrübt.

Ich vergewisserte mich, dass der Zettel der Realität entsprach. Er war noch da, mit denselben angsteinflößenden Zeilen. Unterdessen wurde mir bewusst, dass die Bücher nicht nur auf der Insel in den Buchhandlungen lagen. In Stuttgart machte diese Drohung gar keinen Sinn. Die Handlung des Buches hatte auch nichts mit einer Insel zu tun, zumindest verriet der Klappentext nichts dergleichen. Mich beschlich ein

Gefühl, das ich in meinem ganzen Leben noch nicht kennengelernt hatte.

Die nackte Angst.

Hannah

Wehmütig begleitete ich Pat zum Bahnhof. Ich verabschiedete mich von ihr, nicht ohne ihr das Versprechen abzunehmen, mich baldmöglichst wieder zu besuchen. Pat brannte die Ermittlung zum Todesfall unter den Nägeln. Es wäre ihr am liebsten gewesen, mich bei der Suche nach dem Täter zu unterstützen. Daher versprach sie mir, so schnell zurückzukommen, wie es ihr Dienstplan erlaubte.

»Grüß mir Lea, und vertragt euch!«, ermahnte ich meine Freundin eindringlich. Es hatte im Laufe unserer Zusammenarbeit nie Zickenalarm gegeben, und ich würde dies auch in Zukunft nicht in meiner Dienststelle dulden.

»Wird schon werden. Lea ist eine gute Ermittlerin. Sicher hatte sie nur ihre Tage!« Pat kicherte zuversichtlich. Sie drückte mich hektisch, als der Schaffner das Signal zur Abfahrt ankündigte, und stieg in das Abteil.

Ich freute mich inzwischen darauf, nach Dienstschluss mit Andreas in seine Wohnung zu fahren. Die Schmetterlinge füllten meinen Bauch mit ihren Flügelschlägen und beförderten mich in die Traumwelt der Liebe. Meinetwegen konnte der Tag sofort zur Nacht werden.

Ich bemerkte beim Betreten des Reviers eine gedämpfte Stimmung. Die Kollegen diskutierten anscheinend gerade über einen Fall, der alle betroffen wirken ließ. Ich machte mir nicht die Mühe, zu grüßen. Zielstrebig ging ich zu Lars Jürgens. »Stimmt etwas nicht? Hab ich was verpasst?«, fragte ich mit fester Stimme.

Jürgens schnaubte. »Es wurde erneut eine Frau am Strand gefunden!«

»Wie bitte?!«

»Leider ja. Wir konnten noch keine Zusammenhänge zu den anderen Fällen feststellen. Bis auf das Vorgehen des Täters natürlich«, ergänzte der Kollege.

»Wie kommen Sie darauf?«

Jürgens zuckte mit den Schultern. »Nur so eine Vermutung.«

Ich holte Luft, um sie im nächsten Moment mit lauter Stimme wieder herauszulassen. »Nur so eine Vermutung?«, blaffte ich den verblüfften Polizeihauptwachmeister an. »Sie werden hier nicht für banale Vermutungen bezahlt. Geben Sie mir Fakten!« Ich war sauer. Warum machte hier niemand seine Arbeit und strengte sein Gehirn an?

»Wir haben keine.«

Ich schlug mit der flachen Hand auf seinen Schreibtisch. »Dann holen Sie sie ein, verdammt noch mal. Muss ich hier denn alles alleine erledigen? Wer ist die Frau?«

Jürgens räusperte sich. Umständlich zog er eine Akte aus einem Stapel.

Soso, es gab also keine Fakten.

»Sie heißt Katja Densch«, sagte er kleinlaut. Dann setzte er hinzu: »Ich bin nicht die Kripo. Wie soll ich Zusammenhänge erkennen, von denen ich keine Ahnung habe?«

»Da haben Sie vielleicht recht, aber dann tun Sie auch nicht so, als ob sie es könnten«, konterte ich trocken und wandte mich ab. Ich hatte diesen Kindergarten so satt.

Poldi kam nun nicht mehr darum herum, mir schleunigst Verstärkung zu genehmigen. Katja Densch! Sie hatte doch behauptet, nichts mit Silva Densch gemeinsam zu haben, sie nicht zu kennen. Nun lagen beide im Nordseekrankenhaus. Eine Gemeinsamkeit, die sie nicht abstreiten konnten. Die für gewöhnlich ruhige Insel entwickelte sich langsam zu einem Zentrum der Kriminalität. Wo war Andreas? Ich warf die Frage laut in den Raum.

»Bei mir hat er sich nicht gemeldet.«

»Bei mir auch nicht!«, tönte es von den Schreibtischen der Kollegen.

Ich stöhnte. Wahrscheinlich gehörte auch das nicht zu ihrem Zuständigkeitsbereich.

Ich rief Poldi an. Als ich er sich nicht meldete, ließ ich eine Verbindung zu Lea herstellen.

»Hannah«, tönte ihre erfreute Stimme aus dem Hörer. »Wie kommst du voran? Haben wir dich bald wieder hier in Kiel?«

»Am liebsten ja«, sagte ich gedämpft.

»Brauchst du Unterstützung? Ich hätte große Lust, auf die Insel zu kommen.«

»Das wäre gar keine so schlechte Idee.«

»Poldi hat sich krankgemeldet, er nimmt seine jährliche Grippe.«

»Auch das noch! Moment, wer hat die Vertretung übernommen?«

»Pat soll hier die Chefin spielen, sobald sie da ist. Hattet ihr ein schönes Wochenende?«

»Geht so«, brummte ich. Ich erzählte ihr die Kurzfassung. Lea pfiff leise durch die Zähne, wie sie es stets tat, wenn sie überlegte.

»Ich rede mit Pat. Vielleicht kann ich sie überzeugen, mich nach Sylt zu beordern.«

Ich bezweifelte, dass die ohnehin belastete Beziehung der beiden zu einem sachlichen Gespräch führen würde, aber es gab Hoffnung für meine Ermittlungen hier vor Ort. Wenn Lea mir zu Hilfe kam, könnte das eine willkommene Entlastung für mich sein. Ich begriff immer weniger, warum Poldi so stur gewesen war. Erleichtert beendete ich das Telefonat.

Versonnen sah ich zum Fenster hinaus. Passend zu meiner

Stimmung zogen dunkle Wolken am Himmel auf. Ich gab meine Position am Fenster auf und ging in mein Büro.

Jürgens hatte mir den Bericht des Überfalls auf Katja Densch auf den Schreibtisch gelegt. Eilig sah ich ihn durch. Es gab eine Änderung gegenüber den vorangegangenen Vorfällen. Katja konnte sich erinnern. Nur leider hatte sie den Täter nicht erkannt, weil er mit schwarzen Tüchern vermummt gewesen war. Sie hatte ihn als groß und kräftig beschrieben. Was hieß kräftig? Eine nette Version von dick? War er muskulös gewesen? Das könnte von großer Bedeutung sein. Ich musste mit ihr sprechen.

Ich wollte mich gerade auf den Weg ins Krankenhaus machen, als mich Jenny anrief. Ihre Stimme wirkte rau. »Hannah? Bist du es?«

»Ja, ist etwas passiert?«

Ich vernahm ein leises Schluchzen. »Kannst du bitte kommen?«

»Klar, wo bist du? Zu Hause?«

»Ja, beeil dich bitte!«

Ich versuchte lieber nicht, mir vorzustellen, was passiert sein könnte. Es würde mich nur beunruhigen.

Ich machte mich augenblicklich auf den Weg. An der Tür des Präsidiums stieß ich mit Andreas zusammen. Er fing mich auf und wirbelte mich herum. »Wohin so eilig, meine Schöne?«

»Ich muss los, wir sehen uns später!« Geschickt löste ich mich aus seiner Umarmung. Ich erwähnte Jennys Anruf nicht. Ich ahnte, dass sie mich allein sprechen wollte. Dennoch hoffte ich, dass sie mich nicht als Kummerkasten auserkoren hatte, weil Marcus sich nicht meldete.

Sofort schämte ich mich für meine Zweifel. Jenny war eine taffe Frau, sie käme nicht auf die Idee, mich für banale Dinge zu rufen, während ich Dienst hatte.

Besorgt blickte ich gen Himmel. Es würde sicher nicht mehr lange dauern, bis er die Schleusen öffnete. Ich wunderte mich darüber, wie schnell es hier ging. Eben noch hatte die Sonne ihre wärmenden Strahlen zur Erde geschickt, und nun drohte ein Wolkenbruch. Gerade noch rechtzeitig stieg ich ins Auto.

Obwohl ich die Scheibenwischer auf höchste Stufe gestellt hatte, konnte ich die Straße kaum erkennen. Ich erschrak, als ein Mann mit einem Schirm auf die Straße eilte, ohne auf den Verkehr zu achten.

Verdammter Mist, wo hatte der nur sein Hirn?

Jenny öffnete die Tür, bevor ich den Finger an der Klingel hatte. Sie war blass und wirkte verstört. Sie gab mir ein Zeichen, hineinzukommen. Bevor sie die Haustür ins Schloss warf, sah sie sich draußen um. Fühlte sie sich bedroht? Beunruhigt folgte ich ihr ins Wohnzimmer. Warum hatte sie alle Vorhänge zugezogen? Auf meinen fragenden Blick hin reichte sie mir ein Buch.

»Schau hinein«, sagte sie und sah mich ängstlich an.

»Wo hast du das her?«

»Ich war heute in der Buchhandlung in Westerland. Als ich zu Hause ankam, steckte der Zettel im Buch!«

Ich hörte mir in Ruhe ihre Geschichte an. Dabei beobachtete ich Jenny genau. Ich konnte zunächst nicht glauben, dass eine kriminelle Handlung dahintersteckte. Nagte der Schock des Überfalls an ihr? Es schien undenkbar, dass jemand einen Zettel für sie in einem Buch deponierte. Woher hätte er wissen sollen, dass Jenny dieses Buch kaufen würde? Um Zeit zu gewinnen, bat ich um ein Glas Wasser.

Draußen tobte ein mittelschwerer Sturm, der an dem Gebälk des alten Reetdachhauses zerrte. Ich trat an das Terrassenfenster mit dem traumhaften Meerblick. Der graue Himmel bildete eine Einheit mit dem tosenden Meer. In der Sicherheit des Hauses war das ein atemberaubender Anblick.

Jenny erschien mit einem Glas in der Hand, und ich traf eine Entscheidung. Ich setzte mich mit Lea in Verbindung. »Lea, ich brauche einen Durchsuchungsbefehl für die gesamte Pension Lydia. Außerdem ein Team zur Unterstützung.«

Lea, offenbar mit meinen Forderungen überlastet, kreischte in den Hörer. »Wie stellst du dir das denn vor? Mit welcher Begründung? Ich muss dem Richter schon etwas bieten können, damit er dir diesen Wunsch erfüllt!«

»Gefahr in Verzug«, dröhnte meine Stimme nach Kiel. »Jenny Dreyfuss wird bedroht, und ich warte nicht, bis die Drohungen ernst werden. Ich habe nach wie vor Schönberg in Verdacht. Wir müssen so schnell wie möglich Beweise sichern. Bevor er alle ins Klo spült oder Ähnliches.«

»Okay, ich versuche mein Bestes. Sag mir, was du weißt.«

Erleichtert ließ ich kurz das Telefon sinken. *Halleluja!*

Endlich! Alle Zweifel hatte ich verworfen. Jenny war nicht verrückt geworden, sie benötigte dringend Hilfe. Ich forderte Personenschutz an. Ich duldete nicht, dass Jenny in Angst leben musste.

Lea versuchte nicht, meine Pläne zu durchkreuzen. Sie willigte ein. »Wenn du es für richtig hältst, leite ich es in die Wege.«

»Den Kollegen hier im Revier traue ich das nicht zu. Es müssen Profis ans Werk.«

Mein Gott, war ich froh, dass Poldi eine Grippe auskurieren musste. Mit Lea lief alles viel entspannter. Das lag sicher auch daran, dass ich normalerweise ihre Vorgesetzte war. Zwar war ich auf die Insel verbannt worden, aber sie hatte dennoch den nötigen Respekt vor mir. Zufrieden beendete ich das Telefonat.

Jenny stand mit dem Glas in der Hand vor dem Fenster und zitterte. »Du glaubst mir?«, fragte sie unter Tränen.

»Sicher, was denkst du denn? Wann kommt Kathi nach Hause?«

»Sie müsste gleich da sein.«

»Gut. Ich warte solange«, sagte ich ruhig, darauf bedacht, nicht noch mehr Panik aufkommen zu lassen. »Wo ist eigentlich mein Sohn?«

Jenny zuckte die Schultern und sah mich traurig an. »Ich

fürchte, die beiden haben gestritten. Kathi weiß auch nicht so genau, wo er ...«

Die Tür flog auf, und der verlorene Sohn rauschte nass bis auf die Knochen durch die Tür.

»So ein Scheißwetter«, fluchte er. Er zerrte sich die vor Nässe triefenden Klamotten vom Leib und ließ sie dort liegen, wo er gestanden hatte. Suchend lief er in die Küche »Wo ist Kathi?«

»Arbeiten!«, antwortete ich. Aus einem Impuls heraus hob ich die Kleidung meines Sohnes auf, um sie ins Bad zu bringen. Ich vermutete dort eine Wäscheleine und hatte recht. Manchmal bereute ich, nicht den Beruf der Hausfrau ergriffen zu haben. Da hätte ich wenigstens den Durchblick. Aber ob ich dann meinem Sohn so ein Luxusleben bieten könnte? Schmunzelnd legte ich die neue Markenjeans auf den Wäscheständer. Ein Fahrschein rutschte aus der Gesäßtasche heraus. Neugierig hob ich in auf.

Er war in Stuttgart gewesen?

Ich nahm den Schein an mich. »Luka ...!« Ich hielt den Fahrschein hoch und sah ihn fragend an.

Luka riss die Augen auf und schüttelte nervös seinen schönen Kopf. Dabei richtete er unauffällig einen Blick auf Jenny. Ich ließ den Arm sinken und verbarg das Beweismittel. Luka atmete erleichtert auf. Nicht nur die Neugierde einer Mutter rief meine Spürnase auf den Plan. Die Ermittlerin in mir sah Luka misstrauisch an.

Langsam schritt er auf mich zu. »Ich hab dich noch nicht mal richtig begrüßt.« Er umarmte mich so fest, dass ich zu ersticken glaubte. »Ich erkläre es dir später, Ehrenwort«, flüsterte er mir ins Ohr.

»Okay«, wisperte ich zurück.

Entsetzt bemerkte ich, dass Jenny immer noch mit dem Wasserglas mitten im Wohnzimmer verharrte. Sie wirkte so hilflos, so verletzlich, dass ich sie in den Arm nehmen musste. »Danke für das Wasser«, hauchte ich. »Du solltest dich ein wenig ausruhen.«

Jenny reichte mir das Glas und nickte abwesend. Langsam schlich sie ins Schlafzimmer.

Brav, Kleines. Es wird dir bald besser gehen, dafür sorge ich.

Nachdenklich verfolgte ich ihre Bewegungen. Hoffentlich war sie bald wieder die alte Jenny.

»Wenn jemand Marcus sieht, sagt ihm, ich brauche ihn«, piepste Jenny, bevor sie die Tür zum Schlafzimmer hinter sich schloss.

Voller Mitleid starrte ich auf die verschlossene Tür, bis zu dem Augenblick, als Kathi hereinkam.

»Wer braucht so ein Wetter?«, zeterte sie.

Luka sah sie besorgt an. »Bei dem Wetter bist du zu Fuß von der Sansibar hierhergelaufen?«

»Tim hat mich gefahren«, sagte Kathi leichthin, als ob es nichts Besonderes wäre. »Trotzdem bin ich nicht trocken geblieben.«

»Du bist zu Tim ins Auto gestiegen? Gab es keine andere Möglichkeit?« Ich war geschockt.

»Er war so nett, Hannah. Er hat sich nach Jenny erkundigt, und er hörte sich sehr besorgt an.«

»Besorgt«, sagte ich mit gepresster Stimme.

»Er hat sich erkundigt, ob der Mörder, der den alten Mann getötet hat, gefunden wurde«, berichtete Kathi bereitwillig. Dabei zerrte sie an ihren nassen Kleidern und ließ sie wie Luka einfach auf dem gefliesten Fußboden liegen. Nur mit BH und Slip bekleidet stand sie trotzig vor uns. Schönberg hatte offensichtlich eine Fürsprecherin in Kathi gefunden.

Ich sparte mir weitere Vorwürfe und reichte ihr den Zettel mit der Drohung, die allem Anschein nach für Jenny hinterlegt worden war.

Kathi starrte mich mit großen Kuhaugen an. »Ist der von Tim?«, fragte sie atemlos.

»Wir wissen es nicht, aber es deutet alles darauf hin.«

»Das glaube ich nicht«, flüsterte Kathi ergriffen. »Wie geht es Jenny?«

»Ich bin mir nicht sicher, aber sie wirkt sehr verstört.«

»Scheiße.«

»Du frierst, Liebes, es ist besser, wenn du dich anziehst«, mischte Luka sich ein. Mein Sohn!

Während Kathi ins Obergeschoss ging, um trockene Kleider anzuziehen, kochte ich in der Küche einen Tee. Der würde allen guttun. Etwas ungeschickt hantierte ich in der ungewohnten Küche.

Luka hockte sich auf einen Stuhl und sah mir dabei zu. »Mutsch! Ich war in Stuttgart.«

»Das habe ich eben gesehen. Was wolltest du dort?«

»Ich habe Marcus gesucht.«

»Und? Hast du ihn gefunden?«

»Nein!«

Alarmiert starrte ich meinen Sohn an. »Warum nicht, konntest du die Adresse nicht finden?«

»Hör mal, ich bin dein Sohn, so ganz blöd bin ich nicht«, protestierte er. »Selbst die Spielhallen, die er betreibt, habe ich gefunden. Ich habe mit verschiedenen Mitarbeitern gesprochen. Sie hatten keine Ahnung, wo ihr Chef war.«

»Er hat auch nicht gesagt, wann er zurückkommt?«, wollte ich nun wissen.

»Nee, aber fast jeder hatte Angst um seinen Job. Die Geschäfte laufen nicht mehr so gut wie vor ein paar Jahren.«

»Vielleicht ist auf der Suche nach Geldgebern?«

»Könnte sein, aber ich habe wirklich nicht mehr herausgefunden.«

Wie vom Erdboden verschluckt.

»Jenny wusste nichts von deinem Ausflug?«

»Natürlich nicht. Kathi meinte, es wäre zu schwer für sie, falls meine Suche erfolglos bliebe.«

»Gut gemacht, Luka. Ich bin stolz auf euch.«

Luka grinste breit. »Wäre vielleicht das doch der richtige Job für mich.«

»Das wird wohl nichts, du kannst nicht weg von der Insel.« Lukas enttäuschtes Gesicht bestätigte mir, die richtige Taktik angewendet zu haben. Grinsend drehte ich mich weg, um endlich den Tee zu kochen. Den Wasserkocher stellte ich erneut an. Danach suchte ich den Tee.

Kathi erschien mit trockener Kleidung, und um ihre roten Haare wand sich ein Handtuch, das einem Turban nachempfunden auf ihrem Kopf thronte.

»Hast du Marcus gefunden?«, flüsterte sie.

Luka schüttelte den Kopf. »Leider nein«, bedauerte er. Ausführlich erfolgte ein weiterer Bericht.

»Das gibt es doch nicht«, rief Kathi aufgebracht.

Wir alle zuckten zusammen, als Jenny plötzlich im Türrahmen der Küche auftauchte. Misstrauisch sah sie uns an. Wir wussten nicht, wie viel sie von unserem Gespräch mitbekommen hatte, bekamen jedoch gleich darauf die Antwort.

»Luka, du warst auf der Suche nach Marcus?«

Luka presste verärgert die Lippen aufeinander, beantwortete Jennys Frage jedoch ehrlich.

Jenny lächelte ihn dankbar an und gab ihm einen Kuss auf die Wange. »Danke, sehr lieb von dir, aber ich muss mit Marcus abschließen. Ich kann und will nicht warten und hoffen wie ein naives Mädchen. Er hat seine Entscheidung offenbar getroffen. Damit muss ich leben.«

Der Tee war inzwischen fertig, und ich reichte Jenny einen Becher. Wir setzten uns an den Tisch, um unser weiteres Vorgehen zu besprechen. Luka erklärte sich bereit, für Jennys Sicherheit zu sorgen, bis der Personenschutz vom Festland vor Ort war. Ich hatte dabei kein schlechtes Gefühl, denn Luka war trainierter Kampfsportler und durchaus in der Lage, hier bei Jenny die Stellung zu halten. Mein Mutterstolz hielt sich allerdings in Grenzen. Sollte die Drohung ernst gemeint sein, wäre es auch für Luka nicht ungefährlich.

»Nun guck nicht so zerknirscht, Mutsch. Ich kann sehr gut auf mich und Jenny aufpassen!«

»Mich vergisst du dabei hoffentlich nicht!«, tönte Kathi.

»Wie könnte ich!«

Die bedrückende Stimmung wich ein wenig, denn wir konnten endlich einmal lachen.

Doch als Lea anrief, zogen wieder düstere Wolken auf. »Der Richter stellt sich stur. Du bekommst keinen Durchsuchungsbeschluss für die Pension Lydia. Tut mir leid.«

»Hast du ihm die Sachlage richtig erklärt?«

»Natürlich, ich bin doch kein Anfänger!« Lea schien gekränkt. Ich war hingegen sauer. Warum ließ man mich hier mit den Ermittlungen hängen?

»Aber der Personenschutz ist im Anmarsch?«

Lea zögerte mit der Antwort. Ich kannte sie auch so schon.

»Wegen eines Zettels aus der Buchhandlung? Keine Chance.«

Ich fühlte mich vor den Kopf gestoßen. War Jennys Sicherheit nicht wichtig genug? Ich legte ohne Abschied auf.

Jenny, die den Inhalt des Telefonats wahrscheinlich erahnte, legte ihre Hand auf meinen Arm. »Es ist nicht schlimm. Ich käme mir komisch dabei vor, bei jedem Schritt bewacht zu werden. Ich komme klar. Wirklich.«

Wie unangenehm es war, von einem mutmaßlichen Täter beobachtet zu werden, erwähnte ich lieber nicht. Jenny wusste es ohnehin. Als sie Lukas Schutz auch noch ablehnte, seufzte ich resigniert.

Fines Geständnis

Jenny

Ich erholte mich nur langsam von meinen Verletzungen. Am schlimmsten waren die seelischen. Die Erinnerungen, die mir zum Teil immer noch fehlten, wollten sich nicht wieder einstellen. Die Ärzte und auch Hannah meinten, ich müsse Geduld haben.

Nach einem langen Tag am Schreibtisch lief ich am Deich, so weit meine Beine mich trugen. Sie kribbelten so sehr, dass ich nicht mehr weiterlaufen konnte. Die Kälte kroch in mir hoch. Unterdessen trocknete der Schweiß an meinem Körper, so dass ich zu zittern begann. Als ich endlich zu Hause ankam, blieb ich schwer atmend vor dem Grundstück stehen. Das war für mich der schönste Anblick. Ich liebte dieses Haus, das in so kurzer Zeit mein Zufluchtsort und meine Heimat geworden war.

Die Ermittlungen waren immer noch nicht abgeschlossen. Nach wie vor tappte die Kripo im Dunkeln, wenn es darum ging, wie die Männerleiche in die Garage gekommen war. Zumindest stand ich nicht mehr unter Verdacht, aber ich sehnte endlich eine Aufklärung herbei. Inzwischen schlichen Touristen vor meiner Hofeinfahrt herum, weil sie es für spannend hielten, zu sehen, wo die Leiche gefunden worden war. Ich war froh, keine neuen Drohungen erhalten zu haben, dennoch rechnete ich täglich mit einer weiteren Botschaft.

Schwer atmend und immer noch zitternd fragte ich mich nicht zum ersten Mal, wann der Spuk endlich aufhörte.

»Kindchen, du frierst ja. Wo kommst du so spät noch her?«, raunte Fines Stimme plötzlich neben mir.

Ich zuckte zusammen und fasste mir ans Herz. »Fine! Hast du mir einen Schrecken eingejagt. Was schleichst du dich denn so an?«

Ich kannte Fine nicht anders, also hätte ich mir die Frage auch schenken können. Eine Achtzigjährige konnte ich nicht mehr ändern.

Fines faltiges Gesicht verzog sich zu einem angedeuteten Lächeln, aber ihre Augen blieben dabei wie immer unberührt. »Das ist keine Antwort auf meine Frage«, nuschelte sie kaum hörbar. Ich fuhr mit den Händen über mein Gesicht und raufte mir die Haare. Ruckartig ließ ich die Hände fallen und sah Fine verzweifelt an.

»Ach, Fine, ich bin einfach nur fertig. Ich habe mich noch nicht richtig erholt, und die Trennung von Marcus kann ich nicht verwinden.« Ich wies mit dem Kinn zu dem kleinen Reetdachhaus. »Wozu habe ich ein Haus, wenn der Mann, den ich liebe, mich nicht mehr will?«

Fine seufzte und nahm meinen Arm. Sanft führte sie mich über die Straße zu ihrem Garten. »Komm, Kindchen. Ich habe Hühnersuppe gemacht. Die wird dir guttun.«

Zögerlich setzte ich einen Fuß vor den anderen. Ich war noch nie bei Fine zu Hause gewesen. Wir hatten immer nur hier und da ein mürrisches Gespräch am Gartenzaun oder bei mir auf der Holzbank im Garten geführt. Fine war mir immer noch unheimlich, obwohl ich sie inzwischen mochte. Ich gab mir einen Ruck und zögerte nicht mehr, ihr Haus zu betreten. Was sollte da schon sein? Ich vermutete, dass die Hühner und Katzen dort auf dem Tisch tanzten. Bei dem Gedanken an die eben angebotene Suppe wurde mir mulmig in der Magengegend.

Abrupt blieb ich stehen. »Fine«, stammelte ich ungeschickt,

»ich habe keinen Hunger, aber ich würde mich gerne etwas aufwärmen, wenn du einverstanden bist.«

Fine grummelte etwas Unverständliches und zog mich weiter. Dabei holte sie einen großen Schlüssel aus ihrer Schütze und hielt ihn hoch, während sie damit herumfuchtelte. »Früher war es nicht nötig, die Haustüren abzuschließen. Da war die Welt noch in Ordnung.«

Ich musste an die Leiche denken und gab ihr im Stillen recht. Meine ohnehin schon heftige Gänsehaut verstärkte sich. Ich zog meine Jacke enger um mich.

Am Haus angekommen, steckte Fine den Schlüssel ins Schloss und drehte ihn zweimal herum. Das Schloss knackte, und schon sprang die Tür auf. Wohlige Wärme und ein himmlischer Duft schlugen uns entgegen. In der Diele flackerte eine Kerze auf einer alten Kommode. Darüber hing ein Spiegel, der eindeutig einmal ein Stallfenster gewesen war. Fine zog ihre Holzschuhe aus und schlüpfte in ein Paar Filzpantoffeln. Ich wollte gerade meine Turnschuhe ausziehen, als Fine ungewöhnlich liebevoll sagte: »Du behältst deine Schuhe an, hier ist es sehr fußkalt. Wir wollen dich doch aufwärmen und nicht noch kälter machen.«

Erleichtert ließ ich die Schuhe an und folgte Fines gemächlichen Schritten. Die Küchentür stand einen Spalt offen, und Fine steuerte auf sie zu. Zwischendurch streichelte sie eine schwarze Katze, die zusammengerollt im Körbchen schlummerte. Ich war erstaunt, wie sauber alles wirkte. Ein Hauch Lavendel schwängerte die Luft, gepaart mit dem Duft der Hühnersuppe.

Fine wusch sich die Hände und band eine frische Schürze um. Ich hatte immer geglaubt, sie hätte nur die eine. Immer fleckig und schmuddelig. Auf dem Regal über der alten Steinspüle lagen ein Dutzend Schürzen in der gleichen Farbe, fein säuberlich gebügelt, neben einem Stapel Geschirrhandtücher. So glatt gebügelt, als kämen sie direkt aus der Herstellungsfabrik. Ich bemerkte nicht, dass ich mit offenem Mund dastand und die Küche bestaunte, die vermutlich noch aus den Dreißigerjahren stammte. Auf dem alten Kohleherd stand ein gusseiserner Topf, in dem die Suppe leise vor sich hin köchelte.

»Setz dich, Kindchen, und mach den Mund wieder zu, sonst wird auch noch das Herz kalt«, spottete Fine. Sie holte zwei Teller mit zartem Goldrand aus dem Schrank. Ich erinnerte mich daran, dass meine Oma auch solche Teller besessen hatte und immer sehr sorgfältig damit umgegangen war. Als Kind hatte ich nie beim Abwasch helfen dürfen, weil Oma immer in Sorge um sie gewesen war.

Nach und nach entspannte ich mich. Ich fühlte mich geborgen in der Küche dieser alten Frau. Bedächtig, um nur nichts zu verschütten, füllte Fine einen Teller. Mit schlurfenden Schritten balancierte sie den vollen Teller zum Tisch, wo ich immer noch staunend, aber mit geschlossen Mund, wartete.

Meine Bedenken waren verflogen, und mir lief das Wasser im Mund zusammen. Die Suppe duftete köstlich. Ich wollte Fine den Teller abnehmen, aber sie machte mit einem Kopfschütteln deutlich, dass ich stillsitzen solle. Nun holte Fine ihre Suppe und brachte auch diese mit sicherer Hand an den Tisch.

Fine setzte sich auf ihren Platz und fing sogleich an, die Suppe zu schlürfen. Ich wünschte ihr einen guten Appetit und testete vorsichtig die heiße Mahlzeit. Sie duftete nach Safran und frischen Kräutern. Ich schloss die Augen, um meine Sinne nur auf diese Geschmacksexplosion zu konzentrieren. Im Herd loderte immer noch ein knisterndes Feuer. Nach einigen Löffeln fühlte ich, dass meine Wangen sich rot färbten. Wohlige Wärme durchflutete meine Glieder. Wie benommen starrte ich auf die Wachstischdecke. Irgendwann musste sie mal weiß gewesen sein, aber sie wirkte inzwischen vergilbt und abgewetzt. Ich vermutete, dass die Blumen darauf einmal Gänseblümchen gewesen waren.

»Du wirst mir doch nicht krank, Kindchen?« Fine sah mich forschend an.

Ich schüttelte den Kopf. »Ich denke gar nicht daran. Ich kann es mir nicht leisten, im Bett zu liegen. Meine Übersetzung kann ich nicht warten lassen.«

Trotzig blickte ich aus dem Fenster. Bleierne Schwere machte sich in meinem Körper breit. Vielleicht musste ich nur mal wieder richtig ausschlafen, versuchte ich mich zu beruhigen. Sicher waren die Folgen des Überfalls immer noch sichtbar, obwohl die blauen Flecken langsam blasser wurden.

Wir aßen schweigend weiter. Fine saß gebeugt über ihrem Teller und sah mich aus zusammengekniffenen Augen an. Es schien, als ob sie nachdachte, so eindringlich, als wolle sie mir in den Kopf schauen. Nun sah sie mir fest in Augen und hielt mich auf magische Weise mit ihrem Blick gefangen. »Du bist ein liebes Mädchen, nicht wahr? Du hast ein großes Herz, auch wenn du es oft verbergen willst. Ich hätte gerne so eine Tochter gehabt, aber es blieb mir leider versagt.« Traurig schlürfte sie ihren Teller leer. Ich konnte nicht glauben, was diese sonst so griesgrämige Frau gerade gesagt hatte.

»Danke, Fine, du bist auch viel netter, als du es uns immer weismachen möchtest, nicht?« Ich schmunzelte. Wieder wurde ich von Fine überrascht. Noch nie hatte ich sie lachen sehen, auch ihre Augen funkelten amüsiert. Sie musste früher wunderschön gewesen sein, dachte ich versonnen.

Wir lachten gemeinsam über unsere Erkenntnisse. Doch die Heiterkeit verflog genauso schnell, wie sie gekommen war. Fine hatte sich wieder in ihr Schneckenhaus verkrochen. Die Teller waren leer. Fine schob sie einfach an den Rand des Tisches und blickte mich erneut eindringlich an. Ihre Arme lehnten vor der Brust verschränkt auf dem Tisch. Sie machte sich lang und schob ihren Oberkörper über den Tisch zu mir, ohne die verschränkten Arme zu lösen. Ihre Lippen wurden noch schmaler, und ihre Augen verdunkelten sich zu Kohleneiern, ohne Glanz, nur schwarz. Erschrocken wich ich zurück.

»Ich war es, Jenny«, flüsterte sie kaum hörbar.

Ich schluckte. »Was meinst du, Fine?«

Ich spürte ihren Atem in meinem Gesicht, als sie weitersprach. »Ich habe dir die Leiche in die Garage gelegt!«

Ich erstarrte. »Wo hattest du sie her? Warum hast du sie dort abgelegt?«

Fine kicherte über meine dümmlichen Fragen, denn noch wollte ich das Gehörte nicht wahrhaben. »Ich musste es tun. Er hat deiner Tante das Leben schwer gemacht. Ich durfte nicht zulassen, dass er sich andere Opfer suchte. Er hatte es verdient!« Fine spuckte die Worte verächtlich aus. Dabei trafen kleine Speicheltröpfchen mein Gesicht.

»Du hast ihn erschlagen? Du bist doch gar nicht kräftig genug dafür.«

Fines Mundwinkel zuckten. »Ich musste nur etwas nachhelfen, damit er nicht gerettet werden konnte. Die endgültige Todesursache ist bekanntlich Gift!«

»Ach, Fine, wie solltest du an Gift kommen?« Ich hatte den Eindruck, dass sie nur die Ermittlungen vorantreiben wollte und bereit war, sich zu opfern. Mir schossen Tränen in die Augen.

»Du willst mir nicht glauben? Dann komm mit in meinen Garten.« Schwerfällig schob sie den Stuhl zurück, um das Haus zu verlassen.

Wie in Trance folgte ich ihr schweigend. Fine führte mich in den hinteren Teil ihres Grundstücks. Dort wies sie auf einen abgeschnittenen Busch. »Das war mal ein Oleander. Die Samenkapseln sind hochgiftig.« Sie machte eine bedeutende Pause. »Ich musste sie ihm nur in sein Müsli bröseln, das er so liebte.« Fine lachte bitter auf. »Gefressen hat der, so gut hat ihm seine letzte Mahlzeit geschmeckt.«

Aus zahlreichen Krimis wusste ich, dass Mörder ihre Zeugen zur Sicherheit aus dem Weg räumten. Meine Kehle war wie zugeschnürt. Warum erzählte Fine mir das alles? Sollte ich nun ihr nächstes Opfer werden? Eiskalt erwischte mich der Gedanke an die Hühnersuppe. War ich Fine in die Falle gegangen?

Ich scannte meinen Körper und spürte keine Auffälligkeiten.

Wie lange dauerte es, bis das Gift seine Wirkung zeigte? Ich hatte noch nie in meinem Leben so große Angst gehabt. Automatisch lief meine Vergangenheit im Schnelldurchlauf vor meinem inneren Auge ab.

Fine zupfte unterdessen einige Büschel Unkraut aus dem lockeren Boden. Unauffällig tastete ich mit der Hand zum Hals und prüfte den Puls. Er schien normal. Aber was war das? Meine Beine drohten nachzugeben, schlagartig wurde mir schlecht.

Fine sah von ihrer Unkrautvernichtung auf. Sofort kam sie auf mich zu. »Ist dir nicht gut, Kindchen? Du hast dir bestimmt zu viel zugemutet. Komm, lass uns ins Haus gehen.«

»Ich möchte lieber zu mir gehen«, piepste ich ängstlich.

Fine sah mich durchdringend an, dann lächelte sie wissend. »Du musst jetzt nicht denken, dass ich zur Massenmörderin geworden bin. Ich habe nichts in die Suppe getan!«

Ich atmete erleichtert aus. »Das habe ich auch nicht gedacht«, log ich verwirrt. Hatte sie auch die Überfälle zu verbuchen?

»Doch, hast du.« Sie begleitete mich bis zur Terrasse meines Hauses. Unschlüssig blieb sie vor mir stehen. »Wenn du mein Geständnis der Stein mitteilen willst, hast du meinen Segen. Ich bin eine alte Frau, mein Leben habe ich ausgiebig gelebt. In den letzten Jahren wird das Gefängnis mein Altersruhesitz.«

»Fine, was wird dann aus deinem Garten, wer soll sich um dein Haus kümmern? Warum hast du nur diesen Mann getötet? Ich verstehe es nicht!« Ich fühlte, wie sich meine Augen mit Tränen füllten.

Auch Fine wirkte betroffen. »Ich wäre gerne noch eine Weile deine Nachbarin, aber es wird nicht gehen.« Ihrer Beweglichkeit entsprechend wandte sie sich ab, um nach Hause zu gehen. Ich sah ihr nach, bis sie um die Hausecke verschwunden war.

Verflixt noch mal! Was machte ich nun mit meinem Wissen? Ich käme mir schlecht vor, wenn ich auf dem kürzesten Weg zu Hannah rannte. Aber durfte ich wichtige Informationen zur

Auflösung des Falls zurückhalten? Am liebsten hätte ich Fine geschüttelt, damit sie die Aussage widerrief.

Mit weichen Knien betrat ich das Haus. Ich hatte keine Idee, wie ich Fine helfen konnte. Sie hatte so traurig gewirkt, als sie nach Hause ging. Wenn doch nur Kathi hier wäre! Sie war für einige Tage nach Stuttgart gereist, um wichtige Dinge bei ihrer Bank zu regeln. Meinen Vorschlag, sie zu begleiten, hatte sie mit der Begründung abgelehnt, dass ich noch nicht ganz wiederhergestellt war und eine Fahrt in den Süden viel zu anstrengend für mich wäre. Nun hätte ich die Strapazen der Fahrt gerne auf mich genommen, denn mit Fines Geständnis konnte ich nichts anfangen. Erwartete Fine von mir, dass ich sie anzeigte? Oder war sie sich unserer Freundschaft, bedingt durch meine Großtante, sicher? Das war eigentlich unmöglich, denn sie hatte in der Vergangenheit alles getan, damit ich ihr nicht zu nahekam.

Ich beschloss, die Entscheidung auf morgen zu verschieben. Hannah war bestimmt bei Andreas auf dem Festland. Warum sollte ich ihr den Abend verderben? Es änderte ohnehin nichts an der Situation. Fine konnte sich auch nicht aus dem Staub machen, wohin sollte sie gehen? Sie war in Hörnum zu Hause. Nichts und niemand könnte sie hier vertreiben.

Sehnsuchtsvoll dachte ich an Marcus. Er fehlte mir, auch wenn ich keine Hoffnung mehr in unsere einstige Liebe setzte. Ich träumte mich in seine starken Arme. Als wir uns kennengelernt hatten, hatte er mich umworben, als wäre ich die begehrteste Frau im Süden Deutschlands. Ich hatte mich sofort in seine Augen verliebt. Seine sanfte Stimme, wenn er mit mir sprach, und sein unverwechselbares Lachen hatten mich in den Bann der Liebe gezogen. Seit diesem Zeitpunkt waren wir nie über längere Zeit getrennt gewesen. Jeder Tag ohne unsere Zweisamkeit war in unseren Augen sinnlos. War denn nichts von alldem übrig geblieben?

Nachdenklich bewegte ich mich in mein Schlafzimmer. Dort kroch ich unter meine Decke, um sie fest um mich zu schlingen.

Ich wollte weinen, aber meine Augen blieben trocken. Stattdessen schrie ich innerlich die Verzweiflung heraus. Doch mein Mund schwieg. Ich spürte, wie meine Muskeln verkrampften, bis sie auch mein Herz erfassten. Ich bekam kaum noch Luft. Endlich öffneten sich die Schleusen, und ein bitterer Weinkrampf löste sich. Ich weinte, bis ich vor Erschöpfung einschlief.

Hannah

Ich kuschelte mich an Andreas, und er lächelte im Schlaf. Ich sah ihm so gerne beim Schlafen zu. Gleich würde der Wecker den neuen Arbeitstag ankündigen. Sein warmer Körper reckte sich wohlig neben mir. Die Stunden, die wir verbracht hatten, waren eine Art Urlaub von unserer Polizeiarbeit gewesen. Die Ermittlungen auf Sylt gingen nicht nur träge voran, sondern gar nicht.

Vielleicht sollte ich in eine ganz andere Richtung ermitteln. Schönberg hatte sich sogar freiwillig bereiterklärt, sein Zimmer in der Pension Lydia durchsuchen zu lassen. Natürlich hätte er vorher alles beseitigen können, was ihn verdächtig machte, aber das Zimmer war unaufgeräumt. Selbst die Fingerabdrücke von Jennys letztem Besuch hatten wir identifizieren können. Ich hielt ihn immer noch für verdächtig.

Katja Densch war noch am selben Tag entlassen worden. Sie hatte durch den Überfall kaum Verletzungen davongetragen. Fürsorglich und mit einem bedrückten Gesichtsausdruck hatte ihr Mann sie aus dem Nordseekrankenhaus ins Hotel gebracht. Am nächsten Tag hatten beide ihren Urlaub abgebrochen und waren abgereist. Es bestand tatsächlich kein Verwandtschaftsverhältnis zu Silva Densch. Es hatte sich herausgestellt, dass Silva die Exfrau des Ehemannes war. Daher hatte Katja behauptet, Silva nicht zu kennen. Sie wollte sie nicht kennen. Menschen waren manchmal mehr als kompliziert.

Silva Densch war es nicht gelungen, sich zu erinnern. Sie hatte den Wunsch, schleunigst die Insel zu verlassen. Mein Drängen, wenigstens eine Anzeige aufzugeben, schlug sie aus.

Misch dich unters Volk! Poldis Worte geisterten in meinem Kopf herum. *Beobachte Einheimische und Urlauber.*

Ich gab dem schlaftrunkenen Andreas einen Kuss. Dann schwang ich meine Beine aus dem Bett. »Ich werde heute Land und Leute observieren!«, rief ich ihm zu, bevor ich ins Bad verschwand.

So schnell, wie eine Unwetterfront auf Sylt zukommen konnte, war ich mit der Morgentoilette fertig. Ich beeilte mich, ein Frühstück zuzubereiten. Zuvor hatte ich Andreas aus dem Bett getrieben. Verstimmt saß er mir am Frühstückstisch gegenüber. Ich musste lachen, er sah zu süß aus, wenn er verschlafen seinen Kaffee schlürfte.

»Warum hast du es heute so eilig, nach Sylt zu kommen?«, fragte er verständnislos.

»Ich muss einen Fall lösen«, erwiderte ich zuversichtlich.

»Ein leichtes Unterfangen«, maulte er ironisch. »Du kannst es wohl nicht erwarten, von mir wegzukommen?«

Ich grinste ihn belustigt an. »Nein, aber ich will endlich wissen, wer hier sein Unwesen treibt.«

»Kann ich gut nachempfinden. Ich wäre auch froh, wenn der Alltag auf der Insel wieder im Lot ist!«

»Wer will hier wen loswerden?« Ich lachte.

Zärtlich sah Andreas mich an. Schlagartig lief eine heiße Welle durch meinen Körper, doch ich widerstand meiner Sehnsucht.

Die Überfahrt nach Sylt verbrachten wir schweigend. Fest ineinander verschlungen starrten wir zum Abteilfenster hinaus. Dabei ließ ich den Duft meines Liebsten meine Nasenflügel passieren.

Liebevoll streichelte er meine Hand. »Ich werde dich vermissen, wenn du wieder in Kiel wohnst. Könntest du dir nicht doch vorstellen, bei mir auf Lebenszeit einzuziehen?«

»Doch!« *Aber es wird nicht möglich sein.*

»Wann?«

»Nach Beendigung meiner Dienstzeit, im Ruhestand.«

»Verrat mir bitte dein wirkliches Alter. Du meinst doch sicher nicht den Ruhestand in zwanzig Jahren?«

»Doch!«, sagte ich bestimmt. Die Diskussion verstummte. Andreas wirkte beleidigt. Ich beschloss, ihn nicht noch mehr zu verletzen, indem ich ihm meine Pläne vor Augen führte.

Am Bahnhof verabschiedete ich mich liebevoll von dem Mann, mit dem ich meine Rente zu verleben gedachte. Inklusive der dienstfreien Tage.

Ich beschloss, die Land-und-Leute-Aktion an der Strandpromenade zu starten. Ohne Eile schlenderte ich die Friedrichstraße entlang. Es war noch früh am Morgen. Die Urlauber saßen mit ihren Familien am Frühstückstisch, vielleicht verschliefen sie auch den Vormittag. Die Einkaufsstraße war menschenleer. Wen sollte ich hier beobachten?

Mir fehlte mein täglicher Sport. Hier auf Sylt hatte ich ihn vernachlässigt. Ich atmete tief ein und aus. Die Nordseeluft füllte meine Lungen. Befreit setzte ich zur Joggingpartie an, und ein breites Grinsen erhellte mein Gesicht. Mein Gehirn stellte ich aus. Ich genoss die Freiheit, die mir der Sport stets vermittelte.

Am Strand huschten vereinzelte Jogger an der Wasserlinie entlang. Aha, es schliefen doch nicht alle.

Ich tat es ihnen gleich und stapfte durch den weichen Sand zum Wasser. Entschied mich, Richtung Süden zu laufen, und freute mich, meinen Körper ans Limit zu bringen.

Tu zwischendurch etwas ganz anders, wenn du glaubst, nicht weiterzukommen!

Ich musste Poldi recht geben. Seine Ratschläge halfen mir immer wieder, und auch wenn es zwischen uns einige Meinungsverschiedenheiten gab, war er ein durchaus brauchbarer Vorgesetzter. Ich würde jedoch den Teufel tun, ihm dies je einzugestehen. Dabei dachte ich an Pat, die sich durch Poldis Grippefront kämpfte. Ich hatte nur wenige Vorteile dadurch gehabt, dass sie das Zepter in der Hand hielt. Kaum hatte sie als Vertretung sein Büro betreten, handelte sie ganz offenbar in Poldis Sinn.

Wie weit bist du? Wann ist der Fall gelöst?

Es hätte nicht viel gefehlt, und ich hätte sie durch den Telefonhörer gezogen, so wütend war ich. Wie war das noch gleich mit dem freien Kopf?

Ich zwang mich dazu, an schöne Dinge zu denken, wenn mein Kopf schon keine Leere zulassen wollte. Andreas war mein nächstes Gedankenopfer. Ich bemerkte schnell, dass dies keine gute Idee war. Es war eindeutig noch zu lange hin bis zu meiner Pensionierung.

Ich besann mich auf meine Aufgabe. Außer Atem hockte ich mich in den Sand und sah mir die Handvoll Leute an, die an diesem Morgen unterwegs war. Im Laufe des Vormittags hatte sich der Strand mit den unterschiedlichsten Menschen gefüllt. Einige waren bepackt mit Lebensmitteln und Getränken. Riesige Wassertiere aus Gummi bevölkerten die Badezonen. Schreiende Kinder führten ihren Kampf mit verzweifelten Eltern. Sie schienen zu rufen: *Eltern zu verkaufen.*

Ich grinste. Luka hatte mir nie Probleme bereitet. Bis zu seiner Pubertät war er ein pflegeleichtes Kind gewesen. Versonnen dachte ich an meinen Sohn, der mir in meinem Leben viel Freude gemacht hatte. Es immer noch tat. Ich war sicher, er würde den richtigen Weg finden.

Ein blonder Mann erregte meine Aufmerksamkeit. Belustigt beobachtete ich, wie er mit seiner Perücke kämpfte, damit der Wind die Haarpracht nicht ergriff und davontrug. Warum stehen die wenigsten Männer zu ihrem schütteren Haar? Ich gab ja zu, er war noch jung, aber sah so ein Pfiffi nicht lächerlicher aus als eine Glatze? Bei genauerem Hinsehen erkannte ich, dass sein Dreitagebart farblich nicht zu der Perücke passte. Auch das noch. Blond war der Typ meiner Ansicht nach nie gewesen. Ich verkniff mir ein Lachen, denn es erschien mir komisch, die Beobachtung nicht mit jemandem zu teilen.

Ich versuchte, meinen Blick auf andere Strandgänger zu richten, mit nur mäßigem Erfolg. Als ob meine Augen mir nicht gehorchen wollten, verfingen sie sich erneut in der Frisur des ansonsten gut gebauten Mannes. Mein geschultes Observationsauge registrierte, dass er nervös war. Dabei musste ich an mein Date mit Ben denken. Ein bisschen war der Mann ein Ben. *Allen Bens auf der Welt, versucht es mit Golfspielen!*

Seufzend erhob ich mich von meinem Posten, um an der Promenade einen Kaffee zu trinken. Dort gab es ohnehin mehr zu entdecken. Der Strand war gefüllt mit Kindern und ihren Eltern. Ich hoffte, an der gepflasterten Flaniermeile auf Interessanteres zu stoßen.

Ich erhielt einen Becher Kaffee. Dazu hatte ich eine Friesenschnitte bestellt – Blätterteig mit Schlagsahne und Pflaumenmus gefüllt. Immer eine Sünde wert, sogar am Vormittag. Durch die dunkle Sonnenbrille getarnt, hatte ich mein Umfeld im Blick. Ich sah belustigt zu einem älteren Ehepaar hinüber. Er konnte es nicht lassen, den Frauen nachzuschauen. Sie versetzte ihm jedes Mal einen Stoß, um seine Aufmerksamkeit auf sich zu ziehen. Meiner Menschenkenntnis entging es nicht, dass dort schon bald der Haussegen in Schieflage geraten würde. *Männer! Nichts senkt den IQ eines Mannes so sehr, wie die Kurven einer Frau.*

Mir war schleierhaft, was Poldi mit seinem Rat hatte bezwecken wollen. Ich sah hier nichts Verdächtiges, außer einem Hund, der eine Currywurst vom Nachbartisch klaute. Aber das gehörte nicht zu meinen Aufgaben. Der Hundebesitzer bezahlte das Diebesgut, und die Sache war erledigt.

Du bist zu ungeduldig.

Ich freute mich, als ich ein bekanntes Gesicht entdeckte. Jenny. Sie erholte sich nur langsam, was mir Sorgen machte. Ich rief ihren Namen. Zögernd kam sie an meinen Tisch.

»Jenny, schön dich zu sehen, setz dich doch. Soll ich dir etwas bestellen? Die Friesenschnitten kann ich dir empfehlen.«

»Ich habe keinen Appetit, mir reicht ein Kaffee«, sagte sie leise. Umständlich nahm sie neben mir Platz.

»Geht es dir besser?«, fragte ich, obwohl ich die Antwort wusste.

Zu meiner Überraschung sagte sie: »Mir geht es gut, ich bin bald wieder ganz die Alte!«

»Das freut mich.« Ich war wenig überzeugt. Ich spürte, dass Jenny mir etwas sagen wollte, aber ich kam nicht dahinter, was es sein könnte. Ich vermutete, dass Marcus ihr fehlte, und fragte nach ihm.

»Er ist noch nicht wieder aufgetaucht. Ich glaube auch nicht, dass es noch geschehen wird.« Jenny senkte den Blick, weil sie mit den Tränen kämpfen musste.

»Sieh mal.« Sie holte ihr Smartphone hervor, um die Fotos, die darauf gespeichert waren, aufzurufen. »Er ist einfach ein toller Typ, ich passe gar nicht zu ihm!«

Sie tippte mit dem Zeigefinger auf das Display und ließ die Bildergalerie vorbeischnellen. Alles Fotos, die offenbar Marcus zeigten. Erstaunt sah ich Jenny an. Wann hatte sie nur ihr Selbstbewusstsein verloren? Wo war die kecke junge Frau geblieben, die ich erst vor kurzem kennengelernt hatte? Nicht zum ersten Mal fragte ich mich, was bei dem Überfall mit ihr passiert war. Ich heuchelte Interesse, sah aber nicht richtig hin.

»Sieh, ein Weihnachtsfoto vom letzten Jahr.«

Es zeigte Jenny in liebevoller Umarmung mit Marcus. Plötzlich erweckte dieses Foto meine volle Aufmerksamkeit. Er kam mir bekannt vor. Wenn ich nur wüsste, warum! Ich prägte mir die Gesichtszüge genauer ein. Möglich, dass ich später draufkommen würde. Ich legte meine Hand auf ihre.

»Jenny, vergiss ihn am besten so schnell wie möglich. Das

Leben spielt einem so manchen Streich, aber bitte zerbrich nicht daran. Er ist es nicht wert. Hörst du?«

Jenny nickte heftig. »Ja, ich versuche es«, flüsterte sie, den Tränen nahe. »Ich muss los, Kathi wartet auf mich mit dem Essen. Wenn du Lust hast, komm doch später vorbei.« Sie versuchte ein Lächeln und kramte in ihrer Geldbörse herum.

»Lass, ich lade dich ein. Grüße an Kathi und Luka, ich bleibe hier am Strand.«

»Urlaubstag eingelegt?«

»So ähnlich«, sagte ich.

Jenny nickte. Sie wollte anscheinend nicht wissen, warum ich mich als Urlauberin tarnte, doch das war mir recht. Jenny ging mit schnellen Schritten davon. Ich blickte ihr nachdenklich nach.

Moment mal! Verfolgte der Perückenmann Jenny jetzt?

Ich konnte mich auch täuschen, aber ich ging der Sache lieber mal nach. Ich warf genügend Geld auf den Tisch und folgte den beiden in gebührendem Abstand. Der blonde Engel passte sich Jennys Schritten an. Er betrat ebenfalls ein Bekleidungsgeschäft. Sämtliche Alarmglocken in mir ließen mich misstrauisch werden.

Hatte Jenny nicht gesagt, dass Kathi auf sie wartete?

Vor dem Geschäft verbarg ich mich hinter einem Kleiderständer mit Regenjacken. Ich hatte Mühe, durch das dunkle folienbeklebte Schaufenster etwas zu erkennen. Da war Jenny. Sie durchstöberte einen Tisch mit reduzierten Tüchern. Sie liebte Tücher und war immer auf der Suche nach neuen Halsschmeichlern.

Jenny legte ein Tuch zurück, welches ihr offensichtlich gefiel, das sie aber dennoch nicht kaufen wollte. Sie verließ das Geschäft ohne einen Einkauf.

Ich beschloss, nicht Jenny zu folgen, sondern auf den Mann, der sie verfolgte, zu warten. Als er nicht herauskam, ging ich hinein. Er war verschwunden.

Hannah, du hast es vermasselt. Hinterausgang, Hannah! Erstes Ausbildungsjahr an der Polizeischule.

Zum x-ten Mal verfluchte ich, dass ich eine Einzelkämpferin war. Die Kollegen auf dem Revier sonnten sich in Selbstverliebtheit und vergruben sich hinter dem Schutzmantel der Unerfahrenheit. Ich zischte einen Fluch. Einige Verkäuferinnen sahen mir verständnislos nach.

Ich stand immer noch wütend auf der Einkaufsstraße. Plötzlich wusste ich, wen ich auf den Fotos erkannt hatte.

Gewissensbisse

Jenny

Ich schämte mich. Ohne nachzudenken, hatte ich Hannah angelogen. Kathi wartete nicht auf mich, sie war noch nicht aus Stuttgart zurückgekehrt. Sie musste dort ihre Bankangelegenheiten regeln und ihre Konten nach Sylt verlegen. Ich konnte nicht glauben, dass es mit ihren Konten viel zu regeln gab. Sie war meistens am Limit ihrer Kreditwürdigkeit. Meinen Rat, alles von der Insel aus zu erledigen, schlug sie aus. Meine Bedenken, sie wolle auch nach Marcus suchen, räumte sie überzeugend aus. Luka hatte schließlich alles versucht.

Hannahs Spürnase schien zu riechen, dass ich ihr etwas verheimlichte. Aber wie könnte ich Fine verraten? Sie war eine treue Freundin meiner Tante gewesen. Nur die verzweifelte Wut hatte sie dazu getrieben, ein Leben zu beenden. Ich erschrak über meine Gedanken. Wie konnte ich einen Mord gutheißen? Ich musste von allen guten Geistern verlassen sein.

Fine hatte mich aus dem Gespräch liebevoll entlassen und es mir überlassen, was ich mit ihrem Geständnis anfangen wollte. Da war es wieder, mein Problem. Seit dem Überfall hatte ich keine eigene Meinung, kein Selbstbewusstsein, schon gar kein Gefühl für Gerechtigkeit mehr. Ob ich Kathi einweihen sollte, wenn sie zurück war? Sie würde hochgehen wie ein Feuerwerk der Rache, denn Kathi und Fine waren sich eher feindselig gesonnen.

Bevor ich mich an den Schreibtisch setzte, schlenderte ich durch den Garten. Ich schloss die Gartenpforte, die ich beim Verlassen des Hauses vergessen hatte. Dann warf ich einen Blick in den Briefkasten. Wie versteinert blieb ich stehen. Ein in Geschenkpapier verhülltes Päckchen lag auf den Stufen vor der Eingangstür. Hektisch sah ich mich um. Niemand zu sehen.

Sofort holte mich die Erinnerung an die Botschaft in dem Buch wieder ein. War sie doch für mich gewesen? Das würde doch bedeuten, dass mich jemand beobachtete? Den Personenschutz hatte ich abgelehnt, weil ich diesen Wirbel um meine Person nicht mochte. Außerdem fühlte ich mich nicht angesprochen. Nur der erste Schreck hatte es in sich gehabt. Dann hatte ich die ganze Aufregung überflüssig gefunden. Bis jetzt!

Ich überlegte, Hannah anzurufen und entschied mich dagegen. Ich trug das Präsent ins Haus. Mit klopfendem Herzen befreite ich es vom Schleifenband. Als ich das Papier abstreifte, wich ich entsetzt zurück. Ein in allen Farben leuchtendes Tuch lag vor mir. Jenes Tuch, das ich eben in Händen gehalten hatte, weil ich überlegt hatte, es zu kaufen. Nun lag es auf meinem Esszimmertisch.

Die Türglocke ertönte und versetzte mich in Panik. Wie ich es schaffte, die Tür zu öffnen, war mir später schleierhaft. Meine Beine gehorchten mir kaum. Sie zitterten, als ob ich einen Marathon gelaufen wäre.

Wenngleich ich ihn nie wieder treffen wollte, war ich unendlich erleichtert, ihn zu sehen. Marcus!

Vor lauter Erleichterung, niemanden vorzufinden, der mich bedrohen oder verletzen wollte, fiel ich ihm um den Hals. Lachend wirbelte er mich herum. »Mit dieser Begrüßung hatte ich nicht gerechnet.«

Verhalten löste ich mich aus seinen schützenden Armen. »Hast du auch nicht verdient«, schniefte ich, den Tränen nahe.

»Da wäre ich mir an deiner Stelle nicht so sicher, Kleines!«, grinste er.

Empört schlug ich auf ihn ein. »Was fällt dir ein, hierherzukommen und so zu tun, als ob nichts gewesen wäre!«, schimpfte ich.

»Schatz, ich wollte dich abholen! Ich dachte, du bist geheilt von der Insel Sylt.«

»Nein«, rief ich trotzig. Marcus' Gesicht verfinsterte sich. Er lief an mir vorbei ins Haus. »Ich habe einen Investor gefunden, der dir die Hütte sofort abkauft.«

»Ich darf die *Hütte*, mein Zuhause, nicht verkaufen. Schon vergessen?«

»Er macht dir ein Angebot, das du nicht abschlagen kannst. Du bleibst offiziell hier wohnen, kommst aber mit mir nach Stuttgart. Wie findest du das!«

Wie ich das finde? Mir platzt gleich der Kragen!

Ich ließ meinen Wutausbruch nicht länger in der Warteschleife. »Du warst wie vom Erdboden verschluckt, hast meine Anrufe ignoriert, und nun denkst du, ich komme zu dir zurück? Es gibt kein Wir mehr, ich habe mich längst entschieden.«

»Du willst nicht im Ernst darauf warten, bis der Unbekannte die Drohungen wahr macht«, höhnte er siegessicher.

»Genau das«, blaffte ich wütend.

Marcus schielte zum Esstisch, wo das Tuch lag. Woher wusste er von den Drohungen?

»Schönes Tuch, passt zu deinen wunderschönen Augen!«

Ich fuhr herum. Dann sah ich ihn zornig an. »Ist es von dir?«

»Nein, ich habe kein Geld für solche Geschenke. Muss ein großer Verehrer von dir sein.«

»Kann sein, aber das geht dich nichts mehr an«, sagte ich gepresst. Ich hätte schreien können. Wo war der liebevolle Marcus geblieben? Diese zynische Tonlage kannte ich nicht von ihm.

Mit einem Schritt kam er auf mich zu. Seine Augen ängstigten mich. Er griff meinen Arm und verdrehte ihn auf meinen Rücken. Die Angst war verflogen. Was sollte er mir noch antun?

Marcus drehte meinen Arm weiter, und ich schrie vor

Schmerz auf. Er hauchte mir Unverständliches ins Ohr, aber was er sagte, war in diesem Augenblick unwichtig geworden. Ich erinnerte mich an den Überfall! Die Schmerzen fühlten sich genauso an wie damals. Wie ein Film lief das Erlebte vor meinen Augen ab. Jetzt wusste ich, wer mich überfallen hatte.

Mein Körper fühlte sich taub an. Die Angst war verschwunden. Mir war es plötzlich egal, was mit mir passierte. Etwas zerbrach in mir. Ich hatte Marcus blind vertraut. Nun spürte ich keine körperlichen Schmerzen mehr. Marcus hätte mir den Arm brechen können, es war mir gleichgültig. Ich war nicht in der Lage, mich zur Wehr zu setzen. Ich fiel zu Boden, als er mich abrupt losließ.

Marcus stellte sich breitbeinig über mich. »Ich brauche das Geld für unsere Zukunft, versteh das endlich.«

Ich nickte lethargisch. Welche Zukunft meinte er? Wir hatten keine mehr. Ausgerechnet der Mann, mit dem ich viele Jahre glücklich gewesen war, war im Begriff, mich zu zerstören. Ich schloss die Augen und spürte Tränen auf den Wangen.

Wenn doch wenigstens Buddy hier wäre.

Mein Wohnzimmer begann sich zu drehen, erst langsam, dann immer schneller, bis mich nur noch Schwärze umgab. Eine Erlösung auf Zeit. Schwerelos.

Hannah

Ich rannte die Friedrichstraße entlang. Jede Minute schien kostbare Zeit zu vergeuden. Von meiner Intuition getrieben wusste ich, dass Jenny sich in Gefahr befand. Im Laufen versuchte ich, Andreas telefonisch zu erreichen. Ich brauchte Unterstützung und hoffte, dass es nicht zu spät war.

»Andreas? Mach den Dienstwagen bereit, ich bin in wenigen Minuten auf dem Parkplatz. Beeil dich! Einsatz!«, schnaubte ich in den Hörer.

Ich überprüfte nebenbei, ob meine Dienstwaffe an der richtigen Stelle steckte. In Gedanken ging ich die Handgriffe durch, das tat ich bei jedem Einsatz. Seit ich sie ein einziges Mal vergessen hatte, quälte mich laufend ein zusätzlicher Kontrollzwang. Beruhigt spürte ich das kalte Eisen an meinem Körper. Trotzdem hoffte ich, sie nicht zum Einsatz bringen zu müssen.

Andreas hatte den Wagen bereits in Fahrtrichtung gefahren und erwartete mich mit geöffnetem Wagenschlag. Ich glitt auf den Beifahrersitz. Den Sicherheitsgurt ersparte ich mir. »Fahr los nach Hörnum, schnell!«

Andreas stelle keine Fragen und preschte vom Parkplatz Richtung Hörnum. Ich griff mir das Blaulicht und setzte es auf das Autodach.

»Scheinst es eilig zu haben. Verrätst du mir, worum es geht?«

»Jenny!« Das musste ihm als Antwort genügen. Im Geiste ging ich die Räume des Hauses durch. Vom Hintereingang bis ins Obergeschoss. Ich musste auf alles vorbereitet sein. Auch wenn ich wusste, dass in einem Einsatz alles anders war, als man es erwartete. Ich wusste nicht, ob Jenny sich tatsächlich in Gefahr befand, aber ich wollte auf Nummer sicher gehen. Ich nahm das Funkgerät und forderte zusätzliche Hilfe an.

»Kannst du nicht schneller fahren?«, blaffte ich Andreas an.

»Wir sind doch gleich da«, versuchte er beruhigend auf mich einzuwirken.

Leider war ich zu sehr persönlich in diesen Fall verwickelt. Jenny war mir lieb und teuer geworden.

Noch bevor Andreas das Auto zum Stehen bringen konnte, riss ich die Tür auf. Mit einem Satz war ich draußen. »Du nimmst die Terrassentür!«, rief ich Andreas zu. Ich preschte zur Haustür, mit der Waffe in der Hand. Die Tür war nicht verschlossen, und als ich mit dem Fuß dagegen trat, flog sie mit einem Knall auf. Mit Entsetzen sah ich, dass Jenny leblos am Boden lag. Der Mann, der heute Morgen noch blond gewesen war, stand drohend über ihr.

»Nehmen Sie die Hände hoch, oder ich schieße.«

Ich hatte viele Stunden mit Schießtraining verbracht, aber nie war ich mir beim Gebrauch sicherer gewesen. Marcus' Körperspannung ließ augenblicklich nach. Ich erkannte in seinen Augen die nackte Angst.

Weichei. Schwache Frauen überfallen, das kannst du. Aber wenn du's mit der Polizei zu tun bekommst, bist du feige.

»Ich habe ihr nichts getan, sie lag hier schon, als ich hereinkam!«, versuchte er mich mit einer Lüge abzulenken.

Ich sprang auf ihn zu, und bevor er sich's versah, hatte ich ihm die Handschellen angelegt. Andreas war zur Haustür geeilt, als er bemerkt hatte, dass die Terrasse verschlossen war. Er nahm Marcus am Arm und führte ihn hinaus. Die Kollegen mit dem Peterwagen standen bereit, um ihn in Empfang zu nehmen. Endlich konnte ich mich um Jenny kümmern.

»Ich rufe einen Rettungswagen«, schnaufte Andreas außer Atem. Er benötigte dringend einige Trainingsstunden. Nach dem kurzen Sprint war er außer Atem. Unter normalen Umständen war auf Sylt anscheinend Müßiggang angesagt.

Ich kniete mich neben Jenny. Sie schien keine Verletzungen davongetragen zu haben. Ich hob die Hand, um Andreas zu bedeuten, noch zu warten.

»Jenny? Kannst du mich hören? Ich bin es, Hannah!«

Jenny schlug die Augen auf. Ohne zu zögern, versuchte sie aufzustehen. »Wo ist er?«, fragte sie wütend.

So ist es gut, lass die Wut raus.

»Wir haben ihn, mach dir keine Sorgen. Er kann dir nichts mehr anhaben«, beruhigte ich Jenny.

»Er will, dass ich das Haus sofort verkaufe. Er braucht dringend Geld!«

»Das wird nicht passieren«, tröstete ich sie. »Wo er jetzt wohnen wird, benötigt er kein Geld.«

Ich war mir sicher, dass es nur noch eine Frage der Zeit war, bis wir den Garagenmörder fanden, und sprach meine Vermutung laut aus. Jenny musste offensichtlich überlegen. Jeden Augenblick rechnete ich damit, dass Jenny Marcus in Schutz nehmen würde. Plötzlich entspannte sie sich und nickte erleichtert.

»Soll ich nun die Rettung rufen?« Andreas stand in der Tür, mit dem Handy in der Hand.

»Ich glaube, es wird nicht nötig sein!«, rief ich ihm zu, ohne Jenny aus den Augen zu lassen.

»Nein«, rief Jenny entsetzt. »Ich gehe nicht ins Krankenhaus. Mir geht es gut!«

Ich lächelte ihr aufmunternd zu. »Ich bleibe bei dir, damit du nicht allein im Haus bist«, sagte ich zuversichtlich.

Jenny machte nicht den Eindruck, sich zu freuen. Aber wie sollte sie auch Freude zeigen, nach ihren Erlebnissen.

Auszeit

Hannah

Ich tankte Energie im warmen Sand. Andreas lag neben mir, hielt sein Gesicht der Sonne entgegen und summte leise vor sich hin. Ich betrachtete sein Profil und lächelte wie berauscht. Ich war bis über beide Ohren in diesen Mann verliebt.

Die Aufregung um die Überfälle auf drei ahnungslose Frauen hatte sich weitgehend gelegt. Jenny hatte es dabei am schwersten getroffen. Sie musste damit fertigwerden, dass Marcus, ihre große Liebe, dafür verantwortlich gewesen war. Die schlechte finanzielle Situation der Spielhallen, die für ihn sein Leben bedeutet hatten, war der Auslöser einer Überfallserie gewesen, die die gesamte Insel in Schrecken versetzt hatte. Er wollte Jenny einschüchtern, mürbemachen, damit sie ihre Koffer packen und Sylt den Rücken zukehren würde. Das unseriöse Angebot eines Investors hatte ihr Erbe und den Fortbestand der Spielhallen sichern sollen.

Nur hatte Marcus die Rechnung ohne Jenny gemacht. Sie hatte nicht die Koffer gepackt und die Insel verlassen. Zwar war ihr seelischer Zustand auf eine harte Probe gestellt worden, aber sie hatte sich nicht ängstlich in die Großstadt Stuttgart verzogen und ihr altes Leben wiederaufgenommen. Sie war noch nicht ganz zu ihrer unbeschwerten Lebensfreude zurückgekehrt, dennoch sah Jenny zuversichtlich den Dingen entgegen, die ihr das Leben bringen würde.

Luka und Kathi unterstützten sie dabei, wo sie konnten.

Andreas sah mich an. »Woran denkst du?«, fragte er zärtlich und streichelte meinen Bauch, der in Aufruhr geriet, wenn Andreas mir nur in die Augen sah.

Ich stöhnte auf. »An unanständige Dinge, die man am Strand tun könnte.« Ich grinste und wunderte mich über meine Andeutungen.

Andreas bekam leuchtende Augen und zog mich näher zu sich heran. »Sollst du lügen?«, nuschelte er, während er an meinem linken Ohr knabberte.

»Nein«, sagte ich und erzitterte unter seinen fordernd werdenden Küssen. Ich schmolz dahin, wie Butter. Rasch überprüfte ich unsere Umgebung. Der Reiz, entdeckt zu werden, war das eine, wirklich gesehen zu werden das andere. Wir lagen umringt von Dünen, sicher vor neugierigen Augen. Ich spürte, wie der Sand meine Haut massierte, und es war um mich geschehen.

Später lag Andreas, auf einem Dünengras kauend, neben mir. Er starrte in den wolkenlosen Himmel.

»Wovon träumst du?«, fragte ich.

Als er mich ansah, wirkten seine Augen traurig. »Davon, dass du mich bald verlassen musst.«

»Wir haben immer noch einen ungeklärten Todesfall«, erinnerte ich ihn sanft.

Bei Poldi musste ich keine Überzeugungsarbeit leisten, er war nach wie vor der Ansicht, dass nur ich allein diesen Fall lösen konnte. Langsam kam in mir der Verdacht auf, dass er mich aus dem Weg räumen wollte. Lea war weniger aufsässig. Sie kuschte, wenn er Anweisungen gab, und erledigte ihre Ermittlungsarbeiten genauso zuverlässig, wie ich es immer getan hatte. Der ungelöste Fall war für alle Beteiligten von Vorteil. Lea fühlte sich großartig in ihrer neuen, aber vorübergehenden Position. Poldis Führungsqualitäten standen plötzlich unter einem guten Stern. Nur Pat stand dazwischen und wurde zunehmend zur Alleinkämpferin. Während unseres letzten Telefonats hatte sie mir anvertraut, mit einem Versetzungsgesuch nach Hamburg zu liebäugeln. Ich solle gefälligst meinen Arsch nach Kiel bewegen und meinen Posten wieder aufnehmen. Ich hatte über ihren Wortlaut gelacht. Es war mir nicht in den Sinn gekommen, dass Pat es ernst meinen könnte. Gestern hatte sie mir dann eine SMS geschrieben:

Ich habe es getan! Ich warte auf Erlaubnis, in Hamburg meinen Dienst zu tun.

Mein Herz war eine Etage tiefer gerutscht, als ich die Zeilen gelesen hatte. Meine beste Freundin wollte tatsächlich nach Hamburg. Ich tröstete mich damit, dass ein Antrag noch keine Entscheidung war. Schließlich musste er genehmigt werden, und die Mühlen der Behörden mahlten langsam. Ich hoffte es zumindest. Dennoch kam ich zu dem Schluss, dass ich ihr alles Glück der Erde wünschte, wenn Pat sich unter den Kollegen nicht mehr wohlfühlte. Hamburg war nicht aus der Welt. Auch wenn unsere Arbeit wenig Raum für Freizeit ließ, musste es doch gelingen, unsere Freundschaft aus der Ferne zu erhalten. Es blieb mir nichts anders übrig, als abzuwarten.

»Erde an Hannah!«, flüsterte Andreas in meine Überlegungen hinein.

»Hier ist sie«, hauchte ich versonnen.

»Wollen wir unseren Platz in ein Restaurant verlegen und zu Mittag essen?«

»Du Nimmersatt!« Ich lachte vergnügt und willigte ein. Unser freier Tag musste schließlich nicht zum Hungern verwendet werden. Wir hatten den ganzen langen Tag zur Verfügung, um uns an ihm zu erfreuen. Langsam löste ich mich aus dem Sylter Sandstrand. Wir zogen uns an und schlenderten Hand in Hand zur Promenade. Schnell hatten wir ein Lokal gefunden, um uns für weitere Abenteuer zu stärken.

Jenny

Ich versuchte, ein Buch zu lesen. Nicht den Thriller, den ich mir gekauft hatte, mit dem Zettel darin, der mein Leben auf den Kopf gestellt hatte. Nur Marcus hatte meine Vorlieben für diesen Autor gekannt und sich daraus einen Vorteil verschafft, um mich einzuschüchtern. Er war mir auf Schritt und Tritt gefolgt, ohne dass ich es bemerkt hatte. Marcus' Nähe hatte ich ständig gespürt, sie jedoch als Täuschung, hervorgerufen durch die Sehnsucht nach ihm, abgetan. Er war die ganze Zeit bei mir gewesen. Aber ich hatte meinem Gefühl nicht geglaubt. Ich legte das Buch auf den kleinen Tisch neben dem Sofa ab, die Worte verschwammen wie Nebel vor meinen Augen. Ich verstand keinen zusammenhängenden Satz. Es war zwecklos, mich mit Lesen abzulenken.

Hannah hatte es sich weiter zu Aufgabe gemacht, den Mörder des Mannes zu finden, der in meiner Garage gefunden worden war. Ich hütete mich davor, einen Fuß in das reetgedeckte Nebengebäude zu setzen. Selbst Kathi, die für gewöhnlich unbefangener mit brenzligen Situationen umging, wäre es lieber gewesen, einen Abrissbagger auf den Tatort loszulassen. Luka hielt sich mit Äußerungen bedeckt, aber auch er empfand die Garage als störend. Unsere Wohngemeinschaft entwickelte sich zur echten Freundschaft. Ich lächelte, als ich an die beiden Verliebten dachte.

Wenn nur Fine nicht gewesen wäre. Ich hielt mich bedeckt, was die Aufklärung des Mordes betraf. Fine ließ sich nur noch selten sehen.

Ich überlegte, wann ich meiner Nachbarin zuletzt begegnet war. Sie hatte ihre Gardinen nicht mehr aufgezogen seit …? Ich würde ihr heute einen Besuch abstatten. Vielleicht wusste ich danach, was ich tun sollte. Hannah verständigen oder Fines Geständnis bewahren. Ich fürchtete allerdings, dass Hannah mir mein Schweigen für lange Zeit übelnehmen könnte, sollte ich mich dazu durchringen, mit ihr zu reden.

Ich seufzte. Wie war es möglich, dass ich zur Mitwisserin eines Mordes geworden war? War ich nicht genauso kriminell? Ich verwarf meine düsteren Überlegungen und beschloss, später darüber nachzudenken.

Ich schreckte zusammen, als es an der Tür läutete. Die Erinnerungen an Marcus ließen mich jedes Mal zusammenfahren, wenn es an der Haustür schellte. Marcus war in Untersuchungshaft. Ich müsste eigentlich wissen, dass er mir nichts mehr anhaben konnte. Aber meine Seele rebellierte immer dann aufs Neue, wenn ich die Tür öffnen musste. Ich versuchte es mit Atmen. Kathi hatte mir empfohlen, eine Atemtechnik anzuwenden, wann immer ich ängstlich war. Wehmütig dachte ich an mein früheres, unbeschwertes Ich.

Ich war mir nicht im Klaren darüber, mit wem ich gerechnet hatte, aber diesen Gast hatte ich nicht erwartet.

»Tim! Ich dachte, du wärst längst abgereist?«, begrüßte ich Doktor Schönberg.

»War ich auch.« Er grinste mich unsicher an.

»Du kannst mich nicht vergessen, stimmt's?«, scherzte ich, um Zeit zu gewinnen.

»Nein!«

»Willst du reinkommen?«

»Wenn ich darf?«

Ich gab den Weg frei, damit er eintreten konnte. Wortlos ging ich vor und führte ihn auf die Terrasse. Die Sonne meinte es gut an diesem Tag.

Der Tag, als Tim zurückkam.

Er trug eine kurze Hose. Dazu ein farblich abgestimmtes T-Shirt. Grün stand ihm einfach gut.

Ich hatte mich vor einiger Zeit in ihn verknallt, aber das war, bevor mein Leben aus den Fugen geraten war. Warum war er hier? Er hatte allen Grund, einen großen Bogen um mich zu machen. Hannah hatte ihn schwer beschuldigt, für die Überfälle verantwortlich gewesen zu sein.

Ich stellte eine Flasche Mineralwasser bereit. »Oder lieber einen Kaffee?«

»Nein danke, Wasser ist in Ordnung.«

Ich setzte mich auf den anderen Stuhl und sah ihn abwartend an.

»Wie geht es dir, Jenny?« Sein Blick wanderte prüfend über mein Gesicht.

»Gut.«

»Sicher?«

»Ganz sicher.«

»Du musstest eine Menge einstecken.«

»Stimmt.«

»Kann ich etwas für dich tun?«

»Ja. Mir endlich sagen, was dich zu mir führt!«

Tim nickte langsam und ließ mich dabei nicht aus den Augen. »Ich habe dich vermisst.«

Mit offenem Mund starrte ich ihn an.

»Wirklich«, beteuerte er.

Fine! Ich musste die Sache mit Fine klären.

»Ich hätte schwören können, du hast die Nase voll von mir und den Geschehnissen rund um mein Leben.«

»Da kannst du mal sehen, wie du dich getäuscht hast.« Er lächelte mich verhalten an. War er sich selbst nicht sicher?

Tim hatte sich nicht unterkriegen lassen, als Hannah ihn verdächtigt hatte, Überfälle auf Frauen verübt zu haben. Dabei war es Marcus gewesen, der meine Bekanntschaft mit Tim ausgenutzt hatte, um den Verdacht auf ihn zu lenken. Tim hatte die Untersuchungen und auch die Verdächtigungen erdulden müssen. Verständlich, dass er hin und wieder wütend geworden war. Es ging um sein Ansehen als Arzt und damit um seine berufliche Existenz. Tim hätte alles verlieren können. Nun saß er mit mir im Garten und versuchte – was?

»Täuschungen haben mich in den letzten Wochen begleitet«, griff ich den Gesprächsfaden wieder auf.

»Stehst du nicht so drauf, hab ich recht?«

»Hast du«, flüsterte ich traurig.

»Entschuldige, Jenny, ich wollte das nicht …« Er stand auf und hockte sich vor mich hin. Er streichelte mich mit liebevollen Blicken, kam mir aber sonst nicht zu nahe.

»Die Frauen fliegen dir nur so zu. Warum kommst du zu mir?«

Tim verzog das Gesicht zu einer Grimasse. »Ich bin ein Opfer der schönen Frauen. Sie laden mich ein, mit ihnen einen Drink zu nehmen, und anschließend schlagen sie einen Spaziergang am Strand vor. Katja Densch zum Beispiel. Sie hat mich regelrecht in die Dünen gezerrt.«

»Du armes Opfer«, spottete ich.

»Eben!«, grinste er schuldbewusst.

Ich sträubte mich dagegen, ihm zu glauben. Warum auch? Marcus hatte ich blind vertraut. Ich überlegte, ob mir in der Vergangenheit mit Marcus etwas hätte auffallen müssen, aber ich fand keine Antwort. Ich war entweder blind oder taub gewesen. Vielleicht auch beides. Wie konnte ich mich davor schützen, jemals wieder einen Reinfall zu erleben? Tim hatte sich zwar nichts zu Schulden kommen lassen, aber wie würde es in der Zukunft aussehen?

»Tim, ich fürchte, du hast dich umsonst herbemüht. Für eine Freundschaft wäre ich unter Umständen offen. Aber für mehr reicht es nicht.«

»Das ist mehr, als ich mir erhofft habe«, sagte er sanft.

Dieser Blick! Jenny, sieh nicht hin.

Kathi stürmte ins Haus und rief schon an der Tür: »Rate mal, wessen Auto ich heute …« Abrupt hielt sie inne und starrte Tim an. »Na, so was, wir haben Besuch?«

Mit hölzernen Schritten kam sie auf uns zu. Es schien, als ob sie überlegen musste, ob sie Tim die Hand reichen wollte. Sie entschied sich dafür.

»Schön, dich zu sehen, Kathi. Wie geht es dir? Immer noch die gute Fee der Sansibar?«

»Klar, was sonst?« Kathi ließ sich auf einen Stuhl plumpsen, als ob ihr der Boden unter den Füßen weggezogen worden wäre. Misstrauisch beäugte sie Tim.

Ich ergriff das Wort. »Tim wollte kurz Hallo sagen. Er war eben im Begriff zu gehen«, sagte ich und sah Tim durchdringend an. Er hatte offensichtlich verstanden und verabschiedete sich von Kathi.

Ich begleitete ihn durch den Garten. »War schön, dich zu sehen, Tim. Bis bald einmal?«

»Bis bald«, raunte er mir ins Ohr, als er mir einen Kuss auf die Wange hauchte. Tim ging zu Fuß Richtung Hörnum. Er bemerkte, dass ich ihm nachsah, und drehte sich zu mir um, dann winkte er mir zu. Ich lächelte, war mir jedoch nicht sicher, ob er es aus der Ferne erkennen konnte. Ich zuckte zusammen, als Kathi neben mir erschien.

»Na, läuft da was?«

»Nein. Wie kommst du auf die Idee?«

Verschmitzt sah sie mich an. »Deine Augen glänzen. Das habe ich schon lange nicht mehr bei dir gesehen!«

Sie gab mir einen Knuff, dann zog sie mich in den hinteren Teil des Gartens. Von dort aus sahen wir auf das Meer, jede mit ihren eigenen Gedanken beschäftigt.

»Luka will zur Polizei«, platzte Kathi heraus.

Ich sah sie erstaunt an. Er hatte doch vor, die Insel nie ohne Kathi zu verlassen! Wollte Kathi etwa auch weg?

Kathi lachte. Als ob sie meine Überlegungen gehört hätte, sagte sie fröhlich: »Ich gehe hier nicht weg, ich habe noch ein As im Ärmel, Von dem ich dir noch nicht erzählt habe!«

»Schieß los, ich platze vor Neugier.«

»Die Nordsee Immobilien GmbH will mich einstellen.«

Ich richtete mich auf. »Nicht dein Ernst!« Ich lachte befreit und freute mich für meine Freundin. »Herzlichen Glückwunsch! Ich wusste gar nicht, dass du dich dort beworben hast.«

»War so 'n spontaner Einfall. Die Sansibar ist auf Dauer nicht die Erfüllung meiner Träume. Das war auch der Grund, warum ich nach Stuttgart gefahren bin. Ich brauchte dringend meine Bewerbungsmappe mit den Zeugnissen.«

»Kathi! Das ist wunderbar. Du wirst deinen Job gut machen, ich weiß das!«

»Ich bin mir nicht sicher, aber ich werde alles tun, um die Probezeit zu überstehen und mich als seriöse Maklerin der Insel zu beweisen.«

»Aber Luka kommt zurück, oder?«

Kathi grinste schief. »Ich bin mir ziemlich sicher. Nächstes Jahr wollen wir heiraten!« Kathi errötete, als ob sie mir etwas Unanständiges eröffnet hätte. In einem Jahr konnte viel passieren. Beide waren sehr jung. Wer wusste schon, ob nicht etwas dazwischenkommen würde. Ich wünschte den beiden alles Glück dieser Welt.

»Jenny? Es dauert noch eine Weile, aber wenn wir Nachwuchs bekommen, wünsche ich mir dich als Patentante.«

Puh! Kathi hat ja Pläne.

Fine!!

Ich rang nach Luft. »Ich bin nicht in der Kirche, geschweige denn getauft«, gab ich schnell zu bedenken. *Eine Patentante, die einen Mord deckt? Heiliges Kanonenrohr!*

Kathi kicherte. »Darum sag ich es dir jetzt schon. Du hast genügend Zeit, mit dem Pastor der Insel zu kooperieren.«

Jetzt bog sie sich vor Lachen. Mir bleib nichts anders übrig, als mit einzustimmen. Kathis Lachen war einfach nur ansteckend.

»Was wollte Tim von dir?«

Mein Lachen verstummte sofort. »Ich glaube, er ist in mich verliebt.«

»Ach, da wäre ich nicht draufgekommen.«

»Warum fragst du dann?«

»Weil ich es von dir hören will.«

»Was?« Ich sah sie trotzig an.

»Ob du ihn auch liebst?«

»Weiß ich nicht … Er …« Ich stockte.

»Sag es mir!«

»Er wäre auch mit einer Freundschaft einverstanden.«

»Komischer Deal. Ist es das, was du willst?«

»Glaube schon.«

Kathi schüttelte ihre rote Mähne. Sie trug ihre Haare heute offen und war wunderschön mit ihren wachsamen, leuchtenden Augen. Sie rückte ihren Stuhl näher an meinen heran. »Ich glaube es nicht, aber du kommst schon noch selbst dahinter.« Sie zwinkerte mir zu, dann sah sie sich nach Buddy um. Er lag im Schatten unter dem Walnussbaum.

Fine! Warum bin ich deine Verbündete?

Ich ging ins Haus, um zu arbeiten, und verschwendete keinen Gedanken mehr daran, zu Fine zu gehen. Tim schickte mir einen Gruß per SMS. Lächelnd strich ich über das Display. Hatte er eine Chance verdient? Hatten wir nicht alle das Recht auf einen Neuanfang? Inklusive Fine? Verdammt! Rasch wischte ich eine Träne fort.

Abschied

Hannah

Wann war ein Fall aufgeklärt? Hatte ich nichts übersehen? Fine Wendtland hatte mich vor einer halben Stunde angerufen und um ein Gespräch gebeten. Schon auf der Fahrt nach Hörnum hatte mich ein mulmiges Gefühl beschlichen. Hätte ich Andreas mitnehmen sollen?

Nun stand ich im Schlafzimmer dieser kauzigen Frau und kämpfte mit den Tränen. Fine war gestorben, noch bevor ich mit ihr reden konnte. Sie lag mit gefalteten Händen im Sonntagskleid auf ihrem Bett, mit einem Lächeln im Gesicht. Alles schien vorbereitet. Eine Kerze flackerte auf dem Nachtschränkchen, das aus den Fünfzigerjahren stammte. Daneben lag eine abgegriffene Bibel. Die zehn Gebote waren aufgeschlagen.

Du sollst nicht töten.

Das fünfte Gebot war mit feiner Linie unterstrichen. Ein krakeliges Ausrufezeichen dahinter. Am Fußende des Bettes lag ihre Katze und sah mich mit großen Augen an. Spürte sie, was hier geschehen war? Ich setzte mich auf den Stuhl, der mitten im Raum stand. Mir war klar, dass ich sofort einen Notarzt rufen musste, der den Tod feststellte. Ich gab Fine noch einige Minuten und starrte die Lächelnde an. Es duftete nach Rosenwasser. Fine hatte scheinbar alles in Ruhe vorbereitet. Wusste sie, dass sie sterben würde? Oder hatte sie nachgeholfen?

Sie hätte nicht allein sterben dürfen!

Warum war niemand bei ihr gewesen? Ich kam zu dem Schluss, dass Fine es so gewollt hatte. Ich nahm mein Handy heraus und wählte die Nummer des Notarztes, der in jedem Fall zuerst den Tod feststellen musste.

»Es hat keine Eile, die Frau lebt nicht mehr. Ihr könnt gleich einen Leichenwagen bestellen«, erklärte ich.

Was würde Jenny wohl sagen, wenn der Leichenwagen vor der Tür ihrer Nachbarin parkte? Ich musste sie informieren. Als ich mich erhob, fiel mein Blick auf einen Umschlag. Er lag unter der Bibel. Mit spitzen Fingern zog ich ihn heraus. Ich war überrascht, meinen Namen darauf zu lesen. Was hatte das zu bedeuten? Eilig steckte ich ihn in die Jackentasche und ging zu Jenny.

Als es nach mehreren Klingelversuchen immer noch ruhig im Haus blieb, suchte ich Jenny im Garten. Niemand zu Hause. Auch gut, hoffte ich zumindest. Ich entdeckte den kleinen Trampelpfad, der zu Fines Grundstück führte. Nach kurzem Zögern benutzte ich den Weg, um zurückzugehen. Der Notarzt fuhr gerade vor.

»Moin, sind Sie Frau Stein?«

»Richtig. Gut, dass es so schnell ging, Doktor.«

»Doktor Berg«, stellte er sich vor.

Doktor Berg untersuchte Fine mit ernster Miene. Als er zum Abschluss sagte, sie sei eines natürlichen Todes gestorben, blickte ich ihn zweifelnd an.

»Sie hat mich angerufen, weil sie mit mir sprechen wollte. Die Vorbereitungen, die sie getroffen hatte, sprechen eindeutig dagegen – zumindest besteht der Verdacht auf Suizid.«

Doktor Berg zuckte mit den Schultern. »Es gibt Menschen, die wissen genau, wann ihre Stunde schlägt. Frau Wendtland gehörte offenbar dazu.«

»Das ist doch Quatsch«, zischte ich.

Doktor Berg zog die linke Augenbraue hoch. Nun stand er dicht vor mir. »Glauben Sie mir einfach, oder beantragen Sie eine Obduktion. Es steht Ihnen frei. Frau Wendtland hätte sicher gerne ihren Frieden. Entscheiden Sie!«

Perplex starrte ich dem Notarzt nach, als er mich stehen ließ und das Haus verließ. Ich sah Fine an, die immer noch ein Lächeln auf den blassen Lippen hatte. Mit meiner Hand spürte ich das Papier in meiner Jackentasche. Der Umschlag! Den hatte ich fast vergessen. Ich setzte mich auf den Stuhl und faltete den Brief auseinander.

Hannah, ich darf dich doch so nennen? Du kannst mir ohnehin nicht widersprechen.

Ich sah Fine Wendtland quasi vor mir, wie sie mich spöttisch anlächelte, ihre immer wachsamen Augen auf mich gerichtet.

Ich spüre es deutlich. Meine Zeit, diese wunderschöne Erde zu verlassen, ist gekommen. Folglich steht auch deiner Abreise von der Insel nichts mehr im Wege. Es sei denn, du entscheidest dich doch dafür, Insulanerin zu werden. Du passt hierher, und mit Sicherheit auch zu deinem Andreas. Wenn du diese Zeilen liest, bin ich in eine andere Welt gereist, auch wenn das Reisen nie zu meinen Schwächen gehörte. Ich habe diesen scheußlichen Mann vorgeschickt, damit ich ihn dabei beobachten kann, wie er in der Hölle schmort. Wenn ich Glück habe, darf ich euch von der Wolke sieben zuwinken, aber ich vermute, dass ich an der Seite meines Opfers die Hitze der Hölle zu spüren bekomme. Es ist mir gleichgültig. Ich habe das Richtige getan. Nun wird es Zeit für meine letzte Mahlzeit. Ich wünsche dir, stets auf dem rechten Weg zu wandern, und eine Liebe ohne Leiden.
Fine

Die zärtlichen und doch klaren Worte aus Fines Feder verblüfften mich. Ihr Geständnis weniger, denn ich hatte sie von

Anfang an im Visier meiner Ermittlungen gehabt. Warum ich mich davon hatte abhalten lassen, würde mir immer schleierhaft bleiben. Ich wusste jedoch, warum mich die Auflösung des Falles enttäuschte. Ich musste Sylt und die Menschen, die mir ans Herz gewachsen waren, zurücklassen.

Andreas, hoffentlich finden wir eine Lösung für unsere Liebe.

Betroffen ließ ich das Beerdigungsunternehmen seine Arbeit verrichten. Unauffällig waren sie ins Haus gekommen. Mit geübten Handgriffen legten sie Fine in den Sarg.

Gute Reise, Fine Wendtland.

Als ich das Haus verließ, strahlte die Sonne über die gesamte Insel. Ich hielt ihr mein Gesicht entgegen und spürte ihre Umarmung, die ich bitter nötig hatte.

Dünengeheimnisse

Jenny

Eigentlich müsste ich zufrieden sein. Ich bekam regelmäßig Besuch von dem Mann, der mir versprach, mich auf Händen zu tragen. Ich hatte nie getragen werden wollen, aber bei Tim war es anders. Er brachte mich zum Lachen, er verwöhnte mich mit liebevollen Worten. Seine Küsse waren leidenschaftlich und dennoch zurückhaltend. Er hatte seinen Traum verwirklicht und in Husum Praxisräume angemietet, wo er in Kürze Patienten behandeln würde.

Fine hatte uns auf seltsame Weise auf Wiedersehen gesagt. Hannah erzählte mir von einem Abschiedsbrief, den Fine ihr hinterlassen hatte. Über den Inhalt schwieg sie und gab nur preis, dass ihre Ermittlungen auf Sylt abgeschlossen waren und sie ihre Arbeit in wenigen Tagen in Kiel wieder aufnehmen würde. Ahnte oder wusste Hannah, dass ich Fines Geständnis für mich behalten hatte?

Luka war an der Polizeischule angenommen worden. Hannah war sichtlich stolz auf ihren Sohn. Kathis Freude hingegen hielt sich in Grenzen. Trotzdem unterstützte sie Luka bei seinen Plänen.

Nach einem langen Spaziergang saß ich inmitten der Dünen und schaute auf das Meer. Beständig kam und ging die Flut, und doch gab es immer aufs Neue ein anderes Bild dieses Naturschauspiels. Ich suchte nach Antworten in den tosenden Wellen. Ohne den Blick abzuwenden, holte ich mein Handy hervor und wählte Hannahs Nummer.

Sie meldete sich sofort. »Jenny, was gibt's?«

»Kannst du kommen?«

»Wo bist du?«

Ich beschrieb ihr meinen Standort.

»Ich bin gleich bei dir! Aber es geht dir gut, oder?«

Ich lächelte versonnen. »Ja, sehr gut«, flüsterte ich. »Ich freu mich auf dich.«

Ich legte auf und atmete tief durch. Plötzlich wusste ich, was zu tun war. Ungeduldig wartete ich auf Hannah.

Ich erkannte sie schon von weitem. Ihre langen Beine stapften durch den Sand. Wie immer trug sie lässige Jeans. Ihre Schuhe hielt sie in der Hand. Ich winkte ihr fröhlich zu. Als sie mich erblickte, wurden ihre Schritte schneller. Ihre langen Haare hatte sie zu einem Zopf gebunden, der bei jedem Schritt lustig auf und ab wippte.

Ihre Augen leuchteten, als sie sich neben mich plumpsen ließ. Zur Begrüßung hauchte sie mir einen Kuss auf die Wange. »Jennymaus, schön dich zu sehen«, flüsterte sie. Ihr prüfender Blick störte mich nicht, im Gegenteil. Ich war dankbar dafür.

Ich kicherte amüsiert. »Wie nennst du mich? Das wollen wir gar nicht erst zur Gewohnheit werden lassen.«

»Verstanden!« Hannah grinste. »Wollen wir später zusammen Mittag essen?«

»Wenn du später noch mit mir sprichst!«

Schallendes Gelächter flog mir um die Ohren. »Jenny! Warum denn nicht?« Ihr Gesicht wurde ernst. »Du wirst immer einen Platz in meinem Leben haben. Wir sind einen weiten Weg zusammen gegangen, und das wird auch so bleiben.«

Ich schaute aufs Meer, dorthin, woher ich immer Kraft schöpfte. Gedankenverloren grub ich meine nackten Füße in den Sand. Dann sah ich Hannah lange an. Ich gab mir einen

Ruck, ich musste es ihr sagen. Ich öffnete den Mund, aber ich brachte nichts heraus.

Hannah legte ihre Hand auf meinen Arm und lächelte mich verständnisvoll an. »Du musst nichts sagen, Jenny. Ich weiß es schon lange!«

Ich schluckte meine Tränen hinunter. »Woher?«, schluchzte ich verwirrt.

»Ich weiß es eben. Das bleibt unser Geheimnis. Du hast dich richtig verhalten. Alles ist gut«, flüsterte sie, als ob uns jemand belauschen könnte.

»Aber …!«

»Nichts aber.«

Nun teilte ich Fines Geständnis mit Hannah, und ich hoffte, dass es dadurch leichter werden würde. Hannah erzählte mir von dem Brief, den Fine für sie hinterlassen hatte. Fine hatte mich nicht erwähnt, aber Hannah hatte ihre Spürnase nicht im Lotto gewonnen. Ihre Intuition hatte sie noch nie im Stich gelassen, wie sie mir verriet. Mein schuldbewusstes Verhalten hatte Hannah offenbar richtig gedeutet.

Erleichtert fiel ich ihr in die Arme.

Danke, Fine, dass ich dich kennenlernen durfte.

Ende